二人傳承

2 일인전승

박신호 신무협 판타지 소설
Fantastic Oriental Heroes

일인전승 2
박신호 新무협 판타지 소설

초판 1쇄 찍은 날 § 2006년 9월 26일
초판 1쇄 펴낸 날 § 2006년 10월 5일

지은이 § 박신호
펴낸이 § 서경석

편집장 § 문혜영
편집책임 § 장상수
편집 § 서지현 · 심재영

펴낸곳 § 도서출판 청어람
등록번호 § 제1081-1-89호
등록일자 § 1999. 5. 31
어람번호 § 제2-1018호

주소 § 경기도 부천시 원미구 심곡1동 350-1 남성B/D 3F (우) 420-011
전화 § 032-656-4452 팩스 § 032-656-4453
http://www.chungeoram.com
E-mail § eoram99@chollian.net

ⓒ 박신호, 2006

ISBN 89-251-0332-X 04810
ISBN 89-251-0330-3 (세트)

※ 파본은 본사나 구입하신 서점에서 교환하여 드립니다.
※ 저자와 협의하여 인지를 붙이지 않습니다.

一人傳承

2 일인전승

박신호 신무협 판타지소설
Fantastic Oriental Heroes

도서출판
청어람

목차

제11장 원한은 만들어졌다 / 7

제12장 다시 시작된 추적 / 39

제13장 남궁산의 회갑연 / 71

제14장 꽃은 피를 불렀다 / 95

제15장 나는 진호다 / 131

제16장 그녀가 화류(驊騮)였다 / 161

제17장 나는 의심하고 또 의심하는 자다 / 191

제18장 한양군주의 낭자군 / 223

제19장 산예를 찾아서 / 249

제20장 천군단주의 정체 / 275

제21장 온유원의 대참사 / 301

제22장 곡소쌍로 / 327

제11장

원한은 만들어졌다

달그락달그락.

두 개의 호두알이 진호의 손아귀에서 구르며 신경 거슬리는 마찰음을 냈다. 독군 당백양은 양팔을 늘어뜨리고 무표정한 시선으로 진호를 노려보았다.

휘익!

진호가 호두알을 던졌다.

독군의 왼쪽 소매에서 유엽비도가 흘러내렸다. 유엽비도를 쥐자 어느새 진호를 향해 손을 뻗었다.

팟!

유엽비도가 환상처럼 사라져 버렸다. 파공성도 없고 칼날에서 반사되는 빛살조차 없었다.

쾨직!

호두알이 공중에서 분해됐다.

진호가 갑자기 곤봉을 꺼내 앞으로 쭉 내밀었다.

퍽!

유엽비도가 곤봉의 끝에 박혔다. 쩍 소리와 함께 유엽비도가 곤봉을 두 쪽으로 쪼개며 전진했다. 순식간에 곤봉이 두 동강 났고, 유엽비도는 진호의 오른쪽 흉부를 향했다.

탁!

찰나지간에 진호의 손이 두 동강 난 곤봉을 버리고 유엽비도의 손잡이를 낚아챘다.

"아깝군, 쓸 만한 곤봉이었는데."

진호가 양단된 곤봉을 보며 아쉬워했다. 그러나 여유로운 겉모습과 달리 내심은 경악한 상태였다. 공간을 뛰어넘어 공격하는 독군의 비도(飛刀) 수법이 충격적이었던 것이다.

팟!

진호가 독군에게 비도를 날렸다.

독군의 오른쪽 소매에서 비도가 흘러내렸다. 이번에도 환상처럼 비도가 사라졌다.

사라진 비도는 진호가 날린 비도의 정면에 환상처럼 나타났다.

쩌엉!

정면충돌한 두 자루 비도는 칼끝부터 부서지더니 끝내 가루가 되어 산산이 흩어졌다.

"커억!"

"아악!"

수명 사태와 여승들이 비명을 지르며 피를 토했다.

비도가 부서질 때 가청 범위를 초월한 굉음이 발생했고, 여승들은 그 여파에 휩쓸려 고막이 터졌고 내상을 입었다.

파박!

진호가 독군을 향해 돌진했다.

독군의 손바닥이 황갈색으로 변하면서 고약한 악취가 풍겼다. 나후독공(羅候毒功)의 제일초인 부시독장(腐屍毒掌)이다.

고오오~

독군이 진호에게 부시독장을 날렸다. 진호가 어깨를 비틀어 부시독장을 피했다.

파악!

부시독장이 전각의 기둥에 작렬했다. 기둥에 새카만 손자국이 새겨지더니 흐물흐물 녹아내렸다. 십 년 동안 독군을 폐관 수련시키게 만든 독공답게 그 위력은 끔찍했다.

파바바박!

공격권까지 접근한 진호가 권각을 폭포수처럼 쏟아냈다.

강력한 내력이 실린 데다 요혈을 노리는 터라 스치기만 해도 치명상이었다. 독군은 갈 지(之) 자 형태로 몸을 피하며 부시독장을 연속적으로 날렸다.

"퍼펑!"

부시독장이 정원의 암석과 나무, 지면에 작렬하자 새카만 장인(掌印)이 겹겹이 찍혔다. 검은 손자국이 찍힌 부분이 녹아내리며 악취를 풍기는 누런 연기가 뿜어졌다.

"제기랄!"

부시독장을 피한 진호가 역습을 가하지는 않고 삼 장 뒤로 물러섰다. 독기가 사방에서 피어올라 호흡이 곤란했던 것이다. 정원의 화초와 수목이 독기에 휘말려 새카맣게 타 들어갔다.

"커억!"

"큭!"

수명 사태와 여승들이 피를 토하며 쓰러졌다.

때마침 담을 뛰어넘은 당사옥과 암영대의 대원들은 정원에 가득한 독기에 놀라 황급히 해독약을 먹었다. 하나 부시독장의 독기는 해독약으론 막기 어려웠다. 그들은 구석에 모여 앉아 촉중당문의 제독심결(制毒心訣)을 운용했다.

독군이 손바닥을 세우고 진호를 향해 부채처럼 저었다.

너울너울~

나후독공의 이초식인 환희독장(歡喜毒掌)으로 아미파의 여승들이 추태를 부리며 죽게 만든 독공이었다.

"헉!"

진호의 안색이 붉어졌다.

아랫배가 화끈하게 달아오르며 욕념이 솟구쳤다.

'음독(淫毒)! 호흡을 멈췄는데 어째서?'

환희독장은 모공을 통해 중독되므로 호흡을 멈췄다고 피할 수는 없었다. 게다가 무형, 무색, 무취인데다 공격 범위가 넓고 한쪽으로 집중하면 삼십여 장까지 늘어난다.

"허억… 허억……!"

진호의 눈동자는 붉게 충혈됐고 숨은 거칠어졌다. 온몸이 활활 타오르며 피가 끓어올라 제정신이 아니었다.

'어째서, 어째서… 고독이 움직이지 않는 거지?'

독만 침입하면 무서운 탐욕을 보이며 활동하던 변형 고독이 이번에는 쥐 죽은 듯이 움직이지 않았다.

"크크크!"

독군이 음산하게 웃으며 발을 내밀었다. 그는 허깨비처럼 사라졌다가 순식간에 진호의 면전에 나타났다.

"죽어라!"

독군이 왼손에 부시독장을 담은 채 진호의 오른쪽 어깨를 붙잡았다. 진호는 환희독장의 음독 때문에 운신이 어려운 상태였기에 꼼짝하지 못하고 당했다.

화르륵~

"끄윽!"

진호의 옷과 피부가 동시에 타 들어갔다.

원한은 만들어졌다

독군의 오른손이 부시독장을 담은 채 이번에는 진호의 흉부를 노렸다. 진호는 무의식적으로 왼손을 휘저었다.
 팍!
 독군의 왼손만 튕겨 나간 게 아니었다. 부시독장의 독기마저 순식간에 흩어져 버렸다.
 '서… 설마……!'
 진호가 왼손에 낀 장갑을 노려보다가 벗어 던졌다.
 녹색 거미의 문양이 꿈틀거리며 움직이더니 순식간에 부시독장의 독기와 환희독장의 음독을 게걸스럽게 먹어치웠다.
 '검정 뱀의 껍데기가 독을 억제하는구나!'
 장갑의 재료인 묵린거망은 독물 천지인 화도산 밀림에서 제왕으로 군림했다. 독은 없지만 피부가 독을 막아내는 힘을 가지고 있었기 때문이다. 특히 머리 부분의 항독 능력이 강했다.
 콰르르!
 독군이 부시독장을 연달아 펼쳤다.
 퍼퍼퍽!
 독장이 진호의 전신을 가죽 북 두드리듯 연달아 후려쳤다.
 진호의 발밑에서 연달아 폭음이 발생하면서 먼지가 피어올랐다. 이화접목(移花接木)의 상위 기법인 도음접양(導陰接陽)이 부시독장의 타격력을 발밑으로 흘렸기 때문이다.
 독군의 두 눈이 흉악한 광채를 내뿜었다.

번쩍!

독군의 허리춤에서 열두 개의 붉은 섬광이 솟구쳤다. 붉은 섬광은 직각으로 꺾이며 진호에게 날아들었다.

팍!

진호가 허깨비처럼 사라졌다.

붉은 섬광이 방향을 틀어 공중으로 날아올랐다. 사라졌던 진호가 공중에 있었던 것이다.

"망할!"

진호가 쌍장을 휘두르자 강대한 내가장력이 쏟아졌다. 일곱 줄기의 붉은 섬광이 내가장력에 휩쓸려 사라졌지만 다섯 개의 붉은 섬광은 방향을 바꿔 피했다.

콰쾅!

강대한 내가장력이 전각을 내려쳤다. 전각이 단 일격에 박살이 나버렸다. 그사이 다섯 줄기의 붉은 섬광이 진호의 면전에 도달했다. 진호가 무형의 기류를 내뿜었다. 붉은 섬광은 거미줄처럼 퍼져 나간 기류를 가르며 진호에게 쇄도했다.

퍼퍼퍽!

"크윽!"

다섯 줄기의 붉은 섬광이 진호의 왼팔에 박혔다. 피가 솟구치며 붉은 섬광의 정체가 드러났다. 그건 피처럼 붉은 비수로 촉중당문제일의 암기라는 화혈비(化血匕)였다.

독군이 추락하는 진호를 향해 나후독공의 삼초식인 원영

독장(元瑩毒掌)을 날렸다.

쒜에엑~

파악!

추락하던 진호가 왼 손바닥으로 원영독장을 막았다. 푸르스름한 불꽃이 왼팔을 휘감았고, 화혈비가 튕겨 나갔다.

쿵!

진호가 지면에 떨어졌다. 기형적으로 꺾인 왼팔은 푸른 불꽃이 타오르고, 머리부터 발끝까지 일체의 미동조차 없다.

그럼에도 독군은 진호를 향해 원영독장을 날리려고 했다.

고오오~

푸른 불꽃이 진호의 왼쪽 손등으로 빨려 들어갔다. 녹색 거미가 원영독장의 독기를 먹어치운 것이다. 그뿐만 아니라 정원에 가득한 독기들마저 소용돌이치며 흡수됐다.

진호가 천천히 일어섰다. 왼팔은 독기를 과다 흡수해 코끼리 다리 정도로 부풀어 올랐다. 녹색 거미의 문양이 눈이 부실 정도로 밝은 녹색 광채를 뿜어냈다.

독군이 진호를 향해 원영독장을 날렸다.

전력을 다한 공격이었다.

쐐애액!

진호는 의식이 없었다.

무의식적으로 일어섰고, 위험하다고 느껴진 곳을 향해 왼팔을 뻗었다. 단전에서 극한의 압력과 순수한 불꽃이 삽시간에 일어나 왼팔로 뻗어나갔다.

번쩍!

좌장(左掌)에서 녹색 섬광이 쏟아졌다.

녹색 섬광이 원영독장을 삼켜 버리고는 독군의 흉부에 작렬했다. 독군의 흉부에 선명한 녹색의 장인(掌印)이 찍혔다.

"…이, 이건 뭔가?"

녹색 장인을 중심으로 녹색 실선이 퍼져 나갔다. 거미줄처럼 퍼져 나간 실선이 독군의 전신을 감싸 버렸다.

퍼억!

실선들이 벌어지며 균열로 발전하더니 순식간에 분해돼 땅바닥에 쏟아져 내렸다. 토막 나버린 독군의 몸체가 화로에 놓인 얼음 조각처럼 흐물흐물 녹아내렸다.

"으음……."

진호는 신음성을 흘리며 비틀거렸다. 의식이 돌아와 제정신을 차린 것이다. 주변을 둘러보고 상황을 판단한 진호는 자신의 몸을 살펴보았다.

'독은 없고 내상이 심하지만 견디기 어렵지는 않아. 문제는 녹색 거미인데…….'

기형적으로 꺾이고 독기를 과다 흡수해 부풀었던 왼팔이 정상으로 돌아가 있었다. 녹색 거미가 치료한 데다 독기는 녹색 장력을 쏟아낼 때 모조리 방출한 것이다. 그리고 무의식 상태에서 피어오른 진화(眞火)가 녹색 거미를 잠재워 버렸다.

원한은 만들어졌다 17

당사옥의 얼굴이 참혹하게 일그러졌다.
"하, 할아버지가… 할아버지가……."
독군의 죽음이 당사옥의 이성을 날려 버렸다. 그녀는 원독 어린 눈으로 진호를 노려보았다.
"저놈을 죽여 버려!"
당사옥이 발악하듯 외쳤다.
암영대의 대원들은 죽음을 각오하고 몸을 날렸다.
팍!
공중에서 지면으로 보랏빛 섬광이 내리꽂혔다.
암영대 대원들은 돌격을 멈췄다. 그들 앞에 꽂혀 버린 보라색 대나무 때문이었다.
"자죽장(紫竹杖)!"
당사옥의 안색이 새하얗게 탈색됐다. 자죽장은 오대기인의 한 사람인 신개(神丐)의 신물이었기 때문이다.
"후퇴해라!"
당사옥이 도망치듯 빠져나갔고, 암영대 대원들도 곧바로 뒤를 따랐다.
쉬익~
무형지기가 독기에 중독돼 의식을 잃은 수명 사태와 여승들의 기혈을 후려치자 그들의 입이 벌어졌다. 검은색 환약이 날아와 그들의 입속으로 들어갔다.
"쿨럭쿨럭!"

"허억!"

수명 사태와 여승들이 거칠게 숨을 내쉬며 깨어났다.

그들은 주변을 둘러보다가 자죽장을 발견했다. 수명 사태가 다급하게 일어나 자죽장에다 합장하며 입을 열었다.

"종 선배님, 후배가 감사의 인사를 드립니다."

[이만 물러가시게.]

"알겠습니다."

어떤 일이 일어났는지 알 수는 없지만 강호의 선배이자 생명의 은인이 내린 명령을 어길 수는 없었다. 수명 사태와 여승들은 진호에게 합장을 하고 별채를 떠났다.

"…쓸데없는 싸움이었어."

수명 사태가 설마 독군을 끌고 백화산장으로 도망 오리라곤 예상하지 못했기에 벌어진 혈투였다. 아니, 그보단 구원을 요청한 수명 사태를 외면하지 못해 일어난 일이다.

그로 인해 독군이 죽었고, 촉중당문과 원한이 생겼다. 그러나 수명 사태와 여승들은 진호 덕분에 살았다는 걸 몰랐다. 자죽장을 던진 신개 덕분이라고 생각하고 있었다.

그야말로 헛고생을 한 셈이다.

진호는 자죽장은 쳐다보지도 않고 별채를 떠났다. 자죽장이 신개의 신물이란 것도 알고 있고, 또한 신개가 어디에 숨어 있는지도 알아챘지만 더 이상 골치 아픈 일에 끼어들기가 싫었던 것이다. 진호는 외곽에 있는 별채로 향했다.

왕왕!

"주인님!"

진호가 별채에 들어서자 요롱이와 네 소녀가 달려왔다. 네 소녀는 눈물을 글썽이며 진호에게 매달렸다.

"흑흑! 주인님, 안 아파요?"

"괜찮다."

진호가 미소를 지으며 네 소녀의 머리를 쓰다듬어 줬다.

안회와 감덕형, 감보보 남매가 진호에게 다가왔다. 특히 안회의 표정이 가관이었다.

"설마… 독군과 싸운 건 아니겠지요?"

"싸웠어."

"어, 어떻게 살아난 겁니까?"

안회가 믿기지 않는다는 표정을 지었다.

"호오~ 내가 살아 있는 게 불만인가 보군."

"그, 그럴 리가 있겠습니까! 다만 독군과 싸우고도 무사하다는 게 도저히 믿기지가 않아서……."

안회가 사색이 되어 손사래를 쳤다.

진호가 감덕형의 허리에 매달린 곤봉을 쳐다보았다.

"감 포두."

"네, 대인."

"새로 장만한 곤봉인가?"

"그렇습니다."

"제법 단단해 보이는데 내가 잠깐 시험을 해볼까?"

안회를 쳐다보며 음산하게 웃는 진호의 얼굴은 섬뜩하기 그지없었다. 순식간에 안회의 안색이 변했다.

"허거걱! 대, 대인, 살려주십시오!"

안회는 진호의 다리를 붙잡고 애원했다. 두 번 다시 매질을 경험하고 싶지 않았던 것이다.

"…아깝지만 이번은 넘어가지."

"가, 감사합니다."

안회가 안도의 한숨을 내쉬며 땅바닥에 철퍼덕 주저앉자 감보보가 조심스럽게 말문을 열었다.

"독군은 어떻게 됐습니까?"

"죽었어."

안회와 감 씨 남매가 경악했다.

"서, 설마… 대인께서 독군을 죽인 겁니까?"

안회가 믿을 수 없다는 표정을 지으며 질문했다.

"역시 곤봉을 시험해 봐야겠군."

"허걱!"

안회가 부들부들 떨며 뒷걸음쳤다. 진호가 피식 웃고는 시선을 돌리자 안회는 안도의 한숨을 내쉬었지만 진호를 바라보는 그의 두 눈은 딱딱하게 굳어 있었다.

'도대체 얼마나 강한 거야?'

독군이 누군가.

원한은 만들어졌다

천하구대고수의 일인으로 독과 암기의 제왕이 아닌가!

그런데 정체도 제대로 모르는 이십대 초반의 청년의 손에 죽임을 당했다. 믿기 어려운 일이다.

'이자가 진짜 동창의 인물일까?'

동창이 두려운 조직이기는 하지만 독군을 죽일 수 있는 고수가 있다는 정보는 없었다. 안회가 의심의 굴레를 헤매는 동안 감 씨 남매는 일체의 의심도 없는 눈으로 진호를 보고 있었다.

"감 대모."

"네, 대인."

"내가 썼던 별채에 독기가 남아 있으니까 출구를 봉쇄하고 출입을 금지시켜."

"언제까지 봉쇄할까요?"

"열흘 정도 지나면 출입해도 괜찮을 거야."

"네, 알겠습니다."

감보보는 화사하게 미소 지으며 대답했다.

진호는 피곤하다며 더 이상의 언급을 피하고 새 거처로 삼은 전각으로 들어갔다. 내력이 바닥난 상태인 데다 자잘한 상처와 내상도 치료하고 쉬기로 한 것이다.

안회와 감 씨 남매는 조용히 별채 밖으로 나갔다. 지금부터 그들이 해야 할 일이 산더미처럼 쌓여 있었다.

흑치는 독군이 등장했다는 보고를 듣고 벌떡 일어났다.

"그, 그래서… 그 어른께서 오신 거구나."

신개가 낙산에 나타난 이유를 이제야 알아챈 것이다. 흑치는 수하들에게 특급 경계령을 발령했다. 그리고 전투원인 투개(鬪丐)들을 긴급 소집시켰다.

흑치의 얼굴에 긴장이 서렸다.

'설마 수석 장로님께서 독군과 싸우려는 건가?'

투개가 집결했을 때 아미파 여승들이 독군에게 학살당했고, 몇 명만이 백화산장으로 도망쳤다는 보고가 들어왔다.

"독군도 백화산장으로 향했느냐?"

"네, 분타주님."

"지금 당장 백화산장으로 출발한다."

흑치가 아미파와 청성파, 촉중당문의 전쟁에 끼어들지 말라는 상부의 명령을 어기는 데도 낙산 분타의 인물들은 아무런 반론도 제기하지 않았다. 오히려 흑치의 명령을 반겼다.

흑치와 투개들이 백화산장으로 향했다.

그런데 도착하기도 전에 당사옥과 암영대 대원들이 백화산장에서 도망쳤고, 독군은 보이지 않는다는 보고가 올라왔다. 흑치는 최악의 상황을 떠올리며 초조한 표정을 감추지 못했다.

"전속으로 질주한다."

"알겠습니다, 분타주님."

그들은 먹이를 향해 달려가는 굶주린 개 떼 같았다. 순식간에 백화산장이 그들 눈앞에 나타났다.

"멈춰라!"

백화산장의 정문이 열리고 수명 사태와 여승들이 나타나자 흑치는 정지 명령을 내렸다. 투개들은 몽둥이를 들고 사방으로 퍼져 나가 포위망을 구성했다.

"아미타불."

"수명 스님, 독군 선배는 어디에 있습니까?"

"모르겠습니다. 백화산장의 별채에 머물던 손님과 독군이 겨루던 도중에 우리는 의식을 잃어서……."

"네?"

흑치가 얼빠진 얼굴로 수명 사태를 바라보았다.

수명 사태는 흑치에게 합장하며 입을 열었다.

"빈승은 이만 가봐야겠습니다."

"잠깐만요. 백화산장의 별채에 머물던 손님이 천하구대고수 중 한 분이었습니까?"

"이제 이십대 초, 중반의 청년입니다."

"이, 이름이 뭔지 아십니까?"

흑치가 경악한 얼굴을 하고서 질문했다.

"모릅니다."

"설마… 그 청년이 아직도 살아 있습니까?"

"멀쩡하더군요."

"혹시 본 방의 수석 장로님께서 손을 쓴 것은……."

"아닙니다. 종 선배님이 중독당한 우리를 구해주시기는 했지만 모습을 나타내지는 않으셨습니다."

"그럼 그 청년이 독군과 싸워 이겼단 말입니까?"

"그 역시 모릅니다."

수명 사태가 곤혹스런 표정을 숨기지 않고 대답했다. 흑치는 멍한 눈으로 백화산장의 정문을 바라보았다.

"빈승은 이만 가보겠습니다."

수명 사태는 대답도 듣지 않고 떠나 버렸다.

정신을 차린 흑치가 수명 사태를 잡으려고 했다. 그때 그의 귀로 전음성이 날아왔다.

[모두 물러나거라.]

"수, 수석 장로님, 무사하신 겁니까?"

[난 이상없으니 이만 물러가라. 또한 앞으로 이곳을 감시하지도 말아라. 괜한 피를 볼 수가 있다.]

"알겠습니다."

흑치가 투개들을 이끌고 빠져나갔다.

당사옥과 암영대의 대원들은 민강을 거슬러 올라가는 선박을 타고 촉중당문으로 귀환 중이었다.

"빠드득."

당사옥이 어깨를 바들바들 떨며 이를 갈았다. 그녀의 두 눈에서 원한의 불꽃이 활활 타올랐다. 조부인 독군 당백양의 참혹한 최후가 뇌리에 떠오른 것이다.

"이 원한을 꼭 갚고 말 테다."

촉중당문의 핏줄은 은원이 명확했다. 다만 은혜보다 원한에 관해서는 백배로 민감하다는 게 문제였다.

피잉~

무형의 기파(氣波)가 퍼져 나갔다.

침실에서 잠자고 있던 진호가 눈을 뜨고 자리에서 일어나 밖으로 나갔다. 먹구름이 달과 별을 삼켜 칠흑처럼 어둠이 깔려 있는 데다 짙은 밤안개마저 자욱했다.

진호가 이전에 머물던 별채로 향했다. 무형의 기파가 발생한 지점이 그곳이었기 때문이다.

끼이익!

진호가 별채의 문을 열고 안으로 들어갔다.

정원 한복판에 박혀 있던 자죽장 옆에 늙은 거지가 서 있었다. 그가 내뿜는 기세는 독군보다 못하지 않았다.

진호가 입을 열었다.

"노선배님이 신개입니까?"

"금줄로 매듭을 할 수 있는 거지는 나밖에 없지."

개방의 수석 장로만이 금색의 매듭을 맬 수 있었다.

자죽장 옆에 있는 거지는 일곱 개의 금결(金結)이 묶인 허리띠를 둘렀다. 그는 개방의 수석 장로이며 천하구대고수의 한 사람인 신개 종도였다.

"무슨 일로 저를 부른 겁니까?"

"천하팔대고수라고 불리던 시절이 있었네. 그 당시 독군은 독과 암기로 명성을 날렸지만 순수한 무공만으로는 다른 고수들에 비해 떨어졌지. 하지만 다른 고수들은 그의 독공과 암기술을 높이치고 무공에 관해서는 크게 신경 쓰지 않았네만 그는 열등감을 느끼고 있었네. 문제는 용불이 녹림 출신의 이십대 청년을 동급의 고수로 인정하고 흑도삼왕의 일인으로 부르면서 생겼네."

"응조왕 방효람……."

"용불은 방효람의 역량이 아직 부족하지만 십 년이 지나면 강호를 통틀어 다섯 손가락 안에 들 고수가 될 거라고 호언했지. 열등감에 젖어 있던 독군이 가장 먼저 반발했네. 물론 흑도이왕이었다가 졸지에 삼왕이 된 흑도의 두 고수도 격분했지만 독군만큼 심하지는 않았어."

"열등감이 그의 이성을 날려 버렸군요."

신개는 고개를 끄덕이며 입을 열었다.

"독군은 용불을 찾아가 방효람에 관한 선언을 철회하라고 윽박질렀네. 무례한 행동이고 어리석은 선택이었지. 격노한 용불은 독군에게 '지금 당장이라도 무공만 따지면 그대와 방효람은 동급이다'라고 말했네. 모멸감과 수치심을 느낀 독군은 기나긴 폐관 수련에 들어갔고 십 년이 지난 지금 낙산에 나타났지. 그리고…….”

진호에게 죽임을 당했다.

신개의 시선이 진호의 전신을 샅샅이 훑어 내렸다.

“당백양은 삼백여 년 전에 천하를 공포로 떨게 했던 나후독존의 독공을 익혔지. 나후독공이 어떤 경로를 통해 당백양에게 전해졌는지는 알 수 없지만 한 가지는 정확하네. 당백양의 십 년은 헛것이 아니었다는 점일세. 나는 물론 용불이라도 당백양과 싸운다면 목숨을 부지하기 어려울 거네.”

신개가 숨을 고른 후 다시 말을 이어나갔다.

“그런데 자네 손에 죽었지. 방효람이 구대고수의 일인이 됐을 때보다 젊은 나이임에도 무공도 강하고 당백양을 일격에 참살한 희대의 독공까지 익혔지. 하지만 자네 이름조차 아는 자가 없더군. 자네 주변 사람들마저 말일세.”

“더 하실 말씀이 있습니까?”

“자넨 누군가?”

“없으시군요.”

진호가 뒤돌아서더니 발걸음을 옮겼다.

신개의 눈매가 가늘어졌다.

팟!

신개가 환영처럼 사라졌다가 진호의 면전에 나타났다. 천하구대고수 중에서 신법에 관해서는 첫손에 꼽힌다는 신개의 이형환위는 환상 그 자체였다.

"아직 하실 말씀이 남았습니까? 얼마든지 들어드리죠."

"입은 거짓을 말해도 몸은 거짓을 모르지."

신개가 오른발과 자죽장을 잡은 오른손을 앞으로 내밀었다. 우각우수(右脚右手)의 자세였다.

"무슨 뜻입니까?"

"그대의 무공 노수를 파악하겠다는 뜻일세."

신개의 무공은 깊이보다 넓이에 중점을 뒀다. 천하에 존재하는 무공 중에 그가 모르는 무공은 거의 없었다. 삼백여 전에 나타났다가 사라진 나후독공마저 한눈에 알아챘을 정도였다. 그럼에도 진호의 무공은 파악하지 못했다.

신개가 왼발을 앞으로 내밀며 자죽장을 뻗었다.

파악!

자죽장이 진호의 흉부를 꿰뚫었지만 잔상에 불과했다. 진호는 어느새 신개의 뒤편에 있었다.

"훌륭한 신법!"

신개가 벼락처럼 몸을 뒤집으면서 자죽장을 휘둘렀다.

자죽봉이 빙글빙글 회전하면서 치고, 빠지고, 돌리고, 당기고, 꺾고, 붙이고, 막고, 흘리고, 굴리고, 찌르기가 연속적으로 펼쳐졌다. 신개의 자죽장법(紫竹杖法)이었다.

진호는 상체를 비틀거나 무릎과 발을 옮기는 것만으로 자죽봉의 천변만화를 피했다.

'뭐야, 이건?'

진호의 신법과 움직임은 백원도에 따른 것이다. 천하 각파의 정수가 담긴 것 같으면서도 궤가 달랐다.

신개의 표정이 굳어졌다.

'아무래도 초식만으론 어렵군.'

본신 내공인 혼원일기공(混元一氣功)을 일으키자 자죽장이 부르르 떨며 강력한 기운을 내뿜었다. 또한 자죽장의 속도가 몇 배나 빨라졌고 변화도 극심해졌다.

콰르르!

정원에 가득한 밤안개가 자죽장이 내뿜는 기세에 휘말려 회오리치며 날아올랐다. 피하기만 하던 진호가 구층연심의 공력을 일으켜 적극적인 방어에 들어갔다. 안쪽으로 파고들어 가 손목을 비틀어 자죽장을 휘감고는 어깨를 댄 후 튕겨 버렸다.

탕!

자죽장에 실린 혼원일기공이 일시에 와해됐고, 신개는 기혈이 진탕되고 내장이 뒤흔들렸다. 안색이 하얗게 탈색된 신개는 이형환위를 사용해 삼 장 뒤로 물러났다.

"혼원일기공을 이렇게나 간단하게 와해시키다니… 나이를 초월한 내공이로군."

음양이기를 혼합해 솟구쳐 나오는 하나의 기운을 사용하는 혼원일기공은 강대한 힘을 내포하고 있었다.

'강유를 포함한 순양(純陽)의 기운이다. 도가의 심오한 현

문정종공부인 것은 확실한데…….'

정체를 알 수가 없었다. 구대문파는 물론, 현문도가의 모든 문파들을 떠올렸지만 진호의 내공과는 달랐다. 그럼에도 신개는 진호의 내공을 알고 있다는 기분이 들었다.

'나는 분명히 알고 있다. 그런데 왜 모르는 걸까?'

신개는 당혹해하다가 결심을 했다.

'전력을 다하자. 그럼 저 청년도 전력을 다할 거다. 숨김없는 본래의 형상을 본다면 실마리가 잡히겠지.'

신개가 혼원일기공을 극한까지 끌어올렸다.

파르르!

회색 머리카락이 하늘 높이 솟구쳐 오르고 수십여 번은 기운 낡은 옷이 풍선처럼 부풀어 올랐다.

파바박!

자죽장이 수백여 개로 늘어나더니 하늘을 뒤덮어 버렸다. 죽영이 파도처럼 쏟아지며 춤을 췄다. 자죽장법의 팔대절초 중 하나인 죽영파사(竹影波娑)였다.

팟!

신개가 진호를 향해 중지를 뻗었다. 강대한 지력이 회오리바람을 일으키며 진호에게 쇄도했다.

신개의 비전절학인 혼원지(混元指)였다.

진호가 일장을 날렸다. 뒤늦게 발출한 혼원지력이 죽영파사를 뚫고 날아가 진호의 일장과 격돌하려는 순간,

진호가 또다시 일장을 날렸다. 장력은 순식간에 날아가 먼저 발출한 장력과 합쳐졌다.
 쾅쾅!
 중첩된 장력과 혼원지력이 충돌하자 굉음이 발생했다.
 진호가 또다시 장력을 날렸다.
 고오오~
 장력이 충돌 지점의 일그러진 진기를 흡수해 손바닥 형태를 이루자 진호는 쌍장을 날렸다. 장형(掌形)에 쌍장의 내력을 중첩되자 밀종의 대수인(大手印)처럼 커져 버렸다. 거대해진 손바닥은 죽영파사를 휘몰아쳤다.
 쿠쿠쿵!
 죽영들이 박살 나 사라지자 신개가 손바닥을 꼿꼿이 세웠다. 푸른 광채가 빛나더니 대나무 잎의 형상이 나타났다.
 짜자짝!
 대나무 잎 형상의 푸른빛 강기가 거대한 손바닥을 갈라 버렸다. 백여 년 전에 화산파가 잃어버린 죽엽수(竹葉手)가 신개의 손에서 펼쳐진 것이다.
 "개방의 수석 장로가 화산파의 실전 절학인 죽엽수를 펼칠 줄은 몰랐습니다. 화산파가 알고는 있는 겁니까?"
 묘하게 이죽거리는 말투였다.
 신개가 안면을 씰룩거렸다.
 '이런, 죽엽수를 한눈에 알아볼 줄은 몰랐다.'

화산파의 일대제자들도 죽엽수의 이름조차 모르고 겨우 장문인과 장로 정도가 알고 있는 실정이다. 그래서 신개는 안심하고 죽엽수를 사용했다.

'어리다고 방심했구나. 저놈은 독군을 참살한 고수. 천하구대고수의 안목을 소유했다고 생각했어야 하는데……'

후회해도 때는 늦었다.

진호가 경험도 없는데 노회하고 강호사에 정통한 것은 그의 모친 덕분이다. 아들의 인생이 험로임을 예측한 진호의 모친은 무공뿐 아니라 많은 것을 교육시켰다. 특히 그녀가 집중적으로 가르친 것은 각 상황의 대처법이었다.

신개가 죽엽수를 펼쳤다.

짜자짝!

죽엽강(竹葉罡)이 진호의 면전에 도달했다. 진호는 손바닥을 활짝 펴고 양팔을 뻗었다.

파르르.

죽엽강이 진호의 양 손바닥 사이에서 멈추더니 나선으로 회전하면서 흩어져 버렸다. 강기를 환원해 풀어버린 것이다.

신개가 고개를 설레설레 저었다.

"놀랍군, 죽엽수를 그런 식으로 해소하다니. 자네의 정체가 점점 궁금해지군."

"화산파의 인물이 내 수법을 목격했다면 죽엽수를 찾을 생각은 하지 않았을 겁니다."

신개의 이마에 시퍼런 핏줄이 튀어나와 꿈틀거렸다.

'빌어먹을! 혹 떼려다 혹을 붙인 격이구나.'

진호가 계속 화산파를 언급하자 신개는 심기가 불편해졌다. 기연으로 죽엽수를 얻었지만 화산파에 돌려주지 않고 혼자 수련했다. 이게 알려지면 개방과 화산파가 얼굴을 붉힐 것이고 본인의 명예도 추락할 것이다.

이럴 땐 도망치는 게 최선책이다.

설령 진호가 그 사실을 누설해도 잡아떼면 된다. 정체 모를 청년의 말보다 신개의 발언이 신용있는 세상이다.

신개가 도망쳤다.

진호는 곧바로 추적했다.

'흐흐흐. 애송아, 강호에서 나보다 빠른 자는 없다.'

신개의 표풍신법(飄風身法)은 바람을 타고 이동하기 때문에 내력의 손실이 적은 데다 달릴수록 속도가 빨라진다.

십 장 이내에 있을 때 잡지 못하면 신조차 신개를 잡을 수 없다는 게 강호에 알려진 평이었다. 그런데 신개와 진호의 거리 차는 무려 이십여 장에 달했다. 신개는 속력을 올렸다.

파악!

순식간에 두 배나 빨라졌다.

신개가 백화산장을 벗어나 대도하를 옆에 낀 산자락을 질주했다. 무시무시한 속력이었다.

"뭐야, 저놈은?"

진호가 따라붙었다. 신개가 속도를 올릴수록 뒤쫓는 진호의 속력도 빨라졌다. 당황하다 못해 황당해진 신개는 도망치는 와중에도 고개를 돌려 진호의 움직임을 살펴보았다.

신개가 방향을 바꾸어도 진호는 방향을 틀지 않았다. 기이하게도 신개가 지나간 궤적을 뒤따라 움직였다.

"제기랄! 대나이신법이구나!"

불문의 대나이신법은 도망치는 상대가 남긴 기를 타고 뒤쫓는 신법이다. 일단 기만 포착되면 상대가 아무리 빨라도 놓치지 않는다. 느리면 느린 대로, 빠르면 빠른 대로 도망자가 남긴 기의 파장을 이용하기 때문이다.

신개가 뒤돌아서며 오지(五指)를 튕겼다.

다섯 줄기의 지력이 진호의 오대요혈을 노렸다. 진호는 도음접양(導陰椄陽)을 사용해 다섯 줄기의 지력을 꽈배기처럼 꼬았다가 신개에게 되돌렸다.

팟!

신개가 좌측으로 미끄러지듯 이동했다.

나선형으로 꼬인 혼원지력이 십여 그루의 나무를 관통해 버렸다. 다섯 그루가 쓰러졌고, 남은 나무에는 배배 꼬인 관통의 흔적이 남았다. 보기에도 섬뜩한 흔적이었다.

"계속하시겠습니까?"

진호의 말투는 평이했다.

물론 듣는 입장에선 전혀 그렇지가 않지만.
"원하는 게 뭔가?"
"나는 감시당하는 걸 싫어합니다."
"알겠네."
"두 번 다시 자비는 없습니다. 그 누구라도 말입니다."
"명심하지."
"그리고 노선배에게 죽엽수가 있다는 걸 화산……."
"그만!"
신개가 양피지를 꺼내더니 진호에게 던졌다. 그는 진호가 양피지를 받아 들자 말을 이었다.

"내 기억 속에서 죽엽수를 지우겠네. 이젠 나와 죽엽수는 아무런 관계도 없으니까 더 이상 거론하지 말게."

신개가 정색하며 말하더니 흔적도 남기지 않고 사라졌다.

진호가 입을 열었다.

"감시망을 거두는 대가로 죽엽수를 익힌 사실을 화산파에 알리지 않겠다고 말하려던 건데……."

이래서 말은 끝까지 들어야 한다.

진호가 양피지를 펼쳐 죽엽수의 요결을 훑어보았다.

"한바탕 싸운 것치곤 수입이 괜찮군."

상처를 치료하면서 공간을 뛰어넘는 당백양의 비도를 연구해 백원중첩장을 강화시켰다. 신개에게선 죽엽수를 얻었다. 또한 자죽장법마저 머릿속에 담아뒀다.

'진가곤보단 상승의 기법이다.'

진호의 뇌리에서 진가곤과 자죽장법이 얽히고설키며 뒤죽박죽이 됐다. 하급 수법인 진가곤을 주축으로 삼았기 때문이다. 하지만 자죽장법을 중심으로 삼으면 진가곤은 소멸해 버리기 때문에 다른 방도가 없었다.

"으음… 이거 생각보다 힘들겠군."

진호가 나뭇가지를 꺾어 이리저리 흔들고 휘둘렀다.

빠르고 강했지만 혼잡스럽고 이질적이었다. 움직일 때마다 허점이 발생했고, 연결이 매끄럽지가 않았다. 마치 맞지 않은 옷을 억지로 겹쳐서 입은 것 같았다.

진호는 땅바닥에 직선과 곡선을 이리저리 긋다가 크고 작은 원을 그렸다. 선과 원이 교차하고 겹치기를 수십 차례 이어졌지만 진호의 표정은 점점 어두워져 갔다.

"안 되나?"

진가곤은 진호의 가문에서 대대로 내려오면서 연구하며 보완해 완성된 곤법이다. 자죽장법 또한 신개가 창안했지만 바탕에는 개방의 비전 봉법인 타구봉법이 깔려 있었다.

얼렁뚱땅 짜깁기할 수 있는 무공들이 아니었다.

"…방법이 없나?"

고민하던 진호의 뇌리에 백원도가 떠올랐다.

백원도의 무예는 맨손으로 사용하면 백원권이고, 검을 들면 백원검, 칼을 들면 백원도, 곤을 들면 백원곤이 된다.

"그렇군. 그 방법이 있었군."

그렇다고 끝난 것은 아니다. 실마리가 됐을 뿐 곧바로 곤법이 만들어진 것은 아니다. 오랜 시간을 공들여 연구하고 실전에 사용해 수많은 오류를 잡아야 한다. 물론 그런 고생을 했다손 치더라도 백원도의 무예를 능가할지는 미지수였다.

제12장

다시 시작된 추적

사천의 도강언.

청성파와 촉중당문이 충돌한 지역이다.

두 세력의 처절한 혈전은 주야를 가리지 않았고, 많은 희생자를 양산했다. 희생자가 삼 할이 넘어서자 쌍방은 혈전을 멈추고 상대의 허점이 드러나기를 기다렸다.

사흘이 지나자 지루한 대치 상황을 견디지 못한 청성파 진영이 공격을 감행하기로 결정했다.

새벽녘.

청성파 진영이 대대적인 공세를 펼쳤다. 그런데 촉중당문의 진영이 텅 비어 있었다.

"이게 어떻게 된 거지?"

웅성웅성!

청성파의 인물들은 당황했다.

혹시 방향을 틀어 청성산으로 진격한 게 아닌가 싶어 세작을 동원했지만 촉중당문의 인물들을 찾을 수는 없었다. 그들이 후퇴했다는 정보가 알려진 것은 며칠 후였다.

청성파 진영의 수뇌부는 당황했다.

촉중당문의 행동을 이해할 수가 없었기 때문이다.

마삼(馬三)은 청운의 꿈을 안고 어린 나이에 낙산 하오문에 입문했다. 남들보다 노력했지만 마흔의 나이가 되도록 하급 문도에 머물고 있었다.

그런 그에게 기회가 왔다.

"푸핫하하! 잘했어, 잘했어!"

안회가 마삼의 어깨를 두드리며 기뻐했다.

"감사합니다, 문주님."

"그런데 자네 이름이 뭐라고 했지?"

"마삼입니다."

"지위는?"

"아직 하급 문도입니다."

"어허, 자네 나이에 아직도 하급 문도라니… 내가 너무 무심했군. 오늘부로 자네를 십장(什長)으로 임명하지."

"감사합니다! 문주님께 충성을 다하겠습니다!"
마삼은 뜨거운 눈물을 흘렸다.
'아버지, 어머니, 마삼이 드디어 성공했습니다!'
안회는 감동의 몸부림을 치는 마삼을 뒤로하고 진호의 거처로 달려갔다. 미안한 일이지만 안회의 뇌리에서 마삼은 깨끗하게 지워진 뒤였다.
"대인! 대인!"
진호는 정원의 팔각 정자에서 네 소녀가 연주하는 음악을 감상하며 차를 마시다가 안회의 째진 음성에 눈살을 찌푸렸다.
"쯧쯧, 눈 내리는 날의 강아지가 따로 없군."
"까르르!"
"정말 그렇네요."
네 소녀가 깔깔거리며 웃자 안회는 머쓱해하며 종종걸음으로 팔각 정자로 들어섰다.
"안 노인, 무슨 일이오?"
"마침내 찾았습니다!"
진호가 갑자기 소녀들에게 시선을 돌렸다.
"애들아."
"네, 주인님."
네 소녀가 합창하듯 대답했다.
"감 대모에게 가서 감 포두와 같이 오라고 전하거라."

"알겠습니다."

네 소녀가 악기를 내려놓고 우르르 몰려나갔다.

진호가 안회에게 시선을 돌렸다. 소녀들과 있을 때와는 전혀 다른 삭막하고 무표정한 눈이었다.

"이제 말해보시오."

"밀항선은 악양 하오문의 배였습니다."

마삼이 가지고 온 정보였다.

"악양 하오문과 관련된 정보를 모두 가지고 오시오."

"…그렇게 많지는 않습니다."

"안 노인을 믿겠소."

진호가 미소를 지었다.

밝고 따뜻함이 느껴지는 미소였지만 안회는 소름이 끼쳤다. 눈이 차갑게 얼어붙었기 때문이다.

'썩을……'

안회의 안색이 썩은 돼지 내장처럼 변했다.

진호가 만족할 만큼의 정보를 구해오지 않았다간 어떤 일이 생길지 훤하게 떠올랐다.

"…네, 소인만 믿으십시오."

"그럼 내일 아침에 봅시다."

"네?"

진호의 두 눈이 섬뜩하게 빛났다.

"아, 알겠습니다."

안회는 울상을 짓고 터벅터벅 돌아갔다. 그는 낙산 하오문이 보관하고 있는 정보를 하룻밤 사이에 모두 분류하고 부족한 정보마저 알아내야 했다.

감덕형과 감보보가 도착하자 진호는 내일 떠나야 한다고 알렸다. 그리고 두 사람에게 네 소녀를 부탁했다.

"대인께서 하늘 같은 은혜를 소관에게 베푸셨습니다. 소관이 신명을 다해 대인의 여인들을 지키겠습니다."

감덕형이 진지하게 대답했다.

진호의 얼굴에 당혹한 표정이 떠올랐다.

'어이, 이봐! 그 아이들은 내 여인이 아니라니까!'

누굴 이상한 사람으로 만들려는 거냐고 호통을 치며 몽둥이찜질을 가할 일이다. 그러나 이런 식이라도 네 소녀의 안전이 보장된다면 넘어가는 게 좋다고 생각한 진호였다.

"춘매와 하란, 추국, 동죽은 천녀에게도 친딸이나 다름없습니다. 대인께 어울리는 여인으로 자라도록 힘을 아끼지 않겠습니다. 그러니 걱정하지 마십시오."

어허! 이 여자까지 왜 이래? 오해라니까!

그 오빠에 그 여동생이었다.

하지만 진호는 그들의 오해를 풀어주지 않았다. 진호는 안회가 뇌물로 바친 원은보 삼백 냥이 들어 있는 상자를 내밀었다.

감보보는 순순히 받아들였다.

그러나 그 돈을 쓸 생각은 추호도 없었다. 보관만 했다가 네 소녀가 커서 돈이 필요할 때…….

'아무리 첩이라도 시집갈 때는 돈이 필요하지.'

그때 원보은 삼백 냥을 내놓을 생각이다. 물론 딸을 시집보내는 어미처럼 필요한 물품은 따로 준비하기로 했다.

그날 밤 진호는 네 소녀에게 닉산을 떠난다는 것과 감덕형과 감보보가 양육을 맡을 거라고 이야기해 줬다. 소녀들은 눈물을 펑펑 흘리며 따라가게 해달라고 애원했다.

진호는 단호하게 고개를 저었다.

어떤 위험이 있을지 모르는데 데려갈 수는 없었다. 그 대신 다시 돌아온다고 소녀들과 약속했다. 소녀들은 만약 돌아오지 않으면 자신들이 찾으러 나서겠다고 말하며 손가락을 걸었다. 그렇게 눈물의 밤은 지났다.

다음날 아침,

진호와 요롱이는 감보보와 네 소녀의 배웅을 받으며 백화산장을 떠났다. 네 소녀는 퉁퉁 부은 눈으로 멀어져 가는 진호의 뒷모습을 하염없이 바라만 보았다.

진호는 선착장으로 걸어갔다.

안회와 감덕형이 선착장에서 기다리고 있었다.

"편히 주무셨습니까?"

"별로."

안회가 쓴웃음을 지으며 보따리를 내밀었다.

"악양 하오문에 관한 건 모을 수 있는 대로 모아서 정리했습니다만 대인께서 흡족하실는지는……."

"수고했소, 안 노인."

눈이 붉게 충혈되도록 일한 대가가 고작 수고했다는 말 한마디였다. 그럼에도 안회는 기뻤다.

'이제 해방이다!'

진호가 낙산을 떠나기 때문이다.

감덕형이 길쭉한 나무 상자를 내밀었다.

"대인, 소관이 마련한 작은 성의입니다."

"이건 뭐요?"

상자를 열자 이 척 칠 촌 길이의 검은색 곤봉 세 개가 나왔다. 그런데 곤봉은 작은 고리로 연결돼 있었다.

"삼절곤이군. 그런데 재질이 철심목(鐵心木)인가?"

"과연 대인의 안목은 남다르십니다."

감덕형이 감탄했다는 표정을 지었다.

철심목은 강철보다 단단하고 나무 특유의 탄력을 가져 병장기를 만드는 데 최상급 재료였다. 워낙에 희귀한 데다 고가의 물품이라 병장기를 만드는 장인조차 알지 못했다.

그럼에도 진호가 철심목을 아는 건 그의 모친이 사용하던 병기가 철심목으로 만든 곤이었기 때문이다.

"이름은 뭔가?"

"별로 좋은 이름은 아닙니다. 흑망(黑蟒)이라고……."

검은 구렁이라는 이름은 상서롭지가 못하다. 그러나 진호는 오히려 마음에 들었다.

"호오, 멋지군. 흑룡이나 묵룡 따위가 이름이었다면 오히려 화가 났을 거야."

"마음에 드신다니 다행입니다."

안회가 안도하자 진호는 피식 웃고는 삼절곤을 쓰다듬듯이 매만지다가 의아한 표정을 지었다. 고리가 이어진 마디마다 나선으로 각진 부분이 있었던 것이다.

"이건……."

"흑망을 조립하면 곤이 됩니다."

찰칵! 찰칵!

진호가 연결 부위를 조립하자 감덕형의 말대로 길이 팔 척 일 촌의 검은색 곤으로 변했다.

"이거… 꽤나 마음에 드는군."

"대인께 드리는 소관의 작은 성의입니다."

"쉽게 구할 물건이 아닌데… 혹시 가보 아닌가?"

"저희 집은 그렇게 훌륭한 가문은 아닙니다."

사실 흑망은 감덕형 집안에서 삼대째 내려온 가보였다.

감덕형은 아내와 자식들의 목숨을 구해준 은혜를 조금이라도 갚으려고 깊숙이 숨겨놨던 가보를 꺼낸 것이다. 그걸 눈치 채지 못할 진호가 아니었다.

"고맙네."

그럼에도 진호가 흑망을 받은 건 감덕형의 성의를 무시할 수 없었기 때문이다. 진호는 곤을 해체해 삼절곤으로 만들더니 상자에 있는 가죽 주머니에 집어넣었다. 가죽 주머니에는 어깨에 멜 수 있도록 끈이 달려 있었다.

"그럼 이만 가보겠네."

진호는 가죽 주머니를 어깨에 메고 여객선에 탔다. 안회와 감덕형은 진호를 향해 포권지례를 올렸다.

중경으로 떠나는 여객선이 출발했다.

안회와 감덕형은 멀어져 가는 여객선을 바라보았다.

"그런데… 대인의 이름이 뭘까?"

"글쎄요. 끝까지 밝히지 않으셔서……."

춘매와 하란, 추국, 동죽은 진호의 본명을 알고 있었다. 소녀들의 울음을 멈추게 하려고 본명을 밝혔던 것이다. 물론 비밀로 하라고 주의 주는 것도 잊지 않았다.

안회가 눈살을 찌푸렸다.

"…섭섭하군. 이름 정도는 말해주지."

"그렇기는 합니다. 그런데 악양 하오문은 어떻게 될까요?"

"박살 나겠지."

안회가 악당처럼 음산하게 웃었다.

감덕형은 쓴웃음을 지으며 고개를 젓다가 입을 열었다.

"너무 즐거워하는 것 같습니다. 그래도 같은 하오문 아닙니까? 최소한 그들의 불행을 애도는 해줘야……."

"훙! 그놈들은 하오문의 이름을 먹칠하는 놈들이야! 유괴에 납치, 약탈, 매춘까지 돈이 된다면 제 부모 자식도 팔아먹을 놈들이지. 하오문을 위해선 아예 사라지는 게 좋아."
"대인께 드린 정보 중에 그것도 적어놨습니까?"
"아주 자세히."
안회의 두 눈이 섬뜩하게 빛났다.

중경을 향해 유유히 흘러가는 여객선.
진호는 선실에서 보따리를 풀었다. 악양 하오문에 관련된 정보를 정리한 서책 세 권과 열 냥짜리 원보은 열 개가 나왔다. 안회는 전별금을 잊지 않았던 것이다.
"훗, 꽤나 세심하군."
진호는 원보은을 챙기고 서책을 탐독했다. 악양 하오문의 밑바닥부터 상층부까지 자세하게 설명돼 있었고, 특히 그들이 저지른 악행이 빠짐없이 적혀 있었다.
"재미있군."
진호는 서책에 숨어 있는 안회의 흉계를 한눈에 파악했다. 서책을 탁자에 내려놓고 시선을 돌리자 사람처럼 바닥에 등을 대고 배를 드러낸 채 잠자고 있는 요롱이가 눈에 들어왔다.
"…갈수록 가관이구나."
자는 모습이 귀여워서 봐줬다.

진호는 고개를 설레설레 흔들고는 잠자리에 들었다. 밤은 깊어가고 여객선은 중경을 향해 유유히 흘러갔다.

며칠 후 여객선이 중경에 도착했다.

진호는 중경수군영(重慶水軍營)에 가서 동창의 영패를 내밀었다. 수군영의 책임자가 사색이 돼서 달려왔고, 진호는 쾌속선을 요구했다. 그들은 아무것도 묻지 않고 진호의 요구를 받아들였다. 하루에 사백여 리를 간다는 쾌속선은 빨랐다.

악양의 현성서문(縣城西門)에 강남삼대누각의 하나인 악양루가 있다. 진호는 악양에 도착하자마자 악양루부터 올랐다.

"마치 바다 같군."

악양루에 서자 동정호와 장강이 눈앞에 펼쳐졌다.

수평선 위로 석양이 황홀하게 타오르자 진호는 악양루에서 내려왔다. 객잔에 짐을 풀고 며칠 동안 악양 하오문에 대해 탐문했다. 안회의 정보는 틀리지 않았다.

주민들의 원성이 결코 장난이 아니었다. 악양 하오문은 온갖 악행을 저질렀고, 그럼에도 그들이 무사한 것은 악양의 관부에 정기적으로 막대한 뇌물을 바쳤기 때문이다.

게다가 악양은 수적 연합체인 장강십팔타의 총타가 있는 동정호에 속한 데다 호북과 호남에 있는 강호 세력들의 완충지역이라 여타의 세력이나 협객들도 끼어들 수가 없었다. 악양 하오문은 그걸 이용해 마음껏 악행을 저질렀다.

"그럼 슬슬 시작해 볼까."

진호가 들어간 곳은 악양 성내에서 최고의 성세를 누리고 있는 최대 규모의 도박장이었다. 도박장은 일확천금을 노리는 바보들로 인해 발 디딜 틈이 없었다.

진호는 도박에 정신이 팔린 한 사람의 목덜미를 잡아채더니 도박장 밖으로 집어 던졌다.

"으아악!"

도박꾼들의 시선이 진호에게 향했다.

진호는 차례대로 도박꾼들을 밖으로 집어 던졌다. 개구리처럼 길바닥에 내팽개쳐진 도박꾼들은 끙끙 신음 소리를 냈다.

"넌 뭐야?"

"죽고 싶냐!"

단도를 꺼내 들고 덤빈 도박꾼도 있었다. 그런 놈들은 일단 팔부터 분질러 버리고 내던졌다. 그제야 위험을 깨달은 도박꾼들이 비명을 지르며 도망쳤다.

"멈춰라!"

도박장을 관리하는 덩치들이 몰려나왔다. 그들은 하나같이 흉악한 연장을 들고 있었다.

"넌 뭐 하는 놈이냐?"

진호는 주먹으로 대답했다.

빡!

"커억!"

"저 새끼를 죽여라!"

"와아!"

진호는 그들에게 인정을 베풀지 않았다. 팔다리가 부러지는 건 기본이고, 인정사정없이 날려 버렸다. 지붕을 뚫고 튀어나간 놈부터 벽에 박힌 놈까지 희생자는 다채로웠다. 게다가 진호는 도박장을 붕괴시킬 작정이었는지 내가장력마저 사용했다.

와르르! 쾅! 쾅!

끝내 지붕이 주저앉으면서 도박장이 폭삭 무너졌다.

미처 대피하지 못한 점원들과 도박꾼, 의식을 잃은 덩치들이 무너진 건물에 깔려 버렸다. 밖으로 내던져진 도박꾼들은 눈앞에서 벌어진 참상에 할 말을 잃었다.

잠시 후,

"와아아!"

소식을 들은 덩치 백여 명이 몰려왔다. 그들은 온갖 종류의 흉기를 들고 있었다.

"뭐, 뭐야?"

"이, 이럴 수가……!"

그들은 폭삭 무너진 도박장을 보며 잠시 얼이 빠졌다.

"너희들뿐이냐?"

무너진 도박장 옆에 서 있던 진호가 그들을 훑어보았다.

하나같이 흉신악귀처럼 생겼다.

낙산 하오문도들도 저들과 외모는 비슷하지만 한 가닥 선량함은 남아 있었다. 그러나 저들에게선 악의만이 풍겼다. 진호는 도박장의 잔해 속에서 부러진 탁자의 다리를 빼냈다.

"이제 시작할까?"

덩치들이 분노했다.

"죽여라!"

"와아아!"

진호가 돌진해 오는 선두의 덩치를 향해 탁자의 다리를 휘둘렀다. 이마가 터져 피를 흘리며 쓰러졌다. 덩치들은 눈에 핏발을 세우고 덤벼들었다.

퍼버버벅!

진호는 손속에 인정을 두지 않았다.

피로 물든 탁자 다리가 머리를 가격하면 두개골이 터졌고, 허리를 후려치면 몸통이 새우처럼 꺾였다. 팔이나 다리가 부러진 덩치들은 그야말로 운이 좋은 것이다.

"…으으으!"

"사, 살려줘!"

신음 소리를 내는 자는 소수에 불과했고 대부분 죽었거나 기절했다. 진호만이 서 있을 뿐 모두 땅바닥에 널브러졌다.

"이제 슬슬 다른 곳으로 가볼까?"

진호는 피와 살점이 묻어 있는 탁자 다리를 집어 던지고 두 번째 목표물을 향해 발걸음을 옮겼다. 구석에서 구경하고 있던 요롱이가 가벼운 발걸음으로 진호를 뒤따랐다.

악양의 홍등가.

대낮임에도 불구하고 한 남자가 넓은 침대에서 유녀들을 상대로 땀을 뻘뻘 흘리며 용을 쓰고 있었다. 허리를 흔들 때마다 요동치는 뱃살은 눈살이 찌푸려질 정도였다. 그러나 누구도 그를 비웃을 수 없었다. 그가 악양의 하오문주였기 때문이다.

"문주님, 큰일 났습니다!"

"이런 쌍!"

한참 흥이 올랐는데 방해한다면 설사 성자라도 욕이 나올 것이다. 악양 하오문주는 인상을 박박 쓰며 외쳤다.

"죽고 싶냐?"

"그, 그게 아니라 지금 큰일이 벌어졌습니다!"

"뭔 큰일?"

"웬 미친놈이 도박장을 박살 내고 선착장에서 애들을 작살 내고 있습니다."

"뭐라고?!"

악양 하오문주가 놀라 상체를 벌떡 일으켰다. 잔뜩 달아오른 유녀가 칭얼거리며 그에게 달라붙었다.

"아홍~ 어르신~ 어서~"
"비켜, 이년아!"
짝!
악양 하오문주가 솥뚜껑만 한 손바닥을 휘둘러 유녀의 뺨을 사정없이 후려쳤다. 유녀의 목이 기형적으로 꺾인 채 즉사했고, 코와 입에서 흘러나온 피가 침대를 더럽혔다.
"짜증나는군."
악양 하오문주가 눈살을 찌푸리더니 유녀의 시체를 침대 밖으로 집어 던졌다. 그걸 본 다른 유녀들은 겁에 질려 몸을 웅크리고 부들부들 떨었다.
"큰일 났습니다!"
또 다른 부하의 음성이 들려오자 잔뜩 찡그리고 있던 악양 하오문주의 얼굴이 아예 악귀처럼 변해 버렸다.
"이번엔 또 무슨 일이냐?"
"선착장에 있던 본 문의 선박이 모조리 불타고 있습니다. 그중 소금을 내리지 않은 배도 있습니다."
"뭐, 뭐라고?!"
악양 하오문주가 옷도 걸치지 않고 밖으로 뛰쳐나갔다. 얼마나 놀랐는지 그의 안구가 돌출할 지경이었다.
"어떤 놈이 그런 짓을 저지른 거냐?"
"도박장을 박살 내고 선착장의 아이들을 작살낸 놈입니다."

"커억!"

악양 하오문주가 목덜미를 잡고 신음성을 흘렸다.

그러나 그건 시작에 불과했다. 연이어 부하들이 달려와 진호가 일으킨 재앙을 알렸다. 악양 하오문주가 전신을 부들부들 떨며 큰 소리로 외쳤다.

"당장 애들을 모아라!"

"그, 그게……."

악양 하오문주가 무섭게 노려보자 부하는 고개를 푹 숙이고 조심스럽게 말을 꺼냈다.

"각 구역을 지키다가… 미친놈에게 모조리 박살 나서… 동원할 애들이 없습니다."

"다, 당장 포쾌공방에 알려 그놈을 잡으라고 해라!"

"알겠습니다."

소두목 급들이 악양현의 포쾌공방으로 달려갔다. 그런데 뇌물을 처먹은 포두와 관병들이 도움을 주지는 않고 오히려 그들을 죽도록 두들겨 패고는 감옥에 가둬 버렸다.

"네놈들이 이럴 수 있느냐?"

소두목들이 악을 쓰며 난리를 쳤다.

관병들이 감옥으로 몰려 들어가 인정사정없이 두들겨 팼고, 맞아 죽은 놈도 한 명 나왔다. 그럼에도 관병들은 개의치 않고 포승줄에 꽁꽁 묶인 그들을 무자비하게 다뤘다.

악양 관부에 이상한 변화가 생긴 것이다.

손육(孫六)은 우락부락한 외모와 달리 약삭빨랐다. 다른 동료들과는 달리 포쾌공방에 들어가지 않은 건 불길한 예감이 들었기 때문이다. 그는 담장에 매달려 포쾌공방에서 일어난 일을 하나도 놓치지 않고 목격했다.

"아이코! 큰일 났구나!"

그는 곧바로 악양 하오문주에게 달려갔다.

손육을 보고를 받은 악양 하오문주는 길길이 날뛰었다.

"머시라?! 감히 그놈들이 내 돈을 받아 처먹고는 정작 필요할 때 안면을 몰수해?! 네 이놈들을 당장 찢어 죽이리라!"

"문주님, 참으십시오."

"놔라! 지금 당장 포쾌공방으로 달려가 포두와 관병 놈들을 산 채로 껍질을 벗겨 버릴 테다!"

콰쾅!

갑자기 폭음이 터지면서 문짝이 날아갔다. 먼지가 가라앉자 사람의 그림자가 드러났다. 그는 진호였다.

"네놈이 악양의 하오문주냐?"

악양 하오문주가 어이없다는 표정을 지었다.

"저놈이 맛이 갔나 보다. 제정신을 차리게 도와줘라."

아무런 대답도 없었다.

악양 하오문주가 뒤룩뒤룩 살찐 목을 돌렸다. 그런데 있어야 할 손육이 보이지 않았다. 문짝이 날아가자마자 손육은 '다리야, 나 살려라' 하며 도망쳐 버린 것이다.

"이, 이놈이!"

악양 하오문주가 부들부들 떨며 격노했다.

진호는 악양 하오문주를 훑어보고는 고개를 저었다.

"안 노인에 비하면 탐욕스런 돼지에 불과하군. 어떻게 악양의 밤을 네놈 따위가 장악하게 됐는지 모르겠다."

"무슨 개소리냐?"

"일단 제정신부터 차린 후 시작하자."

진호가 혈흔이 가득한 몽둥이를 들어올렸다.

그리고,

빠빠빠빡!

시원한 타격성이 울려 퍼지고 돼지 멱따는 소리가 뒤를 이었다. 두 종류의 소리가 절묘한 화음을 구성했다.

"으아악! 사, 살려줘!"

반 각이 지나기도 전에 애절한 외침은 멈췄고, 타격성만 남았다. 신음성은 일각이 지나자 사라졌다.

"이제 정신을 차렸나?"

"…마, 말씀만… 하, 하십… 시오."

"너희가 운영하는 밀항선 중에 낙산을 들른 배가 있다."

"미, 밀항… 선은… 자, 장이(張二)가… 다, 담당해서… 소, 소인은… 자, 잘 모릅니다."

"쯧쯧, 그럼 미리 말하지."

어허, 세상에나! 언제 말할 기회를 줬던가!

제정신을 차리라며 몽둥이찜질부터 시작한 게 누구였는가.

"아까운 시간만 허비했잖아!"

사람을 곤죽으로 만들고는 고작 이런 소리를 한다. 그래도 악양 하오문주는 폭행을 멈추고 진호의 목소리가 부드러워졌다는 데 감사의 눈물을 뚝뚝 흘렸다.

"흑흑흑… 자, 장이는… 포, 포쾌… 공방에… 잡혀…….."

"알아, 알아. 일부러 말 안 해도 돼."

"고, 고맙… 습니… 다."

악양 하오문주는 확실히 맛이 갔다.

"자, 그럼 이제 처벌을 받아야지?"

"네? 그, 그게… 무슨… 말씀…인지…….."

"너는 내가 찾는 걸 알면서도 꼭꼭 숨어 있었잖아. 그 덕분에 널 찾아 헤매느라 고생했지."

"마, 말도… 안… 되는…….."

"금방 끝나니까 걱정 마."

진호가 널브러져 있는 악양 하오문주의 몸뚱이를 발로 밀어 굴렸다. 그의 등판이 훤히 드러났다.

"안 아프게 해줄게."

진호의 오른발이 악양 하오문주의 허리를 밟았다.

콰직!

"크아악!"

악양 하오문주의 척추가 박살 났다. 거품을 뿜어내며 사지를 버둥거리는 그의 모습은 대단히 추했다.

진호가 떠나자 유녀들이 들어왔다.

"도, 도와… 줘……."

악양 하오문주가 애절하게 도움을 요청했다.

유녀들은 등 뒤에 식칼을 감추고 고통에 몸부림치는 악양 하오문주에게 다가갔다.

악양현 포쾌공방.

진호가 나타나자 문지기들의 안색이 하얗게 질렸다.

문지기들이 인사를 하기도 전에 진호는 포쾌공방 안으로 뛰어들었다. 포두가 식은땀을 흘리며 달려왔다.

"대, 대인께 인사 올립니다."

진호는 악양 하오문을 치기 전에 현청을 먼저 방문했다.

동창의 이름은 무서웠다.

설령 죄가 없어도 죄인을 만드는 곳인데 하물며 하오문의 뇌물을 먹으며 악행에 동조한 그들에게 동창은 지옥보다 두려운 곳일 수밖에 없다.

"하오문도들 중에 장이가 있을 거다. 그놈을 데려와."

"아, 알겠습니다."

포두가 냅다 감옥으로 달려갔다.

그리고 사색이 돼서 돌아왔다. 하필이면 관병에게 맞아 죽은 자가 장이였던 것이다.

진호가 포두의 목을 잡았다.

"캑캑!"

"언제부터 재판도 없이 죄수를 죽일 권리를 얻었느냐?"

"…자, 잘못… 캑캑! 했습니다……!"

진호가 포두를 집어 던졌다.

나동그라진 포두의 꼬락서니는 불쌍할 정도였다.

진호는 악양 하오문주를 찾아 홍등가로 향했다. 그러나 그는 벌써 유녀들 손에 해체돼 고깃덩이로 변한 뒤였다.

"…피곤하게 됐군."

추적의 끈은 아직 끊어지지 않았다. 비록 책임자가 사라졌지만 실무자들이 남았기 때문이다.

진호는 포쾌공방으로 돌아갔다.

다음날 아침.

저잣거리에 모인 주민들은 삼삼오오 모여 악양 하오문에 대해 수군거렸다. 이른 아침부터 관병들이 사방을 이 잡듯이 뒤져 하오문의 졸개들을 잡아들이자 끝까지 의심의 눈길을 보내던 주민들이 환호하며 기뻐했다.

악양의 외곽.

정오인데도 음산한 기운이 흐르는 낡은 폐찰에 손육이 나타났다. 손육은 이리저리 시선을 돌리며 주변을 살피다가 조심스럽게 폐찰로 들어갔다. 마당은 사람 키만큼 자란 잡초와 무성한 가시덤불로 움직이는 것조차 어려웠다.

　손육은 잡초를 쓰러뜨리며 대웅전으로 향했다.

　대웅전은 절반 넘게 허물어져 있었다. 손육은 다시 한 번 주변을 살피고는 조심스럽게 대웅전으로 들어갔다.

　불상이 있는 자리에 꼽추노인이 앉아 있었다.

　"손육이 산자(山子) 어른을 뵙습니다."

　꼽추노인의 이름은 팔준마의 하나인 산자였다.

　"무슨 일이냐?"

　"악양에 변화가 생겼습니다."

　"자세히 보고해라."

　"이십대 초반의 청년이 악양 하오문을 초토화시켰습니다. 게다가 무슨 일인지 악양의 관부마저 등을 돌렸습니다."

　산자의 눈빛이 흉험해졌다.

　손육의 얼굴에 두려움이 떠올랐다.

　"그자의 정체는?"

　"송구하오나 아직 파악하지 못했습니다."

　"도망치기 바빴을 테니 조사할 여유가 없었겠지."

　산자의 음성은 소름이 끼치도록 싸늘했다.

　손육은 식은땀을 흘렸다.

　"아, 아닙니다. 그 와중에도 최대한 조사를 했습니다."

　"결과는?"

"정확히 알아내진 못했지만 짐작 가는 것은 있습니다."

산자가 지그시 바라보자 손육이 입을 열었다.

"관부가 급작스럽게 태도를 바꾼 점이 그자의 정체를 밝히는 단초라고 봅니다."

"강호의 인물은 아니라는 거로군."

"네, 그렇습니다."

"호광성 승선포정사에 침투한 간세가 특별한 보고를 하지 않았다. 그렇다면 북경에서 보낸 자라는 뜻이다."

"그, 그럼 창위에서……."

산자가 고개를 끄덕였다.

창위는 금의위와 동창을 합쳐 부르는 말이다. 그들이라면 악양의 관부를 좌지우지할 권력이 있었다.

"좀 더 자세한 조사를 하겠습니다."

산자는 말없이 고개를 끄덕이고는 눈을 감았다. 손육은 식은땀을 닦으며 조용히 물러났.

진호와 요롱이는 배를 타고 남하했다.

동정호를 지나 상강(湘江)을 거슬러 올라갔다. 광서 흥안현(興安縣)에서 발원해 동정호로 흐르는 상강의 상자는 호남의 옛 지명이기도 했다. 호남인들에게 있어 상강은 동정호만큼이나 중요한 위치를 가지고 있다는 뜻이다.

"느리군."

물결을 거슬러 올라가는 배가 빠를 리 없다. 배의 도착지는 상강의 강변에 있는 장사였다.

장사에 도착하자 진호는 선착장에서 시내로 쭉 뻗은 중산로(中山路)를 따라 걷다가 사거리에서 좌회전해서 부용북로(芙蓉北路)를 타고 북쪽으로 올라갔다.

'악양과 다르군.'

호남인은 고집이 세고 배타적이며 남을 쉽게 인정하지 않는 데다 저항 의식이 강했다. 그래서인지 예로부터 호남십리부동음(湖南十里不動音)이란 말이 있었던 것이다.

장사는 악양과 달리 호남인의 기질이 넘쳤다. 아무래도 장강 연안에 속한 데다 동정호로 인해 교류가 활발한 악양과는 다를 수밖에 없었다.

'이거… 쉽지가 않겠어.'

진호는 유륜을 뒤쫓아 장사에 온 것이다.

악양의 포쾌공방에 잡힌 하오문도 중에서 밀항선과 연관된 자들을 심문한 결과 낙산을 운행했던 선박을 남궁제명이란 인물이 빌렸다는 사실이 튀어나왔기 때문이다. 그는 남궁세가의 노가주인 남궁산의 셋째 아들이었다.

"저긴가?"

진호가 발걸음을 멈췄다.

남궁세가의 전경이 시야에 들어왔다. 웅장한 정문 위에 망루가 세워져 있고, 흑갈색 벽돌로 쌓은 담장은 높이만도 이

장에 달했으며 끝이 보이지 않았다.

진호는 남궁세가를 유심히 쳐다보다가 되돌아갔다. 그리곤 장사 성내를 돌아다니며 하오문을 찾았다.

"…어처구니없군."

장사에는 하오문이 없었다.

아니, 세우지 못했다는 게 정확했다. 남궁세가의 힘이 장사 구석구석까지 미치는 터라 하오문이 발붙일 곳이 없었고, 자생할 여지도 없었던 것이다.

장사에서는 정보를 얻을 만한 곳이 없었다.

개방의 장사 분타가 있었지만 그들에게 도움을 얻을 수도 없었다. 며칠 동안 발품을 팔았지만 아무것도 얻지 못했다. 장사의 주민들이 외지인과는 말도 섞지 않았기 때문이다.

진호는 느긋하게 생각하고 때를 기다렸다.

그렇게 시간이 흘러갔다.

어느 날,

한량처럼 장사 성내를 느긋하게 오가며 시간을 보내던 진호는 다루(茶樓)에 들어가 차를 마셨다. 그런데 옆 좌석에서 귀가 번쩍 뜨이는 말이 흘러나왔다.

"이보게, 백운(白雲). 자네가 남궁세가를 방문한다는 말이 있던데 그게 무슨 소리인가?"

"사부님께서 남궁세가의 회갑연(回甲宴)에 초대받으셨네.

나는 수행원으로 남궁세가에 가게 됐을 뿐이지."

"일개 무부(武夫) 주제에 오래도 사는군."

"이보게, 담운(淡雲). 말조심하시게."

백운이 화들짝 놀라며 주변을 둘러보았다. 주변에 있던 손님들이 눈살을 찌푸렸다.

장사의 주민들 대부분이 남궁세가의 영향권 안에서 살고 있었다. 농민들은 남궁세가의 소작농이고, 상인들은 남궁세가에서 운영하는 사업장의 고용인들이다.

그럼에도 그들이 불쾌감만 표출할 뿐 행동으로 옮기지 못한 것은 백운과 담운이 악록서원의 유생이었기 때문이다. 악록서원은 주자학의 산실이며 호남학파의 본거지였다.

"알았네, 알았어."

"예로부터 화는 입에서 나온다고 했네."

"하하하! 예로부터 마누라가 예쁘면 처갓집 말뚝에도 절을 한다던데 자네도 그 범례를 벗어나지 못하는군."

"그게 무슨 말인가?"

"처갓집 말뚝도 예쁜데 하물며 처갓집 어르신을 욕했으니 자네가 화내는 것도 당연하다는 뜻이지."

"그게 무슨 망발인가?"

"남궁선(南宮瑄) 소저."

백운이 안색이 순식간에 붉게 달아올랐다. 그러나 곧바로 낙담 어린 표정을 지으며 백운은 시무룩해졌다.

"남궁 소저는 약혼자가 있네. 이상한 소문이라도 돌았다간 남궁 소저에게 누를 끼치는 일이지. 그러니 담운 자네만이라도 더 이상 남궁 소저를 언급하지 말게나."

"쯧쯧쯧, 어리석은 친구."

백운의 얼굴에 깊은 수심이 서렸다.

담운은 친구의 얼굴을 물끄러미 바라보다가 피식 웃었다. 그는 친구를 위해 대화의 방향을 바꾸기로 결정했다.

"그런데 남궁세가의 잔치라면 손님들도 꽤나 많겠군."

"천하 각지에서 축하 사절이 온다고 들었네."

"어허! 지현 대인도 가실 텐데… 천하의 명숙들이 몰려온다면 빛이 상당히 바래겠군."

"자네는 대놓고 초 대인을 싫어하는군."

담운이 이죽거리자 백운이 미소를 지었다.

"그는 탐관오리야. 그러니 내가 싫어할 수밖에 없지."

"그래도 우리의 선배라네. 서원에서 공부할 때는 타의 모범이었다고 들었네."

"그것 때문에 그를 더 싫어하는 것이네."

"자네도 남궁세가의 회갑연에 가도록 사부님께 부탁을 드리겠네. 초 대인과 만나 대화를 나눠보게."

"어허, 큰일 날 소리. 그랬다간 도리어 난리가 날 거야. 하지만 남궁세가에 가는 건 환영이네."

담운이 음흉하게 웃었다.

"뭔가, 채신머리없는 그 웃음은?"

"남궁세가에 호남제일미(湖南第一美)라는 해어화(解語花) 남궁산산이 있지 않은가."

"어허, 이 사람이······. 말을 가려서 하게."

해어화는 말을 알아듣는 꽃으로 미인을 뜻하지만 동시에 기녀라는 의미도 있었다. 호남을 대표하는 남궁세가의 여인에게 사용할 단어가 아니었다.

"하하하! 알았네, 알았어."

"진정 알기는 한 건가?"

"아마도."

"허!"

백운이 고개를 설레설레 젓자 담운이 크게 웃었다.

"하하하! 이만 돌아가세."

"그러세. 더 이상 시간을 지체했다간 심야에 악록산을 헤매는 사태를 맞이할 거야."

백운과 담운이 서둘러 나갔다.

진호는 두 유생을 무심히 쳐다보다가 품속에서 동창의 영부를 꺼내며 의미심장한 미소를 지었다.

"이번에도 이걸 써야겠군."

제13장
남궁산의 회갑연

 남궁세가의 정문이 활짝 열렸다.
 정문의 좌측에 대남궁세가라고 적힌 깃발이 휘날렸고, 우측의 깃발에는 만수대례화연(萬壽大禮華宴)이란 글이 적혀 있었다. 남궁산의 회갑연을 알리는 깃발이었다.
 이른 아침부터 몰려든 하객들로 인해 오천 평이 넘는 연무장에 가득한 천막들이 미어터질 정도였다.
 펑펑!
 사방에서 폭죽이 터졌고, 수백 명이 넘는 하인과 하녀들이 연신 술과 음식을 부지런히 날랐다.
 내원의 영빈청(迎賓廳).

푸른 하늘에 용틀임하는 구름이 그려진 벽면의 중앙에 화려한 태사의가 있었다. 실내의 중심부는 넓게 비워놨고, 좌, 우측에 산해진미가 가득한 식탁들이 줄지어 있고, 청첩장을 받은 삼백여 명의 하객이 자리에 앉아 있다.

지이잉!

징이 울렸다.

"대남궁세가의 가주님께서 나오십니다!"

남궁산이 세 아들 부부와 손자, 손녀들을 이끌고 영빈청에 나타났다. 삼백여 명의 하객이 일제히 일어섰다.

"남궁 노협께 인사를 올립니다!"

"고맙소이다!"

남궁산은 엄숙한 얼굴로 하객들에게 답례를 하고 태사의에 앉았다. 꼿꼿한 자세로 앉은 그는 보검처럼 날카로웠다.

그의 장남인 남궁제성 부부와 차남인 남궁제인 부부, 삼남인 남궁제명 부부가 남궁산의 면전에 서자 그들의 자녀들과 며느리 등이 뒤에 섰다.

"하례드립니다, 아버님."

"하례드립니다, 할아버지."

"고맙구나."

자손들의 절을 받았음에도 남궁산의 표정은 변화가 없었다. 세 아들 부부와 장손 부부, 손자, 손녀들이 자리에 앉자 남궁산은 자리에서 일어나 술잔을 들었다.

"하객 여러분들께 삼배(三盃)를 올리겠소."

"생신을 축하드립니다.

"남궁 노협의 장수를 기원합니다."

남궁산이 석 잔의 술을 마시자 하객들도 뒤따라 마셨다.

남궁 삼 형제가 하객들 앞에 섰다.

"하객 여러분께 감사의 인사를 올립니다."

남궁제성이 하객들에게 포권의 예를 올리자 그의 두 동생도 뒤따라 포권의 예를 올렸다.

"마음껏 연회를 즐기시길 바랍니다."

남궁제성은 악단 쪽으로 시선을 돌렸다.

웅장한 음악이 연주되면서 연회가 시작됐다. 각파의 축하사절로 온 무림명숙들이 남궁산에게 몰렸다. 그사이 남궁 삼 형제는 하객들에게 향했다. 남궁세가의 소가주인 남궁제성은 악록서원의 노학사부터 찾았고, 장사현의 지현 대인은 두 번째였다.

그럼에도 현령은 불쾌한 얼굴이 아니었다.

"지현 대인, 공무가 바쁜데도 본 가를 방문해 아버님의 회갑을 축하해 주시다니 진심으로 감사의 인사를 드립니다."

"당연히 와야지요. 장사의 현령이 남궁 노대인의 회갑에 빠져서야 되겠습니까."

"고맙습니다, 지현 대인."

남궁제성은 장사현의 현령과 대화하다 뒤편에 서 있는 진호를 발견했다. 현령이 진호를 가리키며 입을 열었다.

"본관의 오촌 조카이외다."

"초홍(楚洪)입니다."

남궁제성이 진호를 주시하자 장사 현령은 미리 준비한 거짓 신분을 말했고, 기다렸다는 듯이 진호도 가명을 꺼냈다.

남궁제성의 얼굴에 의구심이 떠올랐다.

두꺼비를 닮은 현령과 훤칠하고 수려한 진호가 인척 관계라면 누가 믿겠는가. 게다가 현령과 진호는 기질 차이가 너무나 컸다. 그러나 남궁제성을 곤혹하게 한 건 다른 데 있었다.

'안면이 있는 것 같은데……'

남궁제성은 진호가 낯설지가 않았다. 그럼에도 처음 본 사람이라는 느낌도 강하게 들었다.

"남궁제성일세."

"명성은 익히 들어 알고 있습니다."

"허허, 강호인은 아닌 것 같은데 뭘 하시나?"

"나라의 녹을 먹으며 살고 있습니다."

"그러신가?"

진호가 자세한 설명을 피하자 남궁제성은 현령과 몇 마디를 나눈 후 다른 하객들을 찾아 떠났다.

"하아!"

"당숙 어른, 이곳은 남궁세가입니다."

현령이 안도의 한숨을 내쉬자 진호가 작은 목소리로 주의를 줬다. 그는 식은땀을 흘리며 진호를 힐끗 쳐다봤다.

'도대체 이 동창의 악귀가 노리는 게 뭘까?'

현령의 궁금증은 커져만 갔다.

둥! 둥! 둥!

갑자기 북소리가 밖에서 울렸다.

영빈청의 문이 열리고 수십여 명의 무사들이 들이닥치더니 팔인교(八人轎)가 들어왔다. 팔인교에는 백미백염(白眉白髥)의 백발노인이 앉아 있었다.

"수룡왕(水龍王) 납시오!"

하객들의 안색이 창백해졌다.

흑도삼왕의 일인이며 장강십팔타의 총타주인 수룡왕 한우령(韓宇靈)이 갑자기 나타났으니 당연한 일이었다. 그런데 남궁산과 남궁 삼 형제의 표정은 다른 사람들과 달랐다.

"사돈의 환갑을 축하하오!"

영빈청 내부가 웅웅 울렸다.

사람들은 수룡왕의 공력보다 그 내용에 경악했다.

웅성웅성!

사람들이 남궁세가 일가와 수룡왕을 힐끗힐끗 쳐다보며 수군거렸다. 남궁산이 벌떡 일어섰다.

"초대장도 없이 잘도 들어왔구려."

"앞을 막던 허수아비들이 있었지."

"그들을 죽였소?"

"껄껄껄! 사돈의 환갑을 축하하러 왔는데 어찌 피를 보겠소. 하지만 무례를 범한 놈들을 용서할 수도 없고, 그래서 가벼운 징계로만 그쳤소이다."

남궁산이 차남에게 눈짓을 보냈다.

남궁제인은 수룡왕 일행에게 제압당한 호원 무사들을 구하기 위해 부하들을 이끌고 영빈청 밖으로 나갔다.

"축하 인사는 받겠지만 사돈이란 말은 받아들일 수 없소."

남궁산이 차갑게 말하자 하객들이 수군거렸다.

"수룡왕 측에서 남궁세가에 청혼을 했군."

"남궁세가는 당연히 거부했을 테고……."

"정과 사는 빙탄불상용(氷炭不相容)의 관계이니 있을 수 없는 일이지. 게다가 수적 무리가 명문 중의 명문인 남궁세가와 사돈지간이 되려고 하다니 욕심이 과해."

"그래서 수룡왕이 직접 왔군."

하객 중 일부는 수룡왕을 경멸했다. 그러나 어느 누구도 수룡왕 앞에 나가 대놓고 말하는 자는 없었다.

"남궁 가주."

수룡왕이 입을 열었다.

"지난 수백 년 동안 장강십팔타와 남궁세가는 동정호를 놓고 수없이 충돌했소. 강호로 진출하려면 동정호가 필요한 남궁세가와 본거지를 빼앗길 수 없는 장강십팔타는 충돌할 수밖에 없는 게 당연한지도 모르오. 하지만 그로 인해 원한이 쌓이고 쌓여 화해할 방법조차 없게 됐소."

"본 가는 이십 년이 넘도록 동정호로 진출한 적이 없소."

"내가 눈을 감으면 그대의 후손과 내 후손들이 동정호의 지배권을 놓고 또다시 피를 흘리겠지."

"그게 운명이오."

"나는 그 피의 굴레를 없애고 싶다. 대대손손 내려온 지긋지긋한 원한을 없애고 싶은 거다. 그래서 내 장손과 그대의 큰손녀를 결혼시키려는 것이다."

수룡왕의 위엄이 빛났다.

남궁산은 내심 탄복하며 입을 열었다.

"수룡왕에겐 진심으로 감복했소. 하지만 호랑이는 호랑이와 짝짓고 용에겐 용이 짝이오."

"으하하하!"

수룡왕의 웃음이 멈추자 숨 막히는 침묵이 영빈청을 내리눌렀다. 수군거리던 하객들도 입을 다물었다.

"끝내 나의 염원을 짓밟겠다는 것인가?"

"내 큰손녀는 약혼자가 있소."

"그게 무슨 대수인가?"

변명은 용납하지 않겠다는 기세였다.

남궁산은 탄식했다.

"하아! 과연 장강의 패자답소."

"내 뜻을 받아들이겠다는 건가?"

남궁산은 고개를 저었다.

수룡왕의 전신에서 가공할 기운이 뿜어졌다. 영빈청에 모인 사람들의 안색이 다들 하얗게 질려 버렸다. 남궁산은 냉정한 얼굴을 유지했지만 등엔 식은땀이 흐르고 있었다.

'천하구대고수의 벽은 높고도 높구나.'

남궁산은 탄식했다.

천하가 인정하는 오대검호(五大劍豪)의 일인이지만 수룡왕의 기세에 눌렸던 것이다.

"남의 잔치에 뛰어들어 깽판을 놓다니! 그러고도 천하구대고수의 일인이라 할 수 있는가?"

덩치가 우람한 노인이 남궁산과 어깨를 같이했다. 그는 형산파의 최고수인 일장진삼상(一掌듔三湘) 강유위였다. 남궁산과 강유위는 호남을 대표하는 양대 고수였다.

수룡왕이 강유위를 응시했다.

"그대가 일장으로 삼상 지역을 뒤흔들었다는 강유위인가?"

"그렇소."

"너희 둘의 힘으론 나를 막을 수 없다."

"두 사람만으로 부족하다면 우리도 있소."

축하 사절로 온 각대 문파의 명숙들이 나섰다. 소림사의 고승부터 무당파의 장로, 화산파의 중년 부부, 종남파의 노고수, 각 지역을 장악한 무림세가의 인물들이었다.

수룡왕이 살기를 내뿜었다. 무시무시할 정도로 광포했다.

"헉!"

"크윽!"

모두 한 걸음 뒤로 물러났다. 그들의 안색은 백지장처럼 새하얗게 탈색됐다.

'과, 과연 수룡왕!'

그들은 천하구대고수의 존재감을 뼈저리게 느꼈다.

영빈청에 모인 하객들은 수룡왕의 살기에 놀라 주저앉거나 탁자 밑에 숨었고, 일부는 놀라 기절했다.

수룡왕이 갑자기 살기를 거두고 입을 열었다.

"남궁산, 나는 대대로 이어진 원한의 고리를 끊기 위해 장강십팔타의 우두머리임에도 직접 남궁세가에 왔다! 그럼에도 그대는 최소한의 성의조차 보이지 않았다!"

수룡왕이 싸늘하게 외치자 남궁산은 눈을 감고 잠시 동안 침묵하다가 눈과 입을 열었다.

"광동진가는 며느리가 될 아이가 스물두 살이 되도록 데려가지 않았다! 그래서 오늘과 같은 모욕을 당했다! 노부의 이름을 걸고 맹세하노니 오늘부로 광동진가와 맺은 정혼을 파기한다!"

"나, 남궁 노협……!"

"가, 가주님!"

대부분의 하객들은 놀란 눈으로 남궁산을 쳐다보았다.

남궁산의 회갑연 81

정혼을 파기하든, 혹은 파기당하든 상처를 입는 쪽은 여자와 여자의 집안이다. 그럼에도 남궁산은 정혼을 파기했다. 가문의 명예에 흠집이 간 것이다. 남궁세가의 가솔들은 울분이 치밀었는지 비통한 얼굴로 무릎을 꿇었다.
 그러나 남궁산과 남궁제성의 얼굴은 담담했고, 미혼의 자식과 제자를 대동한 무림명숙들도 비슷한 표정이었다. 그들은 회갑연에 오기 전에 어떤 밀약을 체결했던 것이다.
 진호의 안색이 창백해졌다.
 남궁산이 광동진가를 언급한 순간부터 표정이 무섭게 굳어지더니 냉정한 시선으로 남궁세가의 여인들을 훑어보았다.
 한 여인이 안색이 창백하게 변한 채 사시나무 떨듯 떨고 있었다. 그녀가 바로 남궁산의 큰손녀인 남궁선(南宮瑄)이었다. 남궁선의 두 볼에 눈물이 흘러내렸다.
 "오호! 나름대로 성의를 표했구려."
 수룡왕이 의미심장한 미소를 지으며 말했다.
 "사흘 후 비무초친(比武招親)을 열어 큰손녀의 남편을 구하겠소. 나이는 물론 신분, 결혼 여부도 따지지 않겠소. 누구라도 도전할 수 있소."
 수룡왕의 시선이 미혼의 자식과 제자를 대동한 무림명숙들에게 향했다. 그는 그들 사이에 어떤 밀약이 있음을 눈치챘다. 사흘 안에 비무초친을 연다는 게 증거였다.

"잔머리를 굴렸군."

"수룡왕의 장손이 비무초친에서 우승하면 내 큰손녀와 결혼하고, 본 가와 장강십팔타는 사돈지간이 될 수 있소."

"으하하! 지금 한 말을 잊지 마시게."

수룡왕은 화내지 않았다. 오히려 남궁산의 선언을 기다렸다는 듯한 표정을 짓고는 옆에 있는 청년에게 시선을 돌렸다. 우람한 덩치의 청년은 우직한 외모와 달리 눈빛이 날카로웠다.

"세광아, 네 생각은 어떠냐?"

"할아버님께 실망을 드리지 않겠습니다."

"으하하! 나는 당연한 일은 묻지 않는다. 내가 질문한 내용은 장차 너의 부인이 될 여자가 네 마음에 드느냐다."

우람한 덩치의 청년은 수룡왕의 장손인 한세광이었다. 그는 눈물을 글썽이고 있는 남궁선을 탐욕스럽게 노려보더니 히죽 웃었다. 그 모습에 남궁선은 어깨를 파르르 떨었다.

"소손이 비무초친에 나설 만한 가치는 있어 보입니다."

"그럼 됐다."

수룡왕이 남궁산에게 시선을 돌렸다.

"사흘 후 다시 오겠소."

"불청객이니 배웅은 하지 않겠소."

수룡왕을 태운 팔인교가 영빈청을 떠났다. 그러나 남궁산의 회갑연은 이미 엉망이 된 후였다. 대부분의 하객들이 어찌할 바를 몰라 엉거주춤할 때 남궁제성이 나섰다.

"여러분, 심려치 마시고 연회를 즐겨주십시오. 예상치 못한 불청객의 등장으로 흥이 깨졌지만 별일 아닙니다."

악사들이 흥겨운 연주를 시작했다.

그러나 일단 깨져 버린 흥겨운 분위기를 되살리지는 못했다. 다들 바늘방석에 앉은 것처럼 좌불안석이었다. 상인으로 보이는 몇 사람이 눈치를 보다 슬그머니 빠져나갔다. 남궁세가의 눈이 그들을 차갑게 노려보았다.

진호의 무심한 시선이 남궁제명을 훑어보고는 현령에게 옮겨졌다. 현령은 수룡왕이 사라졌음에도 벌벌 떨고 있었다.

"당숙 어른, 먼저 일어나겠습니다."

"그, 그러거라."

진호는 하객들 사이로 돌아다니던 남궁제명과 스치듯이 지나쳤다. 영빈청을 나간 진호의 손에 남궁제명의 요대에 달려 있던 붉은 수실이 들려 있었다.

남궁령(南宮玲)은 사랑스럽고 귀여운 소녀였다. 그녀는 무남독녀로 자라서인지 부친인 남궁제명은 물론 핏줄에게도 냉엄한 남궁산에게도 깊은 사랑을 받았다. 그래서인지 열네 살인데도 어린아이처럼 떼를 쓰거나 종종 말썽을 부렸다.

"아~ 지루해."

남궁령은 조부의 회갑연이 지루했다.

이런 엄숙한 자리보단 시끌벅적한 연무장의 연회가 그녀

는 더 좋았다. 예식이 끝나자마자 그녀는 눈치를 보다가 슬그머니 일어나 영빈청을 몰래 빠져나갔다.

"에헤헷! 성공이다."

남궁령은 연무장으로 향하는 회랑으로 향했다. 그런데 회랑에 들어서기 전에 수룡왕 일행을 발견했다.

"어라? 저건 또 뭐야?"

한 떼의 무사 집단은 그녀에게 아무런 흥미도 유발시키지 못했다. 그녀의 시선을 끈 것은 수룡왕의 팔인교였다.

"왕이라도 온 건가?"

제아무리 권력자라도 남궁세가 안에서 팔인교를 타고 활보할 수는 없었다. 그녀는 팔인교에 호기심을 느꼈지만 영빈청에 다시 들어가고 싶지는 않았다.

"알게 뭐야!"

남궁령은 어깨를 으쓱 하고는 연무장으로 향하는 회랑으로 들어섰다. 그런데 회랑에 들어서자마자 생전 처음 보는 기이한 동물이 그녀의 눈에 들어왔다.

"어라? 저게 뭐지?"

눈처럼 새하얀 털로 뒤덮인 동물의 다리는 매우 짧았고, 그에 비해 허리는 길었다. 기이한 동물은 요롱이였다.

남궁령은 요롱이를 뚫어지게 쳐다보다가 발걸음을 옮겼다. 요롱이는 처음 보는 소녀가 다가오는 데도 고개조차 돌리지 않고 오연한 태도를 유지했다.

남궁령이 요롱이를 만지려고 손을 뻗자,

획~

요롱이가 곧바로 몸을 날려 일 장 밖으로 물러났다. 물론 남궁령을 쳐다보지도 않았다.

"너, 꽤나 건방지구나."

남궁령이 요롱이를 잡겠다고 달려들었다. 그러나 요롱이가 쉽게 잡힐 리 없었다.

"헉… 헉… 뭐가 저리 빨라?"

남궁령이 일각이 넘도록 있는 힘껏 뒤쫓았지만 요롱이의 꼬리도 만지지 못했다.

그런데 갑자기,

"요롱아."

담장 뒤에서 진호의 음성이 들리자 요롱이가 담장을 가볍게 뛰어넘었다. 남궁령의 눈빛이 보석처럼 반짝였다.

"머, 멋져!"

남궁령도 담장을 뛰어넘었다. 일 장 높이의 담장도 남궁세가의 자녀에겐 계단에 불과했다.

"어머!"

착지할 지점에 진호가 있었다.

진호가 어쩔 줄 몰라 하며 낙하하는 남궁령은 받았다.

낯선 남자에게 안겨 버린 그녀의 얼굴이 능금처럼 붉어졌다. 그녀가 아직은 어린아이 같은 구석이 남아 있지만 사춘기에 들어선 열네 살의 소녀가 아닌가.

"내, 내려주세요."

진호가 남궁령을 내려놓았다.

발이 지면에 닿자 남궁령은 비틀거리며 뒤로 물러났다.

'남궁산의 손녀로군.'

진호는 소녀가 남궁제명의 딸인 줄은 몰랐다. 남궁산에게 대례를 올릴 때 뒷줄에 서 있던 남궁령을 봤을 뿐이다.

진호는 아무 말도 하지 않고 발걸음을 옮겼다. 물론 요롱이는 충성스런 개처럼 진호를 뒤따랐다. 남궁령이 어쩔 줄 몰라 하며 발을 동동 구르다 입을 열었다.

"잠깐만요!"

"무슨 일이오, 어린 소저?"

진호가 발걸음을 멈추고 뒤돌아서자 남궁령은 사춘기 소녀답게 얼굴을 붉히며 고개를 숙였다.

"이, 이름이 어떻게 돼요?"

"내 이름은 초홍이오."

고개 숙인 남궁령의 눈동자가 반짝였다. 그녀는 조심스럽게 고개를 들어 말했다.

"오빠 이름 말고 얘 이름이요."

그런다고 수줍어하는 표정을 감출 수는 없다.

진호는 무뚝뚝하게 말했다.

"요롱이오."

"귀여운 이름이네요."
남궁령이 요롱이에게 다가갔다.
머리를 쓰다듬으려고 하자 요롱이가 슬쩍 피했다.
"오호! 갑자기 화가 나네요."
남궁령이 싱글싱글 웃으며 말했다. 살기가 느껴지는 웃음이었다. 진호가 피식 웃으며 입을 열었다.
"요롱이는 단순한 개가 아니오, 어린 소저."
"네? 개라고요?"
진호가 고개를 끄덕였다. 남궁령은 믿을 수 없다는 표정을 지으며 요롱이를 샅샅이 훑어보았다.
'도대체 어디가 개라는 거야?'
차라리 살찐 족제비라고 말했으면 믿었을 것이다.
요롱이는 그녀의 눈빛이 마음에 안 드는지 고개를 돌렸다. 남궁령의 눈꼬리가 하늘 높이 치솟아올랐다.
'정말 밉네. 하지만 이 모습도 귀여워.'
남궁령은 요롱이를 품에 안고 빙글빙글 돌고 싶었다. 그녀가 눈을 반짝이며 요롱이를 쳐다볼 때 남궁선이 눈물을 흘리며 영빈청에서 뛰쳐나왔다. 남궁선이 진호와 남궁령이 있는 곳으로 달려온 것은 우연이었다.
"어? 언니!"
"려, 령아야."
남궁선이 흠칫 놀라며 눈물을 소매로 훔쳤다.

"언니, 무슨 일이야?"
"아무 일도 아니란다."

남궁선은 눈물은 닦았다. 그러나 얼굴에 스며든 슬픔까지 닦아내지는 못했다. 애잔함이 그녀를 더욱 아름답게 빛냈다.

그러나 진호는 관심조차 없었다.

"오빠, 잠깐만요."

남궁령이 떠나가려는 진호를 잡았다.

"더 할 말이 남았소?"

남궁령이 눈동자를 데굴데굴 굴리다가 요롱이를 봤다.

'그렇지. 저거다' 라는 표정이 역력했다.

"요롱이를 쓰다듬고 싶어요."

"원하시는 대로……."

"와아~ 고마워요, 오빠!"

진호가 허락하자 요롱이는 움직이지 않았다. 남궁령은 조심스럽게 다가와 요롱이의 머리를 쓰다듬었다.

"와아~ 감촉 끝내준다! 언니도 만져 봐!"

"아, 아니야. 언니는 됐어."

남궁선이 손사래를 쳤다.

조부가 갑자기 정혼을 취소하고 비무초친으로 남편을 결정한다고 선포했다. 그야말로 청천벽력 같은 일을 당했는데 정체도 모르는 동물을 쓰다듬어 줄 여유가 있을 리 없었다. 게다가 그녀는 동물을 싫어했다.

진호가 그녀를 힐끗 쳐다보았다.

'이 여자의 약혼자가…….'

남궁선을 응시하는 진호의 시선은 어두웠다. 남궁령은 그걸 보고 다른 뜻으로 오해했다.

"언니의 이름은 남궁선이에요. 사촌 언니지만 친언니보다 더 좋아요. 물론 나는 친언니도 동생도 없지만요."

"령아!"

여인의 이름은 함부로 밝히지 않는 법이다.

남궁선이 화난 얼굴로 노려보자 남궁령이 자라목이 됐다.

'내가 령아에게 화풀이를 했구나.'

남궁선은 미안한 마음이 들어 남궁령을 품에 안았다.

"령아야, 미안해. 언니가 잘못했어."

"아니야, 언니. 내가 잘못했어."

남궁선은 사촌 동생의 머리를 쓰다듬으며 미소를 지었다.

"언니랑 같이 낙안정(落雁庭)에 가서 놀까?"

"응, 언니."

낙안정은 남궁세가의 비원(秘苑)으로 그 아름다움에 취해 날던 기러기마저 떨어진다고 할 정도로 아름다운 정원이었다. 오직 가족들만이 사용하는 비처이기도 했다.

"오빠도 같이 가요."

진호와 남궁선이 동시에 당혹한 표정을 지었다.

그녀가 처녀 특유의 수줍음이 작용했다면 진호는 다른 의

미로 남궁선이 불편했고 피해야 할 상대였다.
"불가."
"안 돼!"
진호와 남궁선이 동시에 대답했다.
남궁선은 순간적으로 마음이 통했다는 생각이 들어 얼굴을 붉혔지만 진호는 무표정이었다.
"오빠, 은혜를 받으면 보답하라고 배웠어요. 나는 요롱이를 만지게 해준 은혜를 갚아야 해요."
"마음만으로 충분하오, 어린 소저."
"남궁세가의 자랑스러운 딸이 은혜도 갚지 않는 후안무치한 여자가 될 수는 없어요! 아암, 그렇고말고요!"
두 주먹 불끈 쥐고 콧김을 뿜어내는 남궁령은 마치 성난 황소 같았다. 남궁선은 당황했다.
"죄송합니다. 제 여동생의 무례를 용서해 주세요."
"언니, 나는 무례하게 굴지 않았어!"
"령아야!"
남궁선의 음성이 높아졌다.
그럼에도 남궁령은 이대로 물러날 기세가 아니었다.
"아! 언니는 오빠 이름을 모르지? 오빠 이름은 초홍이야."
"려, 령아야."
남궁령이 작심을 하고 밀어붙이자 남궁선은 당황스러움과 민망함에 어찌할 바를 몰라 했다.

"언니, 오빠랑 같이 낙안정에 가자."
"도, 도대체 무슨 소리를 하는 거니?"
남궁령이 왼손으론 남궁선의 손을 잡고 오른손으론 진호의 손을 잡았다. 그리곤 낙안정으로 뛰어갔다.
진호와 남궁선은 당황했다. 얼마나 당황했는지 손을 뿌리칠 생각조차 못한 채 낙안정까지 끌려갔다. 덩달아 요룡이도 낙안정으로 향했다. 충성스럽게 주인을 뒤따라…….
기나긴 회랑을 지나고 몇 개의 문을 넘자 비취 빛 연못을 품에 안은 아름다운 정원이 가을의 정취를 풍겼다. 연못 한가운데에 그림처럼 아름다운 정자가 있었다.
"이게 낙안정이에요. 아름답죠?"
"그래, 아름답구나."
진호가 씁쓸하게 웃으며 대꾸했다.
'더 이상 남궁세가와 꼬이면 안 되는데…….'
남궁제명만이 문제가 아니었다. 의외로 남궁선도 문제였다. 아니, 그보다 남궁선이 더 큰 문제라는 게 정확했다.
"정자가 가장 멋있어요."
남궁령이 정자를 향해 깡충깡충 뛰어갔다. 그러다가 정자로 향하는 가교 앞에서 멈췄다.
한 여인이 정자의 난간에 앉아 있었다.
그녀를 발견한 남궁령은 어찌할 바를 몰라 난감해했고, 남궁선의 얼굴은 딱딱하게 굳어졌다. 정자의 난간에 앉아 있던 여인은 일어서더니 우아한 걸음걸이로 가교를 걸어왔다.
그녀는 진호와 남궁선, 남궁령 앞에서 멈췄다.
남궁령은 우물쭈물하며 시선을 이리저리 돌렸고, 남궁선은 더러운 것이라도 본 듯한 표정을 지었다. 그러나 진호는 그녀의 아름다움에 감탄했다.

서 있으면 작약, 앉으면 모란, 걷는 자태는 백합이어라.

그녀를 묘사하는 데 이보다 합당한 구절은 없었다.
진호가 찬탄하는 기색을 보이자 남궁선이 매우 불쾌하다는 표정을 지었다. 그녀는 그 장면을 보고 미묘한 미소를 지었다. 심장이 멈출 정도로 아름다운 미소였다.
그녀는 진호와 스치듯이 지나치며 낙안정을 떠났다.
"…꽃향기?"
그녀가 지나간 자리에 꽃향기가 남았다.
"당신도 뭇 사내들과 똑같군요."
그녀가 사라지자 남궁선이 진호를 싸늘하게 노려보았다. 진호는 무심한 표정으로 일관했다.
"당장 나가세요!"
남궁선이 격분했다.
진호는 말없이 낙안정을 떠났다. 그런데 회랑에 들어서자마자 꽃향기가 느껴졌다. 그녀가 진호를 기다리고 있었던 것

남궁산의 회갑연 93

이다.

"내 이름은 남궁산산이에요."

담운이 보고 싶어했던 호남제일미녀가 그녀였다.

그녀는 황홀한 미소를 짓고는 등을 돌렸다. 고혹적인 자태가 느껴지는 그녀의 뒷모습이 점차 멀어져 갔다.

제14장

꽃은 피를 불렀다

사흘 후.

남궁세가에서 장사 현령에게 사신을 보냈다. 사신은 진호를 비무초친에 초청한다는 초대장을 가지고 왔다.

"이상한 일이군."

진호가 눈살을 찌푸리다가 남궁세가로 떠났다.

남궁세가는 수백여 명의 무사들이 철통같은 경비를 서고 있었다. 정문 앞은 비무초친 소식을 들은 사람들로 인산인해를 이루었지만 남궁세가에 들어간 사람은 극소수에 불과했다.

진호처럼 초대장을 받았거나 비무초친의 도전자만이 들어

갈 수 있었다. 도전자도 정문 옆에 설치한 시험장에서 이십사 인이 펼치는 창궁검진을 일 다경 동안 버텨야 비무초친에 참가할 자격을 얻을 수 있었다. 자신의 용력을 믿는 자들이 도전했지만 모두 피투성이가 돼 개처럼 쫓겨났다.

진호는 인파를 뚫고 남궁세가의 정문에 들어섰다. 문지기에게 초대장을 내밀기도 전에 노인이 진호에게 인사를 했다.

"어서 오십시오, 초 공자."

하인이라고 자신을 소개한 노인은 진호를 낙안정으로 안내했다. 노인은 정자의 가교 앞까지만 안내하고 되돌아갔고, 진호는 가교를 건넜다. 정자에 가까워지자 꽃향기가 진호의 코끝을 스치며 흐트러졌다.

'남궁산산.'

꽃향기를 맡자마자 기억나는 여인이다.

바람이 불어와 장막처럼 늘어져 있던 비단 자락이 휘날리며 남궁산산이 보였다. 진호는 남궁산산에게 다가갔다.

"초대장을 보낸 사람이 소저였소?"

"네."

"이유는?"

"남녀가 만나는 데 이유가 필요한가요?"

꿈꾸는 것처럼 부드럽고 잠기듯이 아득한 음성이었다.

"헛걸음했군."

진호가 가차없이 등을 돌렸다.

남궁산산의 가느다란 손가락이 진호의 소매 끝을 붙잡았다. 진호가 고개를 돌렸다. 그녀의 투명한 눈동자에서 빛의 파편이 부서져 내리고 있었다.

"원하는 게 뭐요?"

"오늘 하루만 같이 있어줘요."

"……."

"부탁해요. 오늘 하루만 내 뜻대로 해주세요."

진호의 소매를 살포시 붙잡은 그녀의 손이 가늘게 떨렸다. 그 손에 실린 힘은 갓 태어난 어린아이보다 약했다.

진호가 고개를 끄덕였다.

"고마워요. 그리고 미안해요."

그녀의 말은 의미심장했다.

진호와 남궁산산은 그림 같은 가교를 지나 비무대가 설치돼 있는 연무장으로 향했다. 사흘 전만 해도 천막이 가득했던 연무장에 비무대와 객석이 만들어져 있었다.

비무대를 중심으로 사면에 설치된 객석에는 사람들로 가득했다. 동쪽 객석에는 남궁세가의 가솔과 무사들이, 서쪽 객석에는 수룡왕 일행과 장강십팔타의 고수들이, 남쪽 객석에는 각대 문파와 무림세가 진영이 차지했다.

북쪽 객석에는 남궁산과 남궁 삼 형제를 비롯해 각대 문파와 무림세가의 명숙들이 앉아 있고, 붉은 비단으로 얼굴을 가리고 화려한 혼례복을 입은 남궁선이 맨 앞에 앉아 있었다.

진호와 남궁산산은 남쪽 객석에 앉았다.

"해어화다!"

"저놈은 누구야?"

남쪽 객석에 있던 사람들이 술렁였다.

남궁산산의 미모에 다들 입을 다물지 못했고, 뭇 남성들은 질투 가득한 눈으로 진호를 노려보았다. 몇몇 시선은 거의 증오심이 담겨 있을 정도였다.

진호는 그들의 시선을 무시했다.

둥! 둥! 둥!

북소리가 울려 퍼졌다.

"지금부터 비무초친을 시작합니다! 용기있는 도전자는 비무대에 오르십시오!"

"내가 도전하지."

한 사내가 일 장 높이의 비무대로 날아올랐다. 그는 일장진삼상 강유위의 손자였다.

"북을 울려라!"

둥! 둥!

"북이 열 번 울릴 때까지 도전자가 없으면 강 소협이 비무초친의 승리자가 됩니다!"

둥! 둥!

여덟 번째 북소리가 울릴 때까지 약속이라도 한 것처럼 아무도 움직이지 않았다. 아홉 번째 북소리가 울리자 수룡왕의 손자인 한세광이 비무대로 뛰어올랐다.

"강산이라 하오."

"뭔 잡소리냐! 어서 덤벼!"

강산의 얼굴이 굳어졌다.

한세광은 손가락을 까닥이며 어서 덤비라고 종용했다. 강산은 형산파의 절기인 통비권으로 한세광의 얼굴을 노렸다.

"가소롭군."

길게 뻗은 강산의 주먹이 면전에 도달했는데도 한세광은 빈정거렸다. 한세광은 주먹이 얼굴에 닿으려는 순간 강산의 손목을 후려쳤다. 팔이 튕겨 나간 강산이 비틀거리며 등을 드러냈다. 한세광은 강산의 등을 향해 일장을 날렸다.

팡!

강산은 취한 것처럼 비틀거리며 한세광의 장력을 피했다. 형산파의 보법인 취원보(醉猿步)였다.

"웃기는 꼬락서니구나!"

한세광이 손바닥을 내밀자 강대한 기운이 회오리쳤다. 수룡왕의 절기인 와선장(渦旋掌)이었다.

강산의 안색이 변했다. 주변의 기류를 빨아들이는 와선장을 취원보로 피하는 건 무리였기 때문이다. 그는 조부인 일장 진삼상 강유위가 창안한 천성장(天星掌)을 사용하기로 했다.

위이잉~

강산이 쌍장을 휘두르자 별 무리가 소용돌이치는 기류 속으로 날아들었다. 폭음과 함께 와선장이 와해됐다.

한세광이 손바닥을 내밀자 수기(水氣)를 품은 장력이 바람을 갈랐다. 강산은 파랗게 질린 얼굴로 장력을 내뿜었지만 수룡왕의 절학인 수류장(水流掌)을 막기에는 역부족이었다.

"으아악!"

강산은 비명을 지르며 비무대 밖으로 튕겨졌다. 강유위가 몸을 날려 추락하는 강산을 받았다.

"대천성장(大天星掌)으로도 힘든데 소천성장(小天星掌)으로 수류장을 막다니, 어리석은 놈이구나."

한세광이 빈정거렸다.

손자의 상세를 살피던 강유위의 눈썹이 꿈틀거렸다. 그에게 있어 대천성장은 일장진삼상의 별호를 얻게 한 주역이었다. 그런데 새파란 후배, 그것도 흑도의 인물이 대천성장을 모욕했으니 참기 어려운 일이다.

"강 노선배님, 참으십시오."

남궁제성이 말렸다.

"부끄러운 모습을 보였네."

"그보다 강 소협을 치료하는 게 우선입니다. 어서 약방으로 가시지요."

"알겠네."

강유위는 손자를 안고 약방으로 달려갔다.

둥!

북소리가 울리자 또 다른 도전자가 올라갔다. 화산파의 기재로 알려진 청년 고수였지만 십 초를 견디지 못하고 패배했다.

처음과 달리 북소리가 울리기도 전에 새로운 도전자들이 덤벼들었고, 한세광은 와선장과 수류장만으로 승리를 얻어냈다.

각대 문파와 무림세가의 청년들이 끊임없이 도전했다, 마치 약속이라도 한 것처럼.

"으아악!"

소림사의 속가제자가 비명을 지르며 비무대에서 떨어졌다. 북쪽 객석에 앉아 있던 각파의 명숙들은 참담한 표정을 짓고 있었다. 그들의 제자나 혈육들이 모두 패배한 것이다.

약방에서 손자의 상세를 돌보던 강유위가 돌아오자 남궁산은 그에게 눈짓을 했다. 그가 고개를 끄덕이자 북쪽 객석의 뒤편에 앉아 있던 중년인이 비무대로 날아올랐다.

한세광은 물론 관객들 모두 경악했다.

"다, 당신이 도전하겠다는 거요?"

"남궁 가주님께서 분명히 말씀하셨다. 출신은 물론 나이, 결혼 여부도 따지지 않겠다고."

"빌어먹을! 그래도 이건 너무하잖아!"

그는 강유위의 대제자인 철장(鐵掌) 담공우였다. 나이는 사십대인데다 아내와 자녀가 있으며 그의 큰딸은 남궁선과 동갑이었다. 한세광이 투덜거리는 것은 당연했다.

꽃은 피를 불렀다 103

"너는 대천성장이 수류장을 막지 못한다고 말했다. 그 말에 책임을 져라."

"설마… 그 말 때문에 꽁해져서 올라왔단 말이오?"

담공우는 더 이상 말하지 않았다.

고오오!

별 무리가 담공우의 손바닥에서 튀어나왔다. 한세광은 전력을 담아 수류장을 펼쳤다.

콰쾅!

광풍이 객석을 덮쳤다.

한세광이 비틀거리며 뒤로 물러났다. 그는 이십여 명이 넘는 도전자들과 싸우느라 지친 상태였다.

"제기랄! 제기랄! 제기~랄!"

한세광은 분노했다. 부릅뜬 눈에서 살기가 쏟아졌다.

담공우가 대천성장을 날렸다.

고오오~

한세광이 연속적으로 수류장을 날려 막을 만들었지만 꼬리를 물고 이어지는 별들이 깨버렸다. 담공우는 섬광처럼 달려가 한세광의 얼굴과 몸통에다 주먹을 꽂았다.

"커억!"

담공우의 손이 갈수록 빨라져 눈에 보이지도 않았다.

퍼버벅!

한세광은 불쌍할 정도로 처참하게 두들겨 맞았다. 이 정도면 사질의 복수라는 단계를 벗어난 것이다. 그럼에도 서쪽 객석에 앉아 있는 수룡왕의 표정은 변함이 없었다.

담공우의 주먹질이 백여 회가 넘었다. 그런데도 한세광은 쓰러지지 않았다. 객석은 침묵했다.

"헉!"

담공우가 갑자기 신음성을 내뱉으며 뒤로 비틀거리며 물러났다. 그는 거칠게 숨을 내쉬며 한세광을 노려봤다. 한세광의 눈가와 입술은 부어올랐고, 얼굴은 시퍼런 멍투성이였다.

"…타천미기(打遷謎氣)."

"킥킥킥, 이제야 눈치를 챘군."

한세광이 비웃자 두들겨 맞아 부어오른 잇몸에서 피가 흘러내렸다. 담공우는 거칠게 숨을 내쉬며 비틀거렸다.

타천이기는 두들겨 맞으면서 상대의 내공을 탈취하는 기술이다. 전신을 수백 번 박살 내는 수련으로 완성된다는 소림십팔동인(少林十八銅人)들의 무공이다. 수백여 년 전 소림사가 십팔동인의 수련법이 잃어버렸을 때 타천이기도 실전됐다.

"어, 어째서… 수적 나부랭이가 타천이기를……."

담공우는 믿을 수 없다는 표정을 지었다. 그러나 충격이 가장 큰 사람은 소림사의 인물들이었다.

"장강십팔타를 무시하지 마라!"

한세광의 손바닥에서 금빛 광채가 뻗었다. 수룡왕의 절기인 금사장(金砂掌)이었다.

펑!

담공우는 복부에 일장을 맞고 비무대 밖으로 날아갔다. 강유위가 몸을 날려 의식을 잃은 그를 받았다. 그는 내장이 파열되고 피가 역류해 목숨이 위험했다. 강유위가 제자의 내상을 내력으로 다스리려고 했지만 상태가 오히려 위중해졌다.

소림사의 두 승려가 달려왔다.

"강 노협, 빈승이 담 시주를 살펴보겠소."

"부탁드립니다."

담공우는 내상보다 내부에 깃든 금상장의 기운이 더 위험했다. 금사기(金砂氣)가 돌아다니면서 세맥을 터뜨려 갈수록 상태가 위중해져 가는 것이다. 소림사의 승려들은 신음성을 흘렸다.

"이, 이건 대력금강장(大力金剛掌)!"

"아닐세, 사제. 대력금강장과 비슷하지만 다르네. 차라리 밀종의 금룡인(金龍印)에 가깝네. 실전된 소림십팔동인의 비법에 있던 무공 중 하나일 걸세."

"…아미타불."

소림사의 두 승려는 당혹스런 표정을 지었다. 자파에서 실전된 비법을 타인이, 그것도 흑도의 인물이 사용한다는 데 좋을 리가 없다. 게다가 상대는 수룡왕. 반환 요청도 쉽지 않았다.

"일단 담 시주부터 치료하세."

"네, 사형."

두 승려는 내력금강장의 요상법을 이용해 담공우의 몸을 갉아먹고 있는 금사기부터 풀었다.

둥! 둥!

그사이 북이 울렸다.

어느 누구도 한세광에게 도전할 생각을 버렸다. 담공우는 호남에서 다섯 손가락 안에 들어가는 고수였기 때문이다.

둥!

마침내 열 번째 북소리가 울렸다.

남궁선의 얼굴을 가린 붉은 비단이 바람이 불지도 않았는데 흔들리고 있었다. 비무대의 심판이 입이 열었다.

"한세광이 비무초친의 승리했음을 선언합니다!"

수룡왕 측은 기뻐했지만 대부분의 사람들이 참담한 표정을 지었다. 온갖 술수를 부렸음에도 패배했기 때문이다.

남궁산이 벌떡 일어나 객석을 떠났고, 남궁 삼 형제는 한숨만 내쉬었다. 제자나 아들이 다친 각파와 각 가문의 명숙들도 어두운 표정을 감추지 못하고 자리를 떠났다. 승리자인 한세광을 축하하는 사람들은 수룡왕 진영밖에 없었다.

객석에 있던 사람들이 하나둘 자리에서 일어나자 진호와 남궁산산도 연무장을 떠났다.

"며칠 전에 귀한 차를 얻었어요."

남궁산산이 떠나려는 진호를 붙잡았다.

그녀는 거짓말을 하지 않았다. 거처에 도착한 그녀는 침처럼 가느다란 은백색의 차를 내놓았다. 동정호의 섬인 군산에서 난다는 최상급 은침차(銀鍼茶)였다.

진호는 차를 마시며 시선을 서쪽 하늘로 돌렸다. 붉은 노을이 화려하게 타오르고 있었다. 남궁산산은 아무 말도 하지 않고 그윽한 눈으로 진호를 바라보았다.

"아가씨, 식사가 준비됐습니다."

그녀의 하녀가 다소곳한 태도로 다가와 말했다.

"이만 가보겠소."

"나는 언제나 혼자 식사했어요."

진호가 일어서자 남궁산산이 독백처럼 읊조렸다. 그녀의 음성은 쓸쓸함과 슬픔이 아련하게 배어 있었다.

진호가 하녀에게 물었다.

"내 것도 준비됐느냐?"

"네, 공자님."

하녀는 기쁜 얼굴로 대답했다.

식탁은 화려하지는 않았지만 정갈하고 맛깔스런 음식이 놓여 있었다. 남자를 초대할 거라는 주인의 말에 하녀가 식료를 담당한 하녀들에게 머리를 조아리며 얻어낸 식 재료로 정성을 다해 만들어낸 음식들이었다.

"고맙다."

"아니에요, 아가씨. 천녀가 못나서 지금까지 아가씨를 제대로 보필하지도 못했는데요."

하녀는 고개를 돌려 소매로 눈물을 훔쳤다.

"차린 건 없지만 맛있게 드세요."

하녀가 자리를 피하자 진호와 남궁산산은 식사를 했다.

남궁산산은 진호에게 술을 따랐다. 두 사람은 건배하고 술을 마시며 대화를 나눴다. 즐거운 식사 시간이 이어졌고, 밤은 점점 깊어갔다. 세 번째 술병이 비어질 때 진호는 술에 취해 눈을 끔뻑이며 비틀거렸다.

"취, 취했는지… 몸을 가누기… 어렵군."

진호가 일어서려다 탁자에 머리를 박았다.

"쿨쿨……."

진호가 잠들자 남궁산산이 일어섰다. 그녀는 진호를 벌떡 들어올리더니 침대로 향했다.

"미안해요."

그녀는 진호를 침대에 눕히고는 불을 끄고 몰래 밖으로 나갔다. 진호는 그녀가 떠나자 침대에서 일어나 식탁에 있는 술잔을 집어 들었다. 술 속에는 수면제가 섞여 있었다.

"뭔 일을 꾸미려는지 모르겠군."

진호도 밖으로 나갔다.

일체의 소음도 없이 유령처럼 남궁산산을 뒤쫓았다. 그녀는 진호의 존재를 눈치 채지 못했다.

붉은 등이 매달린 전각 앞에서 연회가 벌어지고 있었다.

수룡왕 측은 하나같이 기뻐하며 술을 마셨지만 남궁세가 측은 장례식에라도 온 것처럼 얼굴을 구기고 술을 마셨다. 한세광은 수적이 어떻게 노는지를 보여줬다.

"으핫하하! 다들 마시라고! 오늘은 내가 장가가는 날이야! 어서 축배를 들자!"

한세광은 술통을 들이키며 비틀거리다가 하녀가 지나가면 희롱했다. 장강십팔타의 인물들도 껄껄 웃으며 동참했고, 남궁세가의 인물들은 이를 악물며 참았다.

"난 이만 들어간다! 너희들은 밤새도록 마시고 즐겨라!"

"알겠습니다, 소두령님."

"신부에게 남자가 뭔지를 보여주십시오."

"아핫하하!"

한세광이 문을 박차고 전각으로 들어갔다.

신방에 붉은 비단으로 얼굴을 가리고 예복을 입은 여인이 침대에 다소곳하게 앉아 있었다.

"껄껄껄! 마누라! 장강의 남자답게 화끈하게 눌러주지!"

한세광이 신부를 덮쳤다.

"커억!"

한세광이 갑자기 비틀거리며 뒷걸음쳤다. 신부의 머리에 꽂혀 있던 비녀가 그의 왼쪽 가슴에 깊숙이 박혀 있었다. 타천미기가 작용하기도 전에 비녀가 흉부를 관통한 것이다.

"네, 네년이 감히 낭군을… 모살……!"

한세광이 무릎을 꿇고 주저앉았다. 그의 눈에서 급격하게 생기가 사라지더니 끝내 숨이 끊어져 버렸다.

신부가 소리없이 일어나 이불을 밑으로 제쳤다. 속옷만 입은 채 의식을 잃은 남궁선이 나타났다. 의문의 여인은 예복을 벗더니 남궁선에게 입혔다. 그녀는 남궁산산이었다.

다음날 아침.
"까아아악!"
남궁선의 비명 소리가 울려 퍼졌다.

하녀들이 다급하게 신방으로 뛰어들었고, 한세광의 사체를 가리키며 바들바들 떨고 있는 남궁선을 발견했다.

"무슨 일이냐?"

장강십팔타의 소두령인 정이가 문을 박차고 신방으로 뛰어들었다. 그는 시체로 변한 한세광을 보고 경악했다.

"소, 소타주님……!"

정이는 한세광의 사체 앞에서 무릎을 꿇었다. 한세광의 흉부에 박혀 있는 비녀가 그의 눈에 들어왔다. 그는 고개를 돌려 남궁선의 머리를 틀어 올린 비녀를 보았다. 비녀는 한세광을 살해한 흉기와 한 쌍이었다.

"네, 네년이 감히 소타주님을 모살해!"

정이가 칼을 뽑아 들고 남궁선에게 달려들었다.

하녀들이 비명을 지르며 주저앉았다.

와장창!

"멈춰라!"

중년 여인이 창문을 뚫고 들어와 정이의 칼을 막았다.

정이는 상대방의 무공이 만만치 않다는 것을 깨닫고 밖으로 뛰쳐나갔다. 지금은 싸울 때가 아니라 동료들에게 소타주의 죽음을 알려야 한다고 판단한 것이다.

"유, 유모……."

"괜찮으세요, 아가씨?"

중년 여인은 남궁선의 유모이며 호위였다. 남궁선은 유모의 품에 안겨 눈물을 흘렸다. 그녀는 연속적으로 발생한 불행한 일로 인해 약해져 있었다.

"소타주님이 살해당했다!"

정이의 음성이 사방으로 울려 퍼졌다.

남궁선을 안고 있던 유모의 안색이 변했다.

"아가씨, 어서 일어나세요."

일단 자리를 피해야 한다고 유모는 판단했다.

그러나 장강십팔타의 인물들은 예상보다 반응이 빨랐다. 술에 취해 인사불성이 됐던 자들도 정이의 외침을 듣자마자 눈을 부릅뜨고 칼을 뽑았다. 남궁선이 유모의 부축을 받으며 밖으로 나오자 정이가 외쳤다.

"저년이 소타주님을 해쳤다!"

정이가 칼을 쥐고 남궁선과 유모에게 돌진하자 장강십팔타의 인물들도 뒤따랐다. 그때 마침 정이의 외침을 듣고 몰려온 남궁세가의 무사들이 그 장면을 목격했다.
"막아라! 아가씨를 구해야 한다!"
"와아!"
양측은 정확한 사정도 모르고 충돌했다. 순식간에 칼부림이 벌어졌고, 피가 흘렀다.

 남궁세가의 취의청.
 남궁산과 남궁 삼 형제가 침통한 얼굴로 밤을 샜다. 손자에 이어 제자까지 한세광에게 패해 망신살이 뻗친 강유위와 소림과 무당의 대표도 남아 있었다.
"아미타불. 앞일이 난감하군요."
소림사의 승려가 한숨을 내쉬었다. 수룡왕의 계획을 막으려고 온갖 수작을 부렸음에도 끝내 실패로 끝났기 때문이다. 그들은 패배감과 참담함을 주체하지 못했다.
 남궁산의 무표정한 시선이 남궁제성의 얼굴에 꽂혔다.
"선아가 죽었다고 생각해라."
"소자도 마음을 굳혔습니다."
그들은 남궁선을 버리기로 결정했다. 아니, 처음부터 계획안에 있었다. 그래서 비무초친을 발표할 때 남궁세가의 사위가 아닌 남궁선의 남편을 구한다고 말했던 것이다.

"사파와 사돈을 맺어 본 가의 명예를 더럽힐 순 없다."
"수백 년 동안 선조들이 장강십팔타와 분전을 치르다 목숨을 잃으셨습니다. 소가주인 제가 그걸 어찌 잊을 수 있겠습니까? 오늘부로 선아는 남궁세가의 딸이 아니라 원수 집단인 장강십팔타의 계집입니다."

정과 사를 논하고 원한을 이야기했지만 그들의 비정함을 덮지는 못했다. 강유위와 소림사의 승려, 무당파의 도사는 고개를 돌려 남궁 부자의 비정함을 외면했다.

"가주님."

누군가 문밖에서 남궁산을 찾았다.

"들어오너라."

"네."

사십대 후반의 중후한 인상의 남자가 들어왔다. 그는 남궁산의 이복동생이며 남궁세가의 총관인 남궁력이었다.

"새벽부터 무슨 일이냐?"

"광동진가에서 사람이 왔습니다."

남궁산의 차가운 표정은 변함이 없었지만 남궁제성은 달랐다. 눈썹이 가늘게 떨렸고 움켜쥔 주먹에 식은땀이 배었다.

"누가 왔느냐?"

"광동진가의 삼대호법과 일류무사 이십여 명입니다."

남궁산이 질문하자 남궁력이 곧바로 대답했다.

"진가주가 꽤나 화가 났나 보군."

"설마… 광동진가에서 이번 일을 알고 있다는 겁니까?"

"그렇지 않다면 광동진가의 최고수인 복록수(福祿壽) 삼대호법을 모두 보냈을 리가 없지 않느냐."

"으음… 보안을 철저하게 했는데……."

"그들은 광동을 장악한 단순한 무가(武家)가 아니다. 천하를 상대로 장사를 하는 대상가(大商家)다."

상업을 하는 데 세 가지가 필요하다.

첫째는 신용, 둘째는 정보, 셋째가 자금이다. 광동진가는 남궁산이 인정한 대상가답게 태산보다 무거운 신용과 바다와 같은 재력, 개방에 못지않은 정보력을 가지고 있었다.

남궁제성은 침음성을 흘리다가 남궁산에게 말했다.

"소자가 그들을 만나겠습니다."

"너로는 어렵다."

남궁산이 남궁력에게 시선을 돌렸다.

"복록수 삼대호법을 취의청에 모시게."

"알겠습니다."

남궁력이 나가자 소림사의 승려와 무당파의 도사가 자리에서 일어났다. 남궁산이 입을 열었다.

"일각 대사, 현진 도장, 선객이 후객 때문에 자리를 떠날 필요는 없지 않습니까?"

두 사람은 소림사와 무당파가 보낸 축하 사절의 책임자들이며, 강호에서 명성이 높은 고수들이었다. 남궁산의 의도를 단번에 눈치 챌 정도의 머리는 있었다.

'우릴 방패로 삼으려는 거로군.'

일각 대사와 현진 도장이 난색을 표했다. 그러나 남궁산의 얼굴은 한 치의 변화도 없었다.

잠시 후,

문이 열리고 남궁산과 연배가 비슷해 보이는 이남일녀가 남궁력의 안내를 받으며 취의청에 들어왔다. 그들은 광동진가의 삼대호법인 복옹(福翁), 녹파(祿婆), 수로(壽老)였다.

"남궁산이 복록수 세 분께 인사 올리겠소."

복록수 삼대호법은 한마디도 하지 않고 냉랭한 시선으로 남궁산을 노려만 보았다.

"세 분의 불쾌한 심정은 이해하고 있소."

"헛소리!"

녹파가 차갑게 외치자 취의청이 얼어붙었다.

부친이 모욕당하자 남궁 삼 형제가 분연히 일어섰다. 남궁산은 세 아들에게 나서지 말고 앉으라고 눈짓을 했다.

"세 분의 무용은 자주 들었소."

"그래 봤자 대남궁세가의 가주님보단 반 수 정도 떨어지오. 그러나 우리가 셋이란 걸 잊지 마시오. 물론 일각 대사와 현진 도장께서 돕는다면 다르겠지."

수로가 빈정거렸다.

일각 대사와 현진 도장은 아무 말도 하지 못하고 눈살을 찌푸렸다. 광동진가는 남궁세가와 각대 문파가 협력해 비무초친을 벌였다는 것까지 파악했던 것이다.

"아무래도 오해가 있는 것 같소."

"나흘 전 회갑연의 하객들 앞에서 정혼을 파기한다고 가주께서 직접 선포한 것을 벌써 잊으셨단 말이오? 하긴 환갑이 됐으니 치매에 걸릴 나이도 됐겠지."

녹파가 조롱했지만 남궁산은 화내지 않았다.

"사정이 있어 거짓을 말했을 뿐이오."

"남궁선이 수룡왕의 손자와 합방한 것도 거짓이오?"

수로가 이죽거렸다.

이번만큼은 남궁산도 참기 어려웠는지 눈썹이 파르르 흔들렸다. 그러나 화를 내서는 안 되는 상황. 남궁산은 바닥까지 드러난 인내심을 긁어모아 끝내 참았다.

"광동진가와 본 가의 혼약은 유효하오."

"남궁 가주께선 수적 따위에게 더럽혀진 여인을 본 가의 주모로 맞이하라고 말씀하시는 것이오?"

복옹이 처음으로 말문을 열었다.

언뜻 들으면 정중했지만 그 내용은 혹독했다. 차라리 녹파의 빈정거림이나 수로의 이죽거림이 나을 정도였다.

남궁제성이 일어났다.

"내게 딸은 하나밖에 없소. 그 아이가 광동진가의 소가주와 혼약한 아이요."

꽃은 피를 불렀다 117

남궁제성은 혼약이 아직 유효하다고 남궁산이 밝히는 순간 그 뜻을 알아챘다. 그 아버지에 그 아들이었다.

복록수 삼대호법의 안색이 변했다.

"무슨 뜻이오?"

"나는 두 아들과 딸 하나를 뒀소."

남궁제성은 슬하에 이남이녀가 있는데 갑자기 이남일녀로 변했다. 남궁선을 버렸다는 뜻이다.

복옹이 탄식하며 말했다.

"어허, 무섭군."

"사돈의 심기를 불쾌하게 만든 대가를 치르겠소."

남궁산이 말했다.

"어떤 대가를 치르겠다는 것이오?"

"큰아들의 장녀인 남궁정(南宮靜)이 시집갈 때 손서(孫壻)에게 창궁검해(蒼穹劍解)를 예물로 주겠소."

남궁 삼 형제가 경악했다.

남궁제성의 둘째딸이 장녀로 변했기 때문이 아니다. 가문의 비전인 창궁십팔검과 창궁검진의 정수가 담긴 창궁검해를 혼인 예물로 내놓겠다는 약속에 놀란 것이다.

복록수 삼대호법은 깜짝 놀라 전음으로 의견을 나눴다.

"귀공의 뜻을 가주님께 전하겠습니다."

"복록수 세 분이 귀 가의 가주께서 오해하고 있는 부분을 풀어주셨으면 합니다."

"노력은 해보겠습니다만… 가주님께서……."

복옹이 말끝을 흐리며 장담하지는 않았다. 그러나 그들의 반응이 긍정적인 것은 확실했다.

남궁산은 만면에 미소를 지었고, 취의청 내부의 분위기는 매우 부드러워졌다. 그런데 갑자기 무사 한 명이 다급한 표정을 감추지 못한 채 취의청 내부로 뛰어들어 왔다.

"가주님, 큰일 났습니다!"

"손님들이 계신다."

"한세광이 죽었습니다!"

"뭐라고?! 그게 무슨 소리냐?!"

"자세한 사정을 알 수 없고, 그 일 때문에 창룡삼대의 무사들과 장강십팔타의 수적들이 혈전 중입니다."

남궁산과 남궁력, 남궁 삼 형제, 강유위, 일각 대사, 현진 도장, 복록수 삼대호법까지 현장으로 달려갔다.

챙챙!

"으아악!"

병장기가 부딪치는 소음과 비명 소리가 들려오자 남궁산의 얼굴은 서리가 깔린 것처럼 하얗게 변했다. 그들이 전각에 들어왔을 때 소식을 들은 수룡왕도 나타났다.

"멈춰라!"

수룡왕이 외쳤다.

강대한 내공이 실려 있었는지 양측의 무사들은 병기를 떨어뜨리고 귀를 막은 채 괴로워했다.

"무슨 일이냐?"

수룡왕이 질문하자 현장의 목격자인 정이가 유모의 보호를 받고 있던 남궁선을 가리키며 큰 소리로 외쳤다.

"저 악녀가 소타주님을 죽였습니다!"

장강십팔타의 인물 몇 명이 신방에 들어가 한세광의 시체를 들고 나왔다. 수룡왕이 부들부들 떨었다.

"과, 광아, 내 어리석음이 너를 죽였구나."

수룡왕이 무릎을 꿇고 한세광의 얼굴을 쓰다듬었다. 간헐적으로 흔들리며 슬픔을 이야기하던 그의 등이 갑자기 멈추더니 폭발적인 살기를 내뿜었다.

"선아를 보호해라!"

남궁산이 남궁선의 앞을 막자 남궁력과 남궁 삼 형제가 뒤를 따랐고, 강유위와 일각 대사, 현진 도장까지 나섰다.

수룡왕이 뒤돌아섰다.

그의 눈이 증오와 광기로 활활 타오르고 있었다. 사람이 아니라 마치 불타는 마신 같았다. 남궁산과 강유위 등은 식은땀을 흘리며 방비했다.

"쿠오오오!"

수룡왕이 극성의 수룡음(水龍音)을 터뜨리자 창룡삼대와 장강십팔타의 무사들은 피를 토하며 쓰러졌다. 남궁산과 강유위, 일각 대사, 현진 도장, 복록수 삼대호법마저 내상을 입었는지 안색이 새하얗게 변해 버렸다.

"죽어라!"

콰르르!

수룡왕이 와선장을 날렸다. 시커먼 회오리바람이 흙과 풀, 나무와 암석까지 빨아들이며 남궁선에게 날아갔다. 한세광의 와선장은 이에 비하면 봄날의 미풍에 불과했다.

남궁산이 소용돌이를 향해 쌍장을 날렸고, 남궁 삼 형제는 일렬로 서더니 막내인 남궁제명이 남궁제인의 등에 손을 대고 내공을 퍼부었고, 남궁제인은 남궁제성의 등에 손을 대고 동생의 내공과 자기 내공을 주입했다.

콰르르!

남궁제성이 전공대법(傳功大法)으로 배가된 힘을 쌍장으로 날렸다. 무시무시한 장력이 와선장의 회오리를 향했다.

콰콰쾅!

와선장이 일으킨 소용돌이가 남궁산과 남궁 삼 형제의 장력과 충돌하자 굉음이 터지면서 강풍이 휘몰아쳤다.

"으아악!"

"크악!"

장강십팔타와 창룡삼대의 무사들이 태풍에 휘날리는 가랑잎처럼 날아갔다.

"멈추시오!"

남궁산이 외쳤지만 분노로 이성을 잃은 수룡왕에겐 통하

지가 않았다. 수룡왕은 남궁산을 향해 수류장을 날렸다.

우웅!

반투명한 수기(水氣)가 공간을 갈랐다.

남궁산이 검을 뽑아 수류장력을 향해 휘둘렀다.

타앙!

희대의 보검이라는 청명검(淸明劍)이 두 동강 났고, 남궁산의 가슴이 쪼개졌다.

"커억!"

남궁산이 피를 쏟아내며 주저앉았다.

"끝장을 내주마!"

"멈추시오!"

수룡왕이 또다시 수류장을 날리자 일각 대사는 대력금강장을 날리고, 현진 도장은 무당 면장의 극치인 십단금(十段錦)을, 강유위는 대천성장을 쏟아냈다.

파바박!

수류장이 찢겨져 나가자 수룡왕이 연달아 삼 장을 날렸다.

번쩍!

퍼퍼펑!

"컥!"

"크윽!"

세 줄기의 새하얀 섬광이 강유위와 일각 대사, 현진 도장을 가격했다. 세 사람은 피를 토하며 튕겨 나갔다. 남궁 삼 형제가 전공대법을 사용해 장력을 날렸다.

"어리석은 놈들!"

수룡왕의 좌장에서 섬광이 번뜩였다.

콰쾅!

백색 섬광이 남궁 삼 형제의 장력을 꿰뚫었다.

"크아악!"

"커억!"

백색 섬광이 남궁 삼 형제를 관통했다.

남궁 삼 형제는 복부에 구멍이 뚫린 채 쓰러졌다.

"…서, 섬전풍뢰삼장(閃電風雷三掌)!"

장법의 대가인 강유위는 수룡왕의 장법이 얼마나 무서운 무공인지를 알고 있었다. 수룡왕은 악마처럼 웃었다.

"눈깔은 제대로 달려 있구나."

수룡왕이 양손을 모으더니 좌장을 위로, 우장을 아래로 향하더니 앞으로 내밀었다. 섬전풍뢰삼장의 이초인 전광인(電光印)의 기수식이었다.

쩌쩌쩍!

새파란 번개가 남궁산과 강유위에게 뻗어갔다. 두 사람은 사색이 됐다. 방어는 고사하고 피할 방법조차 없었다.

복록수 삼대호법이 번개를 향해 단곤을 휘둘렀다.

콰쾅!

"크윽……!"

꽃은 피를 불렀다 123

"제기랄!"

전광인을 무력화시키는 데 성공했다. 그러나 복록수 삼대호법은 가벼운 내상을 입은 데다 애병인 단곤을 잃어야 했다. 단곤은 벼락이라도 맞은 것처럼 새카맣게 타버렸다.

광기로 불타던 수룡왕의 눈이 정상으로 돌아왔다.

"너희들은 누구냐?"

"복록수."

"광동진가의 삼대호법?"

"그렇소, 수룡왕."

"어째서 남궁산을 돕느냐?"

남궁산은 약혼을 파기하고 비무초친을 진행시켜 광동진가의 명예를 짓밟았다. 복수를 해도 시원찮은데 오히려 남궁산을 도와줬으니 수룡왕이 보기에는 이상한 일인 것이다.

"사돈을 돕는 건 당연한 일이잖소."

"무슨 소리냐?"

"본 가의 소가모가 될 분은 남궁제성 소가주의 장녀인 남궁정이오. 남궁선은 우리와 상관없소."

"추악하군."

수룡왕이 이맛살을 찌푸렸다.

분란을 피하려고 남궁세가와 혼맥을 맺으려고 했는데 남궁세가는 온갖 수작을 부리다 실패하자 핏줄까지 버린 것이다. 흑도인 장강십팔타보다 더 흉악하고 악랄했다.

"무슨 말을 해도 받아들이겠소. 하지만 그전에 이번 사태의 진실부터 알아내는 게 옳지 않겠소?"

남궁산이 피범벅이 된 가슴을 움켜쥐며 말했다.

"무슨 뜻이냐?"

"귀공의 손자는 각대 문파와 무림세가의 후손 이십여 명을 연달아 격파하고, 일류고수 급인 철장 담공우마저 이겼소. 그런 고수가 술에 취했다고 기초적인 무공만 익힌 여자에게 죽임을 당할 거라고 생각하시오?"

수룡왕은 냉정을 되찾았다.

혈투가 멈추자 남궁세가의 의원들이 달려와 남궁산과 남궁 삼 형제의 상세를 치료했다. 일각 대사와 현진 도장, 강유위도 가볍지 않은 내상을 입었지만 그들보다는 심하지 않았다. 특히 남궁 삼 형제는 생명이 위급했다.

담공우의 상세를 치료했던 소림사 약사전 소속의 승려들이 일각 대사와 현진 도장, 강유위를 치료하는 동안 수룡왕은 한세광의 시신을 살펴보았다.

"크윽······."

수룡왕의 노안에 눈물이 고였다. 그는 한세광의 사인을 살펴보며 부들부들 떨었다.

한세광은 늑골 사이를 통과해 심장에 박힌 비녀 때문에 목숨을 잃었다. 여기서 문제는 타천미기가 발동하기도 전에 심장을 꿰뚫었다는 점이다.

"쾌검이군."

수룡왕의 뒤편에서 한세광의 사인을 살피던 복옹이 지나가듯 말했다. 손자의 시신을 뚫어지게 노려보던 수룡왕이 고개를 돌려 복옹에게 시선을 돌렸다.

"그것뿐인가?"

"비녀가 나선형으로 회전하면서 찔렀소. 관통한 부분의 피부와 근육까지 소용돌이 형태로 비틀렸고… 심장도 같을 것이오. 나선으로 회전하며 찌르는 기법만이 이런 상인을 남기오."

"양가의 나선창과 남궁세가의 폭류검, 광동진가의 곤법 중에 탈명추(奪命追)가 이런 상인을 남기지."

복옹은 식은땀을 흘렸다.

살기가 가득한 수룡왕의 안광에 짓눌린 것이다.

"우리는 오늘 아침 도착했소."

"그럼 양가의 인물이거나 남궁세가의 인물이겠지."

남궁세가에 양가창을 익힌 자는 없었다. 그것은 폭류검을 익힌 남궁세가의 인물이 범인이라는 뜻이다.

"폭류검은 나를 포함해 모두 다섯 사람이 익혔소. 총관인 남궁력과 첫째인 제성, 남은 둘은 사천과 하북에 가서 비밀임무를 수행 중이오."

치료를 받던 남궁산이 말했다.

그는 한세광의 흉부에 박힌 비녀를 보자마자 폭류검의 흔적을 찾아냈다. 그래서 믿을 수 없다는 표정을 지었다.
 수룡왕이 남궁산을 노려보며 입을 열었다.
 "세 사람은 밤새도록 어디에 있었느냐?"
 "제성은 밤새도록 본 가의 취의청에서 나와 함께 있었소. 일각 대사와 현진 도장이 증명해 줄 것이오."
 "그럼 네가 범인이겠군."
 수룡왕이 남궁력을 지목했다.
 "나는 밤새도록 비무대를 정리하고 그동안 밀렸던 업무를 처리했소. 증인만 백여 명이 넘을 것이오."
 "그럼 누가 범인이란 말이냐?"
 "수룡왕은 물론 여러분 모두 흥분한 나머지 중요한 사실을 잊고 계십니다."
 "무슨 소리냐?"
 "사건의 진상을 파악하는 데 증거물보다 더 확실한 게 있습니다. 바로 목격자입니다."
 모든 시선이 남궁선에게 집중됐다. 그녀의 예복에 남아 있는 혈흔을 발견하자 여러 곳에서 신음성이 흘러나왔다.
 남궁산이 입을 열었다.
 "설명해 보거라."
 "……."
 남궁선은 겁에 질렸는지 아무 말도 하지 못했다. 유모가 그녀의 얼굴을 가린 붉은 천을 떼어내며 말했다.

"아가씨, 긴장하지 마시고 사실대로 말하세요."

"그, 그렇지만……."

남궁선의 안색이 새파랗게 변했다.

"무슨 일이 있었는지 하나도 빼지 말고 말해야 한다. 잘못하면 많은 사람들이 피를 흘리게 된다."

"…네, 할아버지."

남궁선이 침을 꿀컥 삼키고 입을 열었다.

"소녀 혼자 방에 있었어요. 그런데 갑자기 꽃향기가 나면서 의식을 잃었어요."

"그것이 다냐?"

수룡왕이 노성을 터뜨리며 살기를 내뿜자 남궁선은 바들바들 떨다가 겨우 입을 열었다.

"누, 누군가… 제 옷을… 벗기고… 흑흑……."

남궁선이 눈물을 흘리며 울었다.

여자라면 자기 입으로 밝힐 수 없는 수치스런 일을 사람들 앞에서 밝혔으니 우는 것도 당연하다. 남궁산은 손녀가 치욕스런 일을 당했다는 사실에 분노했다. 설령 버린 손녀라 할지라도 화가 나는 건 어쩔 수가 없었다.

"의식을 잃기 전에 꽃향기를 맡은 게 사실이냐?"

남궁력이 질문했다.

"…네."

"으음……."

남궁산이 신음성을 흘렸다. 꽃향기가 나는 여자를 떠올렸기 때문이다. 남궁력이 갑자기 남궁산의 면전에 무릎을 꿇었다.
 "가주님께 죄를 청합니다."
 "무엇이냐?"
 "가주님의 허락도 없이 산산에게 폭류검을 전수했습니다."
 남궁산은 침묵했다.
 수룡왕의 눈에서 음험하면서도 잔혹한 기운이 흘러나왔다. 범인의 꼬리가 잡혔기 때문이다.

제15장

나는 진호다

진호는 살인 현장을 목격했다.

남궁산산이 남궁선의 예복으로 갈아입고 만취한 한세광을 비녀로 살해하고 자기 거처로 돌아왔다. 거처에 도착한 그녀는 목욕을 하고는 자기 옷을 들고 알몸으로 침실에 들어왔다.

그녀의 피부에서 꽃향기가 흘러나왔다.

침상에 누워 잠든 척하고 있던 진호는 심장이 터져 나갈 정도로 놀라고 눈이 튀어나올 정도로 경악했다. 남궁산산은 자기 옷을 갈가리 찢어 바닥에 흩날리고는 이불을 걷어냈다.

"으음……."

남궁산산은 신음성을 흘리고는 진호의 옷을 거침없이 벗

기기 시작했다. 겉옷이 모두 벗겨지자 그녀의 손이 멈췄다.

이제 남은 건 속옷. 그녀는 부끄러움에 얼굴이 빨갛게 익었지만 용기를 내어 속옷을 벗겼다.

진호도 알몸이 됐다.

"하아……!"

남궁산산은 자신도 모르게 탄성을 내질렀다.

옷을 입고 있을 땐 호리호리해 보였지만 막상 옷을 벗겨놓고 보자 극한의 수련으로 단련된 근육이 드러났다.

"스물일곱 해를 살아오는 동안 남자 앞에서 옷을 벗은 건 당신이 처음이에요. 당신이 나를 인정하지 않는다고 해도… 나는 당신을 낭군으로 생각하고 정절을 지키겠어요. 그것만이 내가 할 수 있는 최소한의 사죄랍니다."

남궁산산은 진호 옆에 몸을 누이고 이불을 당겼다. 부드러운 원앙금침이 진호와 자신의 알몸을 덮었다. 그녀는 진호의 품에 안긴 채 눈을 감았다.

시간이 꿈결처럼 지나갔다.

행복한 시간은 남궁산과 수룡왕 등이 그녀의 거처에 나타나면서 깨졌다. 남궁산산의 하녀가 남궁산과 남궁 삼 형제에게 인사를 올리고 침실로 달려갔다.

"아가씨, 어서 일어나세요."

"비켜라!"

남궁산이 거칠게 하녀를 밀어내고 침실 문을 열었다. 남궁산산이 기다렸다는 듯이 눈을 뜨고 상체를 일으켰다.

"헉!"

남궁산이 헛바람을 내며 문을 닫았다. 침실 바닥에 갈가리 찢겨진 남궁산산의 옷가지와 진호의 옷이 널려 있고, 알몸으로 보이는 남녀가 침상에 누워 있으니 당연한 일이다.

"이, 이게 어떻게 된 거냐?"

남궁산이 노성을 터뜨렸다. 그는 침실 밖에 사람들이 있다는 것조차 잊어버렸을 정도로 격노했다.

"보신 그대로입니다, 가.주.님."

"그, 그게 아비에게 할 말이냐?"

남궁산산이 조롱하자 남궁산의 눈에 핏발이 섰다.

"…아비? 오호호! 가주님께서 단 한 번이라도 천녀(賤女)를 딸로 생각하기는 했습니까?"

"뭐, 뭐라고?!"

"천녀가 가주님의 딸이었다면… 가주님의 잘나신 세 아드님과 손자, 손녀들이 나를 멸시하고 조롱하진 않았겠죠."

"아무리 네 어미의 더러운 피를 받았다 해도 남궁가의 딸이라면 이런 추잡한 짓을 저지르지는 않았을 것이다!"

"가주님도 똑같군요."

남궁산산의 모친은 진회하의 기녀 출신이었다.

그 때문에 이복 오빠들인 남궁 삼 형제와 조카들에게도 더러운 피를 타고났다며 멸시를 당했다. 그런데 부친인 남궁산마저 그녀의 모친을 거론하며 더러운 피 운운하자 그녀는 참을 수 없을 만큼 슬펐고, 또한 마음이 아팠다.

"정혼자를 셋이나 잡아먹은 것으로도 부족해 가문에 치욕을 가하는구나."

"정혼자? 그들은 천녀를 사려던 돼지들이었습니다."

"말을 함부로 말라!"

남궁산이 노성을 터뜨리자 남궁산산은 입가에 비웃음을 지으며 조롱하듯 말했다.

"그 돼지들은 천녀가 직접 목을 거뒀습니다."

"뭐, 뭐라고?!"

"천녀는 십 년 전에 배운 그대로 했을 뿐이랍니다."

"그게 무슨 소리냐?"

"범호민."

남궁산의 안색이 삽시간에 변했다.

범호민은 가난한 유생이었다. 그는 십여 년 전에 남궁산산을 사랑했다는 죄 때문에 죽임을 당했다.

"그저 내가 그분을 사랑했고, 그분이 나를 사랑했다는 이유 때문에 살해당했죠."

"나는 모르는 일이다."

"변명하지 마세요."

"으음… 가난한 유생에게 내 딸을 줄 수는 없었다."

"그래서 돈 많은 늙은이의 첩으로, 혹은 세가에 필요한 인물에게 딸을 판 겁니까?"

"닥쳐라!"

"훌륭하신 가주님, 송구하오나 천녀는 어머니처럼 이리 팔리고 저리 팔리는 삶을 살고 싶지 않습니다."

남궁산이 부들부들 떨다가 입을 열었다.

"좋다! 그러고 싶다면 지금 당장 가문의 명예를 더럽힌 너와 저 사내놈의 숨통을 끊어주겠다!"

"남궁산, 지금 당장 전쟁을 벌이고 싶은가?"

문밖에서 수룡왕의 차가운 음성이 울렸다.

남궁산은 참담한 표정을 지으며 손을 내렸다.

"몸을 가리는 대로 밖으로 나와라."

남궁산이 나가자 남궁산산은 침상에서 내려와 미리 준비한 옷을 입고는 뒤돌아섰다.

"헉!"

진호가 침상에 정좌한 채 그녀를 응시하고 있었다.

'어, 언제 일어난 거지?'

진호가 침상에서 일어나 바닥에 떨어져 있는 옷을 주워 입었다. 남궁산산은 얼굴을 붉히며 고개를 돌렸다. 자기 손으로 진호의 옷을 벗겼지만 지금은 상황이 달랐다.

'어째서 아무것도 묻지 않는 거지?'

남궁산산은 진호가 깨어나면 한바탕 연극을 치러 올가미를 씌울 작정이었다. 그런데 진호가 한마디도 하지 않고 알몸을 드러낸 채 옷을 입자 그녀는 당혹스러웠다.

'뭐야, 이 남자?'

진호가 문을 열고 거실로 나갔다.

거실에 있던 사람들의 시선이 진호에게 집중되자 남궁산의 얼굴이 일그러졌다. 가문의 명예가 진흙탕에 처박혔고, 그 장면을 타인에게 들켰기 때문이다.

"빠드득!"

'이런 치욕을 당할 줄이야.'

남궁산이 이를 갈며 한탄했다.

"네놈은 누구냐?"

남궁제명이 부들부들 떨며 노성을 터뜨렸다. 그는 전공대법을 펼쳤다가 수룡왕의 일격에 치명타를 당해 치료 중인 두 형과 달리 맨 뒤편에 있었기에 상처가 심하지 않아 남궁산을 뒤따라 남궁산산의 거처에 왔던 것이다.

"초홍이오."

남궁제명이 부들부들 떨며 노성을 터뜨리자 진호는 담담한 태도로 가명을 댔다.

"으음……."

복옹이 눈살을 찌푸리며 신음성을 흘렸고, 녹파와 수로의 안색도 심상치 않았다. 남궁산의 노안은 수치심으로 안색이 붉어졌다. 일각 대사와 현진 도장, 강유위는 슬그머니 시선을 돌렸지만 수룡왕은 진호를 뚫어지게 노려보았다.

'…뭐지, 이 느낌?'

수룡왕은 자신이 긴장하고 있음을 깨달았다.

'…그래, 세 번이나 느꼈지.'

첫 번째는 용불과 만났을 때였고, 두 번째는 독군과 싸웠을 때였으며, 세 번째가 신개였다.

수룡왕의 본능이 외쳤다.

자신을 초홍이라고 소개한 청년은 천하구대고수와 버금갈 정도로 위험한 존재라고. 그러니 조심해야 한다고.

남궁산산이 거실로 나왔다.

수룡왕이 그녀에게 시선을 돌렸다.

"소저가 남궁산산인가?"

"네."

"호남제일미라는 소문이 거짓이 아니었군."

"고맙습니다."

남궁산산의 미모가 제아무리 눈부시지만 수룡왕은 손자의 죽음을 잊어버릴 정도로 어리석지는 않았다.

"어젯밤 내 손자가 의문의 살인자에게 살해를 당했다."

"어머!"

남궁산산은 깜짝 놀란 표정을 지었다.

"신방이 살인 현장이고 흉기는 비녀였다. 흉수는 폭류검의 수법으로 비녀를 휘둘러 손자의 심장을 꿰뚫었다."

"천녀를 찾아온 이유가 뭡니까?"

"남궁세가의 총관이 폭류검을 소저에게 전수했다는 증언을 했다. 소저는 유력한 용의자다."

남궁산산은 원망 어린 시선으로 남궁력을 쳐다보았다.

수룡왕이 입을 열었다.

"소저는 어젯밤 어디에 있었는가?"

"어제 오전부터 지금까지 이분과 같이 있었어요."

남궁산산이 진호를 바라보며 말하자 남궁산은 수염이 흔들릴 정도로 부들부들 떨었다. 그런데 복록수 삼대호법이 당혹감을 감추지 못하며 난감하다는 표정을 지었다.

수룡왕이 진호에게 시선을 돌렸다.

"초 형제."

"나는 선배의 형제가 아닙니다."

"헉!"

"저, 저런!"

일각 대사와 현진 도장 등의 안색이 변했다. 그러나 수룡왕의 표정은 변함이 없었다.

"그럼 뭐라고 부르면 되겠는가?"

"초홍이라고 부르면 됩니다."

"알겠네, 초홍. 자네는 남궁산산이 말한 대로 어제 오전부터 지금까지 같이 있었는가?"

"같이 있었습니다. 그녀가 남궁선의 신방에 침입해 한세광을 살해할 때도 근처에 있었으니까요."

침묵이 흘렀다.

모든 시선이 남궁산산에게 향했다. 그녀의 안색이 창백하게 변해 있었다. 수룡왕이 입을 열었다.

"진실인가?"

"나는 거짓을 말하지 않습니다. 거짓말을 할 상황이라면 차라리 입을 다물어 버리지요."

"다, 당신이 어, 어떻게 나를……."

남궁산산의 순발력은 놀라웠다.

이슬처럼 영롱한 눈물이 그녀의 볼을 타고 흘러내렸고, 가녀린 어깨가 떨리며 슬픔을 토로했다. 그녀는 남자에게 배신당한 가련한 여인 그 자체였다.

남궁산이 격분했다.

"네 이놈! 내 딸을 겁탈한 것도 부족해 모함까지 하는구나! 지금 당장 네 혀를 뽑아버리겠다!"

남궁산이 옆에 서 있던 남궁제명의 검을 뽑았다. 그의 검은 수룡왕과 싸울 때 부러져 빈손이었던 것이다.

우우웅~

남궁산이 검을 휘두르자 검이 두 개에서 네 개로, 네 개에서 여덟 개로 늘어났다. 산검(散劍)이었다.

여덟 개의 검영이 진호의 요혈을 노렸다. 진호가 물살을 가르며 헤엄치는 잉어처럼 유연하게 피해 버리자 여덟 개의 검영이 소용돌이치며 천변만화를 일으켰다.

"어떤 변화라도 입원(立圓)과 횡원(橫圓)에 속하며, 원은 하나의 점에서 시작되는 법."

진호가 소용돌이치는 검영 속으로 손을 불쑥 집어넣었다.

착!

진호의 엄지와 검지가 남궁산의 검을 붙잡았다.

남궁산은 전율했다. 내공을 극한까지 끌어올렸지만 붙잡힌 검은 요지부동이었다. 진호의 내공은 강호가 인정한 오대 검호의 한 사람인 남궁산보다 높았던 것이었다.

일각 대사와 현진 도장 등은 입을 떡 벌리고 믿을 수 없다는 표정을 지으며 진호를 쳐다보았다. 특히 무당검의 달인인 현진 도장의 놀라움을 누구보다 컸다.

'나라면 남궁산의 산검을 상대할 수 있을까?'

수백여 초를 싸워도 승패가 쉽지 않은 상대가 남궁산이다. 게다가 산검은 남궁산이 전력을 다한 것이다. 불가능하다는 답변이 명쾌하게 나왔다.

남궁산이 부들부들 떨며 입을 열었다.

"너, 너는 누구냐?"

째쨍!

진호가 내공을 퍼붓자 검이 산산조각나 버렸다.

"크으윽……!"

남궁산이 주르륵 밀려났고, 흉부가 피로 붉게 물들었다. 응급치료를 했던 상처가 이번의 충격으로 벌어진 것이다.

"아버님!"

남궁제명이 달려가 남궁산을 부축했다. 그는 부친의 참담한 모습에 비참함을 느꼈다.

진호가 남궁제명에게 말했다.

"남궁제명 선배에게 물을 게 있소."

"뭐냐?"

좋은 말이 나올 리 없다.

설령 그 대상이 자기보다 강자라 해도.

"악양 하오문을 아시오?"

"알고 있다."

"그럼 유륜을 아시오?"

"그자가 누구냐?"

남궁제명이 의아해하며 반문했다.

진호의 눈빛이 달라졌다. 유륜을 거론하자 남궁산산과 남궁력의 낯빛이 순간적으로 변했기 때문이다.

"유륜은 천군단의 인물이오."

"천군단?"

"건문제의 복위를 목표로 삼은 조직이오."

다들 안색이 창백하게 변했다.

"유륜은 악양 하오문의 밀항선을 타고 낙산을 떠났소. 밀항선을 빌린 자의 이름이 남궁제명이었소."

"나는 악양 하오문과 거래한 적이 없다."

남궁제명이 조심스럽게 대답했다. 그는 문제의 심각성을 정확하게 인지한 것이다.

"악양 하오문이 거래 상대의 정체도 파악하지 못할 정도로 어리석지는 않다. 그러나 남궁세가의 인물이 하오문과 비밀스런 거래를 하는 데 본명을 밝힌다는 것도 이상한 일이지."

"나는 그자들과 만난 적도 없다!"

"그렇다면 악양 하오문이 거래 상대를 남궁제명이라고 믿도록 조작을 했다는 뜻인데… 그런 게 가능하려면 남궁세가의 인물이 아니고선 불가능한 일이지."

진호가 남궁력을 주시하며 말했다.

남궁산과 남궁제명의 시선도 남궁력에게 옮겨졌다.

남궁력이 당황해하며 입을 열었다.

"설마… 나를 의심하는 것이오?"

"남궁산산은 비밀스럽게 한세광을 암살했지. 그런데 너무나도 쉽게 범인을 찾아왔더군."

모든 시선이 남궁력에게 향했다. 그들 모두 남궁산산이 폭류검을 익혔다는 것을 밝힌 남궁력을 떠올렸다.

"여러분, 천박한 계집과 놀아난 방탕한 놈이 멋대로 지껄인 말은 믿고 남궁세가의 총관인 나는 의심하는 겁니까?"

"심문하면 알겠지."

"뭐라고?! 네놈이 뭔데 감히 나를 심문한다는 거냐?!"

남궁력이 화를 냈다.

"남궁산산은 어째서 폭류검의 흔적을 남겼을까? 왜 중인을 만들기 위해 수치스런 일까지 감행했을까?"

"그걸 내가 어떻게 알겠느냐? 당사자인 산산에게 물어라!"

"수룡왕 선배."

진호가 수룡왕에게 시선을 돌렸다.

"말하시게."

"남궁력과 남궁산산의 뜻대로 진행돼 사건이 미궁에 빠지면 선배는 어떤 식으로 일을 처리할 겁니까?"

수룡왕이 음산한 미소를 지었다.

"남궁세가를 박살 내고 남궁 씨를 쓰는 놈들을 하나도 남기지 않고 몰살시켰을 것이네. 설령 그 일로 인해 정파가 연합전선을 구축해 장강십팔타를 공격한다 해도……."

"그게 두 사람이 원하던 겁니다."

"본 가는 장강십팔타를 막을 힘이 없소. 내가 왜 본 가를 위험에 빠뜨리는 일을 저지르겠소."

남궁력이 볼멘소리로 항변했다.

"황위를 되찾으려면 뭐가 필요하겠소?"

"……."

"무력? 재력? 명분?"

다들 입을 다물었다.

함부로 혀를 놀렸다간 모함을 받을지, 어떤 재앙이 닥칠지 모른다고 생각했기 때문이다.

'저자는 관부의 인물이다!'

강호의 무림인들이 건문제를 뒤쫓을 리가 없다. 그런 일을 하는 자라면 육선문의 인물밖에 없고, 금의위나 동창의 관인일 확률이 높았다. 게다가 압도적인 무위까지 생각한다면 창위 내에서도 특별한 지위에 있는 자라고 생각했다.

진호가 입을 열었다.

"민심이오. 세상이 혼란하면 민심은 새로운 세상을 원하지. 세상이 어지러울수록 천군단이 목적을 이루기 쉬워지지."

"억지다. 본 가와 장강십팔타가 싸워봤자 국지전에 불과할 뿐이다. 결코 세상이 어지러워지지 않는다."

"천지를 불사르는 불도 작은 불씨에서 시작되지. 장강십팔타와 남궁세가의 전쟁은 정사대전으로 확산할 확률이 높아. 또한 두 세력의 싸움만으로도 문제가 심각해진다. 당장 장강과 동정호가 전쟁터로 변해 버린다면 물자 운송에 문제가 발생해 물가가 뛰어 민심이 흉흉해진다. 천군단이 노리는 또 다른 흉계이지."

남궁력을 노려보는 남궁산의 눈빛이 싸늘해졌다.

"가주님, 제가 지은 죄가 있다면 허락도 없이 산산에게 폭류검을 가르쳐 줬다는 것밖에 없습니다."

"그만 하세요."

남궁산산이 중간에 끼어들자 모든 시선이 그녀에게 향했

고, 남궁력은 그 틈을 놓치지 않았다. 그는 검을 뽑아 진호를 찔렀다. 극한의 빠름을 담은 찌르기였다.

진호가 손가락 사이에 끼워뒀던 검편(劍片)을 던졌다.

팍!

칼 조각이 검극(劍極)에 박히는가 싶더니 순식간에 혈조를 가르며 검을 두 동강 내더니 남궁력의 손가락을 절단해 버렸다. 그야말로 찰나지간에 벌어진 일이었다.

"크아악!"

남궁력은 손가락이 잘린 뒤에 비명을 질렀다.

수룡왕마저 진호의 경이적인 암기술에 감탄했다.

콰직!

남궁산산은 모든 시선이 진호와 남궁력에게 향하자 곧바로 창문을 뚫고 도망쳐 버렸다.

"자, 잡아라!"

남궁산이 외치자 남궁제명이 뒤를 쫓았다.

남궁력은 자신에게 향한 시선이 돌려지자 남궁산산이 도망친 반대편으로 탈출을 감행했다.

"멈춰라!"

남궁산이 외치며 뒤쫓았다.

남궁력은 밖으로 나오자마자 폭죽을 터뜨렸다.

펑!

푸른 하늘에 청, 홍, 황 삼 색 연기로 이루어진 꽃이 피었다.

남궁세가에 있는 대부분의 인원이 불꽃을 봤다.

"저건 뭐야?"

"무슨 일이지?"

대부분 어리둥절한 표정이었지만 소수의 인원은 달랐다. 그들은 곧바로 동료에게 칼을 휘둘렀다.

"으아악!"

"무, 무슨 짓이냐?"

남궁세가의 무사들은 기습 공격에 목숨을 잃었다. 그들은 대부분 남궁세가에서 소외된 자들이었기에 한 치의 망설임도 없이 동료에게 칼을 휘두를 수 있었다.

남궁력은 그런 자들을 포섭했던 것이다.

"불이다!"

"어서 꺼라!"

사방에서 화염이 치솟았다.

반란자들이 건물마다 불을 지른 것이다. 남궁세가는 극도의 혼란에 빠졌고, 남궁산과 남궁제명은 추적을 포기했다. 반란을 제압하는 게 우선이었던 것이다.

"빠드득! 죽일 놈들!"

남궁 부자의 얼굴은 증오와 분노로 일그러졌다.

두 부자의 노력에도 불구하고 남궁세가의 혼란은 쉽게 잦아들지 않았다. 갑작스런 반란에 다들 제정신이 아니었고, 배신자를 찾는 것도 쉽지 않았기 때문이다.

남궁산산의 거처.

진호와 수룡왕이 대치하고 있었다.

"어째서 막은 건가?"

"선배는 왜 나를 막았습니까?"

"받은 대로 돌려준 것에 불과하네!"

수룡왕이 싸늘하게 말했다.

도망가는 남궁산산을 잡으려고 할 때 진호가 막았고, 남궁력을 잡으려는 것을 수룡왕이 방해했기 때문이다. 그 일 때문에 두 사람은 대치 중이었고, 일각 대사와 현진 도장, 강유위, 복록수 삼대호법도 움직이지 않았다.

"밖이 난리도 아니군요."

"남궁력이 포섭한 놈들이 움직인 것이겠지."

"그렇군요. 그런데 언제까지 이러고 계실 겁니까?"

"남궁산산을 잡을 때까지."

"그녀는 그리 쉽게 잡히지 않을 겁니다."

"글쎄, 과연 그럴까?"

수룡왕은 비밀리에 정예 삼백여 명을 데리고 왔다. 그들은 장사치 등으로 변장한 채 남궁세가를 감시하고 있었다. 또한 수적선들을 동원해 상강의 상류와 하류를 봉쇄시켰다.

수룡왕은 혼인 문제가 해결되지 않으면 무력을 사용해 남궁세가를 공격할 계획을 세웠던 것이다.

"천군단은 만만한 자들이 아닙니다."

"남궁산산을 잡으면 그들의 전모가 드러나겠지."

장강십팔타에는 고문의 달인이 여럿 있었다. 차라리 죽여달라고 애원하게 만드는 실력자들이다.

'광아의 죽음과 연관된 자는 모조리 찾아내 복수하겠다, 그게 설령 건문제라 할지라도!'

남궁세가 역시 그 범주에서 벗어날 수 없었다.

"수룡왕 선배, 계속 나를 잡아둘 생각입니까?"

"남궁산산이 잡힐 때까지라고 말했네."

"아무래도 대화로 해결하기는 어렵겠군요."

"미리 말해두겠네. 당백양을 죽였다고 나까지 죽일 수 있다고는 생각하지 말게."

진호는 침묵했고, 일각 대사와 현진 도장, 강유위, 복록수 삼대호법은 경악했다.

"장강십팔타의 힘을 무시하지 말게나."

수룡왕은 개방에 필적하는 정보망을 만들었다. 그는 정보의 유용성을 누구보다 잘 알고 있었던 것이다.

"어디까지 알고 있는 겁니까?"

"촉중당문이 아미파, 청성파와 전쟁을 치렀고, 십 년 폐관을 마친 당백양이 낙산에 나타나 아미파의 여승들을 학살하다가 정체 모를 청년에게 죽임을 당했다는 정도라네."

"낙산을 언급한 게 실수였군요."

"그렇지도 않네. 당백양을 죽일 능력을 가진 청년이 두 명일 수는 없다고 생각하면 답은 쉽게 나오지 않겠는가."

"역시 한 세력의 우두머리는 다르군요."

"칭찬은 고맙네."

"그럼에도 나와 싸울 생각입니까?"

우웅~

진호가 투기를 내뿜었다.

탁자에 있던 꽃병과 작은 장식물들이 투기의 파동에 반응해 진동을 일으켰다. 수룡왕의 안색이 변했다.

"결정하십시오."

공은 수룡왕에게 넘어갔다.

수룡왕은 잠시 고민하다가 한 걸음 뒤로 물러났다. 적지나 다름없는 남궁세가에서 싸울 수는 없었던 것이다.

'잘해봐야 양패구상이다.'

수룡왕은 일각 대사와 현진 도장, 강유위, 복록수 삼대호법을 슬쩍 훑어보곤 시선을 돌렸다.

진호는 밖으로 나갔다.

어느 누구도 진호를 막지 못했다. 아니, 막을 수가 없었다. 그런데 남궁산산의 하녀가 앞을 막았다.

"공자님."

하녀가 눈물을 흘리며 무릎을 꿇었다.

"흑흑… 아가씨는 불쌍한 분입니다. 공자님만이 아가씨를 살려줄 수 있습니다. 제발 아가씨를 살려주세요."

하녀는 남궁산산의 생명이 위험하다는 것과 진호만이 자기 주인을 구할 수 있다는 것을 알아챘다.

진호가 씁쓸한 미소를 짓고는 남궁세가를 떠났다.

"휘이익~"

멍멍!

진호가 휘파람을 불자 요롱이가 나타났다.

요롱이는 흑망을 담은 가죽 주머니를 등에 메고 있었다. 진호는 가죽 주머니를 떼어내 자신이 걸치고 남궁산산의 찢겨진 옷가지를 요롱이의 코에 댔다.

"뒤쫓아라."

월월!

요롱이가 부용남로를 향해 달려갔다.

진호가 요롱이를 뒤쫓자 남궁세가를 감시하던 장강십팔타의 수적들이 모습을 드러냈다. 요롱이와 진호는 수적들로 이루어진 인(人)의 장막을 간단하게 통과해 버렸다.

"삼조는 저자를 뒤쫓아라!"

수십여 명이 진호를 추적했다.

진호는 부용남로를 향해 주파하다가 중산로에서 우회전해서 나루터로 달려갔다. 나루터는 남궁세가의 무사들과 장강십팔타의 수적들이 대치하고 있었다.

요롱이는 그들 사이를 뚫고 지나가 선착장 끝에서 멈췄다.

멍멍!

요롱이가 상강의 중앙에 있는 귤자도(橘子島)를 향해 사납게 울부짖었다. 진호가 요롱이를 품에 안고 강물을 향해 몸을 날렸다. 이십여 장이나 날아갔다.

파악!

진호가 수면을 박차고 다시 날아올랐다.

나루터에 있던 남궁세가의 무사들과 장강십팔타의 수적들은 눈을 비비며 입을 떡 벌렸다. 그들로서는 상상조차 해본 적 없는 경공이 눈앞에 펼쳐진 것이다.

진호는 수면을 몇 번이나 박차고 날아오른 끝에 귤자도에 도착했다. 귤자도는 섬 전체가 귤나무로 가득했다.

멍멍!

진호가 요롱이를 바닥에 내려놓았다.

요롱이는 추적을 개시했다.

귤자도를 횡단해 반대편인 서쪽에 도착했다. 남궁산산은 배를 타고 상강을 넘어간 뒤였다. 강변에 그녀가 탄 것으로 보이는 쪽배가 남아 있었다.

"장강십팔타가 상강을 막았다는 걸 알고 있었군."

진호의 예상대로 천군단은 만만치 않았다.

남궁세가를 감시하고 상강을 봉쇄한 장강십팔타의 작전은 실패한 것이다. 진호는 추적을 개시하려다가 멈췄다. 복록수 삼대호법이 빠른 속도로 달려오고 있었기 때문이다.

진호는 복록수 삼대호법을 기다렸다. 그들은 진호의 면전에 도착하자 일제히 포권을 했다.
"소가주님을 뵙습니다."
진호는 무표정한 얼굴로 복록수 삼대호법을 응시했다.
복옹이 입을 열었다.
"소가주님, 팔 년 동안 어디에 계셨다가 나타나신 겁니까?"
"무슨 소리냐?"
"소가주님께서 팔 년 전에 그… 그를 잡아오겠다는 서찰을 남기고 가출하시지 않았습니까!"
"……."
"가주님께선 소가주님이 가출하신 날부터 하룻밤도 편히 주무신 적이 없으셨습니다."
진호가 침묵하자 녹파가 볼멘소리로 말했다.
"웃기는군."
"무슨 말씀이십니까?"
"내가 탈출하자마자 진룡이 가출을 했단 말이지?"
복록수 삼대호법의 안색이 변했다.
"서, 설마……?"
"나는 진호다."
"헉!"
"그, 그럴 리가……!"

"요, 용각산은 해독할 수가 없다고 알려진 독인데……."

진호는 광동진가의 적손으로 태어났지만 쌍둥이였다는 이유로 태어나자마자 생사의 위기에 처했다. 어머니가 목숨을 걸고 막은 덕분에 살 수 있었지만 그것도 열네 살까지였다.

"내가 열네 살 때 어머니께서 숨을 거두셨고, 그날 밤 가주께서 나를 감옥에 가두고 용각산을 먹였지."

진호의 눈빛이 섬뜩하게 빛났다.

"나는 그가 아버지인 줄도 몰랐다."

진호는 열네 살이 되도록 부친의 얼굴을 한 번도 본 적이 없었다. 얼굴을 마주한 날 부자지간은 원한을 만들었다.

"무려 이 년이다. 감옥에 갇힌 채 비틀어지고 일그러지는 얼굴을 매만지며 죽음의 공포와 싸웠다."

복록수 삼대호법은 침묵했다.

"나를 보러 온 자는 진룡밖에 없었다. 그를 처음 봤을 때 나는 유령인 줄 알았다. 용각산으로 일그러지기 전의 내 얼굴이었으니까. 크크크… 그 녀석은 나 때문에 어머니를 잃었다며 내게 증오를 내뿜었다. 내게 부친이 없듯이 그 녀석은 어머니가 없었으니까. 충분히 이해는 간다."

진룡은 수시로 감옥 문을 열고 들어와 진호를 폭행했고, 광동진가의 가주는 그 사실을 알면서도 묵인했다.

감옥에 갇히고 이 년이 지났을 때 진호는 약간의 내력을 되찾았다. 진룡이 여느 때처럼 감옥에 들어와 폭행을 가하자 진호는 역습을 가하고 도망쳤다. 광동진가의 방심과 행운이 겹친 덕분에 진호의 탈출은 성공했다.

그러나 모친의 거처에서 십사 년을 살고 감옥에서 이 년을 보낸 진호는 세상을 몰랐다. 그나마 모친에게 많은 것을 배웠기에 금방 익숙해질 수 있었다. 일 년 반을 표류하다 촉남죽해에 숨어 사 년을 지내다가 백원도와 녹잠고 때문에 또다시 세상 밖으로 뛰쳐나간 진호는 스물다섯 살을 몇 달 남긴 오늘 광동진가의 삼대호법인 복록수와 재회했다.

"…으음, 진짜 둘째 공자였구려."

복옹이 신음성을 흘렸.

진호가 섬뜩한 미소를 짓고는 흑망을 꺼내 조립했다. 경쾌한 소리와 함께 검은색 곤이 만들어졌다.

"내가 태어난 날 너희 세 늙은이가 어머니를 공격했다고 들었다. 게다가 너희들 덕분에 나는 어머니 제사도 올리지 못한 불효자가 됐다."

"하아! 우리도 가모님을 공격하고 싶지는 않았소만 가주님의 명령을 어길 수는 없었소."

복옹이 한숨을 내쉬며 변명하자 수로가 입을 열었다.

"그러나 후회하지는 않소. 가모님의 강함과 우리의 약함을 알게 됐기 때문이오."

"그날 이후 우리는 미친 듯이 수련했고, 오 년 만에 생사현관을 뚫어 오단공에 들어섰소."

녹파는 자랑스럽다는 듯이 말했다.

"풋! 사 년 전에 오단공에 입문했는데 아직도 소성지경에 들지도 못하고 초입지경인 주제에 잘도 혀를 놀리는구나."

"가모님께서 도달했던 오단공의 대성지경에는 미치지 못하지만 본 가에서 우리보다 강한 자는 없소."

"우물 안의 개구리들, 세상의 넓음을 가르쳐 주겠다."

녹파가 볼멘소리로 항변하자 진호의 눈이 차가워졌다.

진호가 흑망을 내밀었다.

"헉!"

"으음……."

복록수 삼대호법은 손끝 하나 움직일 수가 없었다. 무형의 기운이 옴짝달싹하지 못하게 했고, 태산처럼 커져 버린 흑망이 그들의 의식을 제압해 버렸다.

복록수 삼대호법은 전력을 쏟아냈다.

고오오~

흑망이 그들의 내력을 빨아들이더니 몇 배나 강한 힘으로 되돌려 보냈다.

"크악!"

"커억!"

복록수 삼대호법은 피를 토하며 나동그라졌다. 세 노인은 치명적인 내상을 입었는지 연신 피를 쏟아내며 괴로워했다. 진호는 흑망을 거두고 무심한 시선으로 그들을 내려다보았다.

"두, 둘째 공자… 유, 육단공을… 이루셨소이까?"

"그렇다."

진가육단공은 구층연심법의 육단계에 해당한다. 진호는 육단계인 득약의 최종 단계인 대약을 이루었다.

"가, 감축드리오. 두, 둘째 공자는 지난 백 년 동안… 본 가의 그 누구도 도달하지 못한 영역에 도달하셨소."

"육단공의 내력으로 너희 목숨을 거두겠다."

"…여, 영광이오."

진호가 오른손을 들어올렸다.

우우웅!

진호의 장심에서 발출된 힘은 복록수 삼대호법을 공포에 젖게 만들 정도로 막강했다. 세 노인은 힘겹게 몸을 일으켜 무릎을 꿇고 두 눈을 감았다.

"둘째 공자… 부탁이… 있소."

"……"

"우리… 세 목숨을 거두는 것으로… 복수를 끝마쳐 주시오… 골육상쟁은… 둘째 공자를 파멸로 몰아갈 것이고… 광동진가는 멸문지화를 당하게 될 것이오."

"둘째 공자… 가문이 무사할… 수 있다면… 기꺼이 죽어주겠소. 그러니 복옹의 부탁을… 들어주시오."

녹파가 눈물을 흘리며 애원했다.

진호의 장심에서 가공할 내력이 쏟아졌다.

콰르릉!

복록수 삼대호법은 머리부터 발끝까지 가루로 변해 흩날리는 상념이 휘몰아쳤다. 고통도 없고 아무런 느낌도 없자 그들은 눈을 뜨고 주변을 둘러보았다.

수십 그루가 넘는 귤나무가 칼에 잘린 것처럼 말끔하게 절단돼 쓰러져 있고, 진호는 보이지 않았다.

"…왜 우릴 살려준 걸까?"

복옹의 얼굴은 밝지 못했다. 귤나무들의 단면에 섬뜩한 악의와 살의가 남아 있었기 때문이다.

제16장

그녀가
화류(驊騮)였다

 상강의 서편에서 추적은 시작됐다.
 남궁산산의 흔적은 악록산으로 이어졌다가 다시 북쪽으로 올라가 망성(望城)에 도달했고, 최종적으로 끝난 곳은 동정호의 남단이었다. 진호는 나루터에서 수소문했고, 남궁산산의 미모 덕분에 쉽게 찾아낼 수 있었다.
 인원은 십여 명.
 악양으로 가는 배를 탔다.
 진호도 악양으로 가는 여객선을 타고 뒤를 쫓았다.

 남궁세가는 사흘이 지나서야 반란을 제압했다.

상처는 깊었다. 집 안 곳곳이 피로 물들었고, 사분지 일에 해당하는 건물이 전소됐다. 그러나 가장 큰 피해는 혈육과 동료를 믿지 못하는 풍조가 생겼다는 것이다.

수룡왕은 장사에 남아 있었다.

그는 남궁세가에 일어난 모든 상황을 파악했다. 성질 급한 부하들은 이때를 놓치지 말고 남궁세가를 공격하자고 주장했지만 그는 고개를 저었다.

"모든 일에는 순서가 있다."

지금 공격한다면 손쉽게 남궁세가를 멸망시킬 수 있다. 그러나 그 후부터 문제가 발생한다. 정파는 연합전선을 펼칠 것이고 장강십팔타는 지루한 전쟁을 치를 것이다.

천군단의 계획대로 움직이게 되는 꼴이다.

수룡왕은 사랑하는 손자가 비명에 죽었음에도 이성을 잃지 않았다. 한 세력의 수장이었기에 가능한 일이다. 그는 원한을 곱씹으며 때를 기다리기로 했다. 게다가 타오르는 원념의 불꽃을 풀어줄 대상도 있었다. 손자를 죽인 남궁산산이었다.

"악양으로 간다."

남궁산산이 악양에 도착했다는 급보가 날아온 것이다. 수룡왕이 출발한 시점에 진호는 악양에 도착했다.

악양의 저잣거리.

흉측한 외모의 꼽추노인이 장터 구석에 자리를 잡았다. 그는 바닥에 거적을 깔고 '천하신복(天下神卜) 만사무불통지(萬事無不通知)'라고 적힌 깃발을 세웠다. 가판의 장사꾼들은 물론 지나가던 사람들마저 고개를 저으며 혀를 찼다.

"어허! 저런 사기꾼은 첨이네."

"쯧쯧! 허풍도 정도가 있지."

사람들은 얼마 지나지 않아 시선을 돌렸다. 이런 일에 신경을 쓰며 살아갈 만큼 여유가 있지 않았던 것이다.

당연히 꼽추노인에게 손님이 몰릴 리가 없다.

자리를 차지한 지 한나절이 지나는 동안 파리만 날리자 꼽추노인은 꾸벅꾸벅 졸기 시작했다. 늦가을의 따사로운 햇빛이 꼽추노인의 그림자를 길게 늘어뜨렸다.

"여보게, 젊은이."

꼽추노인이 눈도 뜨지 않고 입을 열었다. 마침 꼽추노인의 앞을 지나가던 청년이 발걸음을 멈췄다.

"저, 저 말입니까?"

순박해 보이는 청년이었다.

"그래, 자네 말일세."

청년이 멀뚱멀뚱 쳐다보자 꼽추노인이 눈을 떴다.

"자네에게 악운이 꼈어."

"네? 그게 무슨 말입니까?"

"정히 알고 싶으면 점을 보게."

꼽추노인이 손바닥으로 바닥을 탁탁 치며 말했다. 청년은

그녀가 화류(驊騮)였다 165

깃발에 적힌 천하신복 만사무불통지를 읽고는 꼽추노인의 행색을 훑어보았다. 불신감이 역력한 표정이다.

"쯧쯧쯧, 겉만 보고 속은 확인하지도 않으니 악운을 피하기는 글렀구나. 이만 가봐."

"아, 아닙니다요."

청년이 간이 의자에 앉자 주변에 있던 상인들은 혀를 차며 고개를 설레설레 저었다.

"쯧쯧, 순진한 청년이 사기꾼에게 걸렸군."

꼽추노인이 써먹은 수법은 상인들이 자주 사용하는 치사한 상술 중 하나였다. 그러나 청년은 주변의 반응을 알아채지 못한 채 꼽추노인이 내민 산통을 뚫어지게 노려보다가 죽편(竹片)을 뽑았다. 죽편에는 붉은 주(朱) 자가 적혀 있었다.

꼽추노인의 안색이 어두워졌다.

"저… 안 좋은 겁니까?"

"이건 붉은 주 자라네."

"그런데요?"

"어허! 그런데요라니?"

꼽추노인이 화를 내자 청년은 깜짝 놀라 어깨를 움츠렸다.

"붉다는 건 뭔가?"

"글쎄요?"

"피 아닌가."

"그, 그럼……."

"자네가 곧 피를 본다는 뜻이네. 운이 좋으면 불구가 되고 운이 나쁘면……."

"나, 나쁘면?"

꼽추노인이 손으로 목을 그었다.

죽는다는 뜻이다. 청년의 안색이 새파랗게 변해 버렸다.

"아이쿠! 이를 어째!"

"걱정하지 말게. 부적을 쓰면 피할 수 있네."

"정말입니까요?"

"다만 부적 값이 좀 비싼데……."

"어, 얼마나 합니까?"

꼽추노인이 다섯 손가락을 활짝 폈다.

"오, 오 문이나 됩니까?"

"허, 다섯 냥일세. 그것도 은자로."

"캐액!"

청년이 놀라 나동그라졌다.

은자 다섯 냥이면 한 가구의 한 달 생활비였으니 놀라는 것도 당연하다. 청년은 수중에 있는 돈을 모두 내밀었다.

"제가 가진 돈은 이게 전부입니다."

"엥?"

고작 동전 이십 문에 불과했다. 꼽추노인은 한숨을 내쉬었다. 처음부터 손님을 잘못 선택한 것이다. 꼽추노인은 청년에게 이만 가보라는 듯 손바닥을 획획 내저었다.

그녀가 화류(驊騮)였다

"아이고, 어르신! 제발 소인을 살려주십시오!"

청년이 꼽추노인의 바짓가랑이를 붙잡고 애원했다.

"어허! 어서 가라니까!"

"제발 살려주십시오."

순박해 보이는 청년이 눈물을 펑펑 흘리며 애원하자 주변의 시선이 모두 집중됐다. 꼽추노인은 당황했다.

"에잇! 자, 여기 있네."

"감사합니다, 어르신."

청년이 부적을 들고 희희낙락하며 떠났고, 바닥에 동전 이십 문이 덩그러니 남아 있었다.

"망할! 개시부터 종쳤네."

꼽추노인은 투덜거리며 동전을 챙겼다. 그런데 동전 중에 한 개가 살짝 벌어지면서 쪽지가 나왔다.

―화류(驊騮)님께서 거황(渠黃)님과 합류하셨습니다. 그리고 화류님을 뒤쫓는 추적자가 악양에 도착했습니다. 추적자는 악양 하오문을 초토화시킨 동창의 인물과 동일인임을 손육이 확인했습니다. 화류님은 거황님과 추적자를 붙잡을 계획을 세웠고, 산자님도 동참하시길 원하고 있습니다. 두 분께선 빠른 답변을 기다리고 있으십니다.

꼽추노인은 팔준의 한 사람인 산자였다.

산자는 먹통과 필기구를 꺼내더니 부적을 만들었다.

"제길… 이번에는 제값을 받고 만다."

산자가 투덜거리자 지나가던 덩치가 갑자기 걸음을 멈췄다. 표범 가죽을 두른 덩치의 얼굴은 참으로 험상궂었다.

"어이, 점쟁이!"

탕!

덩치가 들고 있던 철봉을 땅바닥에 꽂았다.

"왜, 왜 그러시오?"

"이거 진짜야?"

덩치가 깃발을 가리켰다.

"보, 복자는 진실만을 말하오."

"오호, 그래? 그럼 진짜인지 가짜인지 확인 좀 해볼까?"

"그, 그럼 산통에서 하나 뽑으시구려."

"틀리면 이 산통이 깨지는 걸로 끝나지 않아. 아예 등판에 혹을 하나 더 만들어서 쌍봉 낙타로 만들어줄 거니까 두 눈 뜨고 잘 봐야 할 거야."

덩치가 산통에서 죽편을 뽑았다.

이번에도 붉은 주 자가 적힌 패였다.

짝!

산자가 손바닥을 치며 감탄사를 날렸다.

"아이고! 이렇게 좋은 점괘를 뽑다니! 내 평생 이렇게 좋은 점괘를 다시 볼 수 있을는지 모르겠네."

호들갑이 따로 없었다.

덩치가 두꺼비처럼 눈을 끔뻑이며 '이 영감이 왜 이래?' 하는 표정을 짓자 산자가 곧바로 뜻 풀이를 시작했다.

"붉은색은 상서로움을 뜻하니 협사에겐 앞으로 좋은 일만 생길 겁니다."

"정말인가?"

"당연하지요. 주(朱) 자가 얼마나 좋으면 황실의 성씨도 주(朱) 씨겠습니까?"

주변에 있던 상인들이 어이없다는 표정을 지었다.

그들은 순박한 청년이 뽑았던 점괘를 정반대로 해석해 버리는 산자의 뻔뻔함에 고개를 저었다.

"우헤헤헤! 그렇단 말이지?"

"협사는 정말 복을 타고나셨습니다."

"그럼 영감이 나 덕분에 좋은 점괘를 본 거로군."

"네?"

덩치가 너털웃음을 터뜨리며 손바닥을 내밀자 산자는 어리둥절한 표정을 지었다.

"내 덕에 좋은 점괘를 봤다며!"

"그, 그래… 서요?"

"어허, 영감! 왜 그리 머리가 안 돌아가!"

"무슨 말인지……?"

"좋은 점괘를 봤으니 값을 치러야지."

산자는 어이없다는 얼굴로 덩치를 쳐다보았다.
"보, 복채는 제가 받는 거지……."
"죽을래?"
"아뇨!"
"그럼 내놔!"
산자가 넋 나간 얼굴로 쳐다보자 덩치는 철봉을 휘두르며 돼지 멱따는 목소리로 노래를 불렀다.
"에헤야~ 오늘 낙타를 보는구나~ 에헤야~"
노래라고 말하기 민망했다.
산자는 철봉이 몸통 주변을 획획 돌아다니자 겁에 질려 부들부들 떨며 실감나게 연기했다.
"이놈아! 어서 돈을 내놔라!"
"가, 가진 게 이것밖에 없습니다."
"엥! 이게 뭐야?"
산자가 동전 이십 문을 내놨다.
"뭐야? 이게 다야?"
"이것밖에 없습니다."
"털어서 나오면 동전 한 개당 주먹 한 방이다."
"정말 한 푼도 없습니다."
덩치가 산자의 다리를 붙잡더니 거꾸로 들어올려 먼지 털 듯 털털 털었다.
"아고고~ 사람 살려라~"

그녀가 화류(驊騮)였다 171

"썩을! 먼지도 안 나오잖아!"

덩치가 산자를 집어 던졌다. 땅바닥에 나동그라진 산자는 눈물을 펑펑 쏟아내며 억울함을 호소했다.

"영감, 죽고 싶어?"

"끽끽……!"

산자가 억지로 울음을 참자 덩치는 동전 이십 문을 품속에 집어넣고 철봉을 거뒀다.

"젠장! 개털인 줄도 모르고 괜한 시간만 낭비했잖아!"

덩치는 산자가 만든 부적마저 챙겼다.

"불쏘시개로 써야겠군."

"아이고! 그게 얼마짜린데!"

산자가 덩치의 다리를 붙잡았다. 덩치가 산자의 목덜미를 붙잡아 집어 던졌다.

"으갸갸갸!"

산자가 데굴데굴 구르자 주변에 있던 상인들이 혀를 찼다.

"쯧쯧, 내가 천벌을 받을 줄 알았어."

"인과응보야."

"순진한 청년을 상대로 사기 칠 때 알아봤다니까."

덩치가 철봉을 어깨에 걸치고 장터를 떠났다. 그의 품속에 들어간 부적들 중 한 장은 다른 부적과 달랐다. 단순한 부적이 아니라 흑화(黑話)로 이루어진 암호문이었다.

요롱이는 악양에 내리자마자 남궁산산의 체취를 찾아냈다.

추적은 곧바로 이어졌다.

"우연인가, 아니면……."

요롱이가 멈춘 곳은 기루였다.

"악양 하오문주가 여기서 죽었지."

진호와 요롱이가 담장을 뛰어넘었다.

대낮이라서 그런지 인적이라곤 없었고, 낙엽이 쌓인 정원은 늦가을의 정취가 풍겨났다. 회랑을 따라 걸어가자 규모가 큰 이층 전각이 나타났다. 진호와 요롱이는 전각에 들어갔다.

전각의 절반을 차지하는 중앙부는 일, 이층이 뚫린 중공식 구조였다. 진호가 가운데에 서자 사면에서 문이 열리고 두 명씩 총 여덟 명의 검객이 들어왔다.

"남궁세가의 배반자들이군."

그들은 남궁력이 힘들여 포섭한 자들로 남궁세가 내에서도 뛰어난 검객들이었다. 남궁세가는 그들의 출신이 천하다며 중용하지 않았다.

스르륵.

팔 인의 검객이 검을 뽑았다.

그들은 진호를 중심에 놓고 빙글빙글 돌기 시작했다. 팔괘를 응용한 팔룡검진(八龍劍陣)이었다.

팟!

그녀가 화류(驊騮)였다 *173*

네 자루의 검이 진호의 사면을 노렸다. 진호가 몸을 비틀어 네 자루의 검을 피했다. 후위에 있던 네 검객이 뛰어올라 진호의 머리를 노렸다.

스르륵~

진호가 흐느적거리며 검을 빠져나갔다. 마치 계곡 사이를 흐르는 바람 같았다. 검객들이 팔룡검진을 유지한 채 진호를 뒤쫓았다. 진호의 오른손이 붉은 광채를 내뿜었다.

진홍빛 죽엽이 손바닥에 나타났다.

파악!

신개에게 얻은 죽엽수였다.

죽엽강이 푸른색이 아닌 붉은색인 이유는 진호가 수련한 구층연심법 때문이었다.

"피해라!"

팔룡검진의 우두머리가 외쳤다.

그러나 죽엽강은 빛살처럼 빨랐다. 곤위(坤位)를 맡은 검객이 무의식적으로 검을 내밀어 죽엽강을 막았다.

콰직!

검과 곤위의 검객이 분해됐다. 살점과 피가 벽면을 붉게 물들여 버렸다. 경악한 일곱 검객이 움직임을 멈추자마자 진호는 죽엽강을 연속적으로 날렸다.

퍼버벅!

죽엽강이 일곱 개의 머리를 날려 버렸다. 피 분수가 솟구치며 머리가 사라진 일곱 구의 시체가 쓰러졌다.
"생각보다 쓸모가 많은 무공이군."
죽엽수의 죽엽강은 강기의 사단계인 강환처럼 발출이 가능하지만 강환처럼 강기를 압축하지 못했기에 위력은 떨어진다. 그러나 강환은 구층연심법의 칠단계인 결단에 도달해야 쓸 수 있지만 죽엽강은 육단계 경지도 가능했다. 그래서 진호와 신개가 죽엽강을 사용할 수 있었던 것이다.
끼이익!
진호가 정면에 보이는 문을 열자 기나긴 복도가 나타났다. 복도는 대낮인데도 칠흑처럼 어두웠다.
진호는 발걸음을 옮겼다.
쿵!
진호가 갑자기 진각을 사용했다. 지진이 난 것처럼 복도 전체가 흔들렸다. 그럼에도 바닥에 발자국이 없었다.
'커억!'
바닥에 숨어 있던 자객이 즉사했다. 진각의 내력이 침투경으로 작용해 바닥을 투과해 자객에게 작용한 것이다.
휘익!
천정과 벽, 바닥에서 자객이 나타났다. 진호의 움직임이 갑자기 느려졌고, 자객들의 흉기가 허공을 갈랐다.
퍽!
진호의 팔꿈치가 벽에서 튀어나온 자객의 미간을 찍었고,

바닥에 닿았던 다리가 섬광처럼 치솟아오르며 무릎으로 천장에서 내려온 자객의 복부를 가격했다.

마지막 자객은 좌장으로 턱을 후려쳤다.

콰직!

정주에 당한 자객은 두개골이 으스러졌고, 슬격에 당한 자객은 내장이 파열됐으며, 좌장에 당한 자객은 정수리가 터져나가면서 뇌가 돌출됐다.

휘익!

천장에서 또 다른 자객이 암습을 가했다.

진호가 빠르게 한 걸음 내밀어 간격을 일 촌 이내로 만들자 자객은 당황했다.

퍽!

진호의 어깨가 자객의 흉부에 박혔다. 자객은 내장이 파열돼 즉사한 채로 거의 삼 장 정도 튕겨졌다.

쿵!

벽과 바닥, 천정에서 자객들이 쏟아져 나왔다. 그러나 그 누구도 진호의 걸음을 막지 못했고, 전원 비참한 최후를 맞이했다. 복도의 끝에 도달한 진호는 걸음을 멈췄다.

끼이익!

문을 열자 환한 빛이 진호를 비추었다.

어둠 속에 묻힌 복도는 백여 구의 시체를 삼켜 버렸다.

"으음······."

"암혼각(暗魂閣)의 백팔자객을 상처 하나 없이 모두 해치우다니… 도저히 믿기지가 않는구나."

사, 오십대의 남녀 서른 명이 신음성을 내며 진호를 노려보았다. 그들은 손에 낫이나 작두, 혹은 쇠꼬챙이를 쥐고 있었고, 대나무 바구니를 어깨에 메고 있었다.

"놀랍군. 강호삼대살수조직의 하나인 암혼각은 그렇다 쳐도 세상 사람들의 존경을 받는 청낭문(靑囊門)마저 천군단의 주구일 줄은 몰랐다."

"본 문의 업은 병자를 치료하는 것이다. 세상이 병들었으니 우리라도 나서야 하지 않겠느냐!"

청낭문의 인물들이 왼손으로 대나무 바구니를 들어 방패로 삼은 채 진호를 향해 돌진했다.

쉐에엑!

청낭문의 인물들이 낫과 작두를 휘두르고 일부는 쇠꼬챙이로 진호의 몸통을 노렸다.

스르륵~

공격의 틈새로 파고들어 간 진호가 청낭문의 두 인물 사이로 빠져나가면서 그들을 슬쩍 건드렸다.

우두둑! 빠드득!

"커억!"

"헉!"

청낭문의 두 인물은 실 끊어진 꼭두각시 인형처럼 쓰러졌다. 진호가 경혈을 비틀고 관절을 뽑아버린 것이다.

"너희들은 살려준다."

진호는 청낭문의 인물들을 죽이지 않았다. 그들은 힘없는 자들을 돕고 병자들을 치료했기 때문이다.

"마, 막아라!"

진호의 움직임은 유령보다 더 유령 같았다.

눈앞에 나타났는가 싶으면 다른 곳에 있고, 잡으려고 하면 허상이었으며, 빈 공간에 홀연히 등장했다. 청낭문의 인물들은 속수무책으로 당할 수밖에 없었다.

우두둑!

섬뜩한 소리와 함께 신음성이 뒤따랐다.

전원 바닥에 쓰러진 채 고통을 호소하며 꿈틀거렸다.

뚜벅뚜벅!

진호가 출구 앞에 섰다.

문을 열자 넓은 정원이 펼쳐졌다. 정원의 중심부에 붉은 기와 지붕의 누각이 있고, 그 안에 삼남일녀가 앉아 있었다. 진호가 아는 얼굴은 둘. 남궁력과 남궁산산이었다.

"빠드득!"

남궁력이 진호를 노려보며 이를 갈았다. 그에 비해 남궁산산은 복잡 미묘한 시선으로 진호를 응시했다.

"남궁세가의 팔룡검진과 암혼각의 백팔자객, 청낭문의 삼십이초은(三十二草隱)을 간단하게 와해시키고 여기까지 올 줄은 몰랐다. 너는 도대체 누구냐?"

보기만 해도 숨이 턱턱 막힐 정도로 비대한 체구의 사내가 진호에게 질문했다.

"자기 이름부터 밝히는 게 예의 아닌가?"

"건방지군. 하지만 자격이 있다. 나는 암혼각주다."

"천군단에서 부르는 이름은?"

"거황."

"팔준이었군. 그럼 노인장도 팔준의 일인이오?"

진호가 꼽추노인에게 말을 걸었다.

"나는 산자. 청낭문의 당대 문주이기도 하다."

"팔준의 절반을 만난 셈이군."

진호의 독백은 거황과 산자를 놀라게 했다. 거황이 진호를 뚫어지게 노려보다가 입을 열었다.

"네놈의 정체는 뭐냐?"

"나는 백의의 목숨과 유륜의 오른팔을 거뒀다."

진호가 대답은 그들을 경악시켰다.

"그, 그럼… 네놈은 육선문의 개가 아니라 역적 방각의 제자였단 말이냐?"

"방 노사와 사승 관계는 아니지만 많은 걸 배웠지."

"이… 역적이 끝까지……!"

"뚱보, 함부로 혀를 놀리지 마라. 방 노사는 너 따위가 함부로 재단할 분이 아니다."

진호가 거황을 잡아먹을 것처럼 무섭게 노려봤다.

"네놈이 천군단을 뒤쫓는 이유는 뭐냐?"

"방 노사께선 건문제의 안위를 걱정하신다. 내 눈으로 직접 건문제의 안위를 확인하라고 하셨다."

건문제가 어디에 있는지 밝히라는 뜻이다.

"염왕의 안위를 확인하게 해주마."

"역시 말로는 안 되는군."

진호가 거황을 향해 몸을 날렸다. 순식간에 면전에 도달하자 거황의 안색이 변했다.

팍!

거황은 비대한 몸집과 달리 놀랄 정도로 재빨랐다. 진호는 방향을 틀어 거황을 뒤쫓았다.

"죽어라!"

거황이 우장을 내밀었다. 그의 오른손은 비대한 체구와 달리 어린아이의 손처럼 작은 조막손이었다. 그러나 손의 크기와 달리 방출한 힘은 거대했다.

"만압장이군."

거황의 만압장은 유륜이 펼친 만압장보다 강했다. 그러나 진호는 그때보다 높은 경지에 도달해 있었다.

스르륵.

진호는 만압장의 장세를 스며들듯이 파고들어 가 거황의 복부에 일장을 날렸다.

펑!

거황의 상의가 갈가리 찢겨져 흩날리며 상체가 드러났다.

진호가 고개를 설레설레 저었다.

"…심하다."

거황의 상체는 몇 겹의 비계가 층층이 쌓여 주름이 겹쳐져 있었다. 돼지도 거황에 비하면 날씬한 정도였다.

진호가 다시 일장을 날렸다.

펑!

거황의 복부에 손바닥 자국이 찍히더니 비계가 파도치듯 출렁이며 충격을 흡수해 버렸다.

"육신갑(肉身鉀)이구나!"

금종조와 철포삼, 십삼태보횡련이 강철 갑옷이라면 육신갑은 비단과 솜을 겹겹이 두른 갑옷과 같아 침투경이나 내가중수법마저 막아낸다. 하지만 거황의 육신갑은 그 정도를 벗어났다.

"크크크, 진정한 공포를 보여주겠다."

거황의 복부가 출렁이더니 비계가 춤추듯 꿈틀거리며 퍼져 나가더니 어깨에서 팔, 손으로 진동이 이어졌다.

콰콰쾅!

거황이 상장을 내밀자 강대한 거력이 해일처럼 쏟아졌다. 만압층층공(萬壓層層功)으로 펼친 만압장이었다.

진호가 만압장의 장세를 향해 오른손을 뻗었다.

번쩍!

피처럼 붉은 죽엽강이 만압장의 장세를 가르고 거황의 복부를 찢어발기며 허리까지 구멍을 뚫어버렸다.

"커억!"

강기는 오직 강기로만 막을 수 있다.

최고의 방어력을 자랑한다는 육신갑도 강기 앞에선 아무런 의미가 없었다. 거황은 죽엽강에 육신갑이 파괴당하고 관통상을 당하자 맥없이 주저앉았다.

"이 죽일 놈이!"

산자가 진호에게 달려와 낫을 휘둘렀다. 진호는 왼발을 돌려 낫을 피하고 산자의 왼쪽 흉부를 향해 주먹을 날렸다.

산자가 등을 돌렸다.

쾅!

진호의 주먹이 산자의 굽은 등을 강타했다. 산자는 삼 장이나 밀렸지만 아무런 부상도 입지 않았다. 오히려 진호가 반탄지력에 손해를 봤다.

"…타배공(駝背功)이군."

산자의 꼽추는 선천적인 기형이 아니었다. 수련이 깊어질수록 꼽추가 되는 타배공을 익혔던 것이다.

"키득키득."

산자가 기분 나쁜 웃음을 날렸다.

"네놈은 이제 끝이다."

"…독을 썼군."

"단순한 독이 아니다. 촉중당문이 만들다 실패하고 오독마군도 포기한 무형지독이다."

산자는 진호의 공격을 곱사등으로 막을 때 무형지독을 풀었다. 냄새도 없고 보이지도 않는 무형지독은 해독약마저 없다고 알려진 독으로 전설처럼 이름만 알려졌을 뿐 세상에 단 한 번도 나타난 적이 없었다.

"죽기 전에 잘린 손가락의 원한을 갚겠다."

남궁력이 왼손으로 검을 쥐고 진호에게 다가갔다. 그는 오른손을 활짝 펴서 진호에게 보여줬다. 엄지손가락만 무사할 뿐 남은 손가락은 절단돼 있었다.

"일단 네 손가락부터 모두 잘라주마."

남궁력이 검을 휘두르자 무표정한 시선으로 진호를 바라보고 있던 남궁산산이 고개를 돌렸다.

퉁!

진호가 손가락을 튕겨 검면을 가격했다.

"커억!"

검이 파도치듯 출렁이다 휘어졌고, 남궁력은 심한 내상을 입었는지 피를 토하며 주저앉았다. 진호가 왼발을 내밀더니 오른발로 남궁력의 턱을 걷어찼다.

퍼억!

남궁력은 턱뼈가 박살 난 채 뻗어버렸다.

산자가 경악했다.

"…무, 무형지독은 해독약이 없는데… 어, 어떻게?"

진호가 왼손을 들어올렸다. 어느새 장갑을 벗었는지 손등의 녹색 거미가 드러나 있었다.

"이 녀석이 기뻐 날뛰는 것을 보니 지독한 독이군."

"그, 그건 뭐냐?"

산자는 약초와 독에 관해 타의 추종을 불허한다는 청낭문의 문주였지만 녹색 거미의 정체를 알지 못했다.

진호가 산자를 향해 한 발을 내밀었다.

"이, 이형환위!"

산자의 눈앞에 진호가 나타났다.

공간이 줄어든 것처럼, 혹은 축지법을 쓴 것처럼.

"헉!"

진호가 산자의 왼쪽 흉부를 향해 주먹을 날렸다. 산자가 급히 등을 돌리자 진호의 주먹이 붉은 빛을 내뿜었다.

콰직!

"크아악!"

곱사등에 진호의 주먹이 깊숙이 박혔다. 타배공의 곱사등이 도검불침의 능력을 가졌지만 강기 앞에선 무력했다.

산자는 바닥에 엎어져 바들바들 떨었다.

"사, 살려… 줘."

산자는 타배공이 파괴돼 내공을 상실한 데다 등뼈와 척추가 으스러져 고통에 몸부림쳤다.

"멈춰!"

거황이 삐져나온 내장을 집어넣고 손바닥으로 상처를 막은 채 비틀거리며 일어섰다.

"네놈을 용서하지… 않겠다."

거황이 진호에게 걸어갔다. 그가 걸어간 길은 붉은 피로 이어졌다. 등의 상처에서 샘처럼 피가 흘렀고, 복부의 상처는 조막손으로 막기에는 너무 컸다.

팍!

진호가 사라졌다가 거황의 면전에 나타났다.

쩍!

진호의 왼쪽 팔꿈치가 거황의 명치에 박혔다. 거황은 피거품을 뿜어내며 쓰러졌다.

산자가 부들부들 떨다가 남궁산산에게 손을 뻗었다.

"화, 화류, 나를 구해주게."

놀랍게도 남궁산산이 팔준의 화류였다. 진호가 놀란 얼굴로 그녀를 쳐다보았다. 그녀는 한숨을 내쉬었다.

"남궁 소저, 당신이 화류였소?"

"네, 상공."

진호가 눈살을 찌푸렸다.

상공은 아내가 남편에게 사용하는 호칭이기 때문이다.

"설령 상공께서 인정하지 않으신다 해도 당신은 천첩의 상

그녀가 화류(驊騮)였다

공입니다."
 "나는 당신을 인정하지 않겠소."
 "천첩은 상공 앞에서 옷을 벗었으며 한 침대를 썼습니다."
 "으음……."
 진호는 신음성을 흘리며 남궁산산을 지그시 바라보다가 입을 열었다.
 "이만 가보시오."
 "숙부님과 동료들을 놔두고 홀로 떠날 수는 없습니다."
 "건문제가 어디에 있는지만 말하면 풀어줄 생각이오."
 "우리는 단주님의 얼굴조차 본 적이 없습니다."
 건문제의 행방을 모른다는 의미였다.
 "천군단주를 만나려면 어떻게 해야 하오?"
 "지금까지 모든 연락은 녹이(騄駬)를 통해 이루어졌습니다. 녹이를 만나면 단주님을 찾으실 수 있을 겁니다."
 "이 배신자!"
 산자가 엎드린 자세에서 남궁산산을 가리키며 처절하게 외쳤다. 그러나 남궁산산의 표정은 한 치의 변화도 없었고, 진호도 산자에게 고개조차 돌리지 않았다.
 "녹이는 어디에 있소?"
 "폐하께선 숙부에게 황위를 빼앗겼습니다. 진정한 복수는 당대의 황제를 똑같은 일을 겪도록 만드는 거라더군요. 녹이는 그 일을 성사시킬 수 있는 자리에 있습니다."

영락 이십이년 칠월에 즉위한 홍희제가 다음 해인 홍희 원년 오월에 숨을 거뒀다. 남경에 있었던 황태자 주첨기가 북경에 올라와 황위를 이어받았다.

"저들을 데리고 가도 좋소."

"고맙습니다, 상공."

"…다시는 만나지 맙시다."

진호가 등을 돌리자 남궁산산의 턱이 파르르 떨렸다.

"상공."

남궁산산이 애처롭게 불렀지만 진호는 아무런 반응도 보이지 않고 발걸음을 옮겼다.

"남경에 있던 주첨기가 황위에 오르려고 북경으로 향했을 때 자객들이 나타났습니다. 녹이가 술수를 써서 기성과 금선이 주첨기를 구하도록 만들었습니다. 상공께서 녹이를 만난다면 그의 계략을 주의하십시오."

진호가 뒤돌아서서 남궁산산에게 목례를 했다.

남궁산산은 진호에게 허리를 숙이고는 산자에게 걸어갔다. 산자의 얼굴이 서릿발처럼 차가웠다.

"퉤! 더러운 계집!"

산자가 침을 뱉었다. 남궁산산은 피할 수 있는데도 일부러 피하지 않았다. 그녀의 볼에 피가 섞인 침이 흘러내렸다.

"죽으면 아무것도 할 수 없어요."

"헛소리! 너 같은 배신자 때문에 정난지변이! 커억!"

그녀가 화류(驊騮)였다 187

갑작스럽게 날아온 창이 산자의 목에 박혔다. 산자는 사지를 부들부들 떨다가 사망했다.

"누, 누구냐?"

남궁산산이 주변을 훑어보았다.

담장 위로 열두 명의 흑의인이 나타났다. 그들은 창을 다섯 자루씩 등에 메고 있었다.

휘리릭!

담장 반대편에서 날아온 십여 개의 갈고리가 남궁력과 거황의 몸뚱이에 박혔다.

"커억!"

"큭!"

남궁력과 거황이 비명을 질렀다.

갈고리를 던진 자들이 줄을 당기자 두 사람이 끌려갔다. 거황은 육신갑이 깨져 버려 고통을 몇 배나 심하게 느끼는 바람에 거의 돼지 멱따는 수준의 비명을 질렀다.

퍼버벅!

남궁력과 거황이 끌려오자 그들은 비조의 밧줄을 내려놓고 몽둥이를 쥐더니 인정사정없이 두들겨 팼다.

"멈춰라!"

남궁산산이 검을 뽑아 들자 담장 위에 있던 자들이 창을 던졌다. 창들이 전면에 박히자 남궁산산은 뒤로 물러났다.

파바박!

창들이 아슬아슬하게 스치듯 그녀 등을 지나치며 바닥에 박혔다. 그녀를 향해 창들이 날아왔다.

파바바박!

단 한 자루의 창도 그녀에게 상처를 입히지 않았다. 창들은 그녀를 중심으로 촘촘히 박혀 일종의 감옥을 만들었다. 그녀는 창으로 만든 감옥을 부수려고 했다.

퍽!

"으윽!"

염주 알이 날아와 그녀의 마혈을 제압했다. 남궁산산은 옴짝달싹하지 못한 채 창의 감옥에 갇혀 버렸다.

제17장

나는 의심하고
또 의심하는 자다

진호는 한 방향만 뚫어지게 노려보았다.
그곳에 수룡왕이 서 있었다. 두 사람의 눈이 마주쳤다.
"장강십팔타의 눈과 귀가 생각보다 밝군요."
"수적질도 그리 쉬운 것은 아니네."
수룡왕은 총타주가 되자 장강십팔타의 무력 외에도 정보력을 강화시키는 데 노력을 아끼지 않았다. 내륙 지방은 몰라도 물길이 있는 곳의 소식이라면 모두 수집하고 분석할 수 있는 체제를 완성시켰다. 특히 동정호변에 세작들을 가장 많이 깔았고, 악양은 안방이나 다름없었다.
"산다는 게 쉽지만은 않죠."

"세상살이가 다 그런 법이지."

"그렇지요. 그런데 내가 그녀에게 떠나도 좋다고 말했는데, 선배의 수하들이 그녀를 잡았군요."

"자네가 용건을 마칠 때까지 기다렸네. 그 정도면 자네에게 실례를 범한 것이 아니라고 보는데."

수룡왕이 빙그레 웃었다.

진호가 발을 옮겨 창의 감옥에 갇힌 남궁산산의 앞에 섰다. 그녀는 마혈이 제압돼 움직이지는 못해도 의식은 또렷했다. 진호를 바라보는 그녀의 눈망울에 물기가 어렸다.

"나는 약속을 중히 여깁니다. 또한 내가 한 약속을 어기게 만든 요소를 용납하지도 않습니다."

"나도 같다네."

"그럼 내가 어떻게 할 건지도 아시겠군요."

"내 약속을 중요히 여기듯 남의 약속도 중요하다는 게 평소의 지론일세. 하지만 은원이 걸리면 다르지."

짝짝!

수룡왕이 손바닥을 치자 우람한 덩치의 승려와 검은 옷을 입은 음산한 인상의 말라깽이가 나타났다. 장강십팔타의 좌호법인 혈승(血僧)과 우호법인 흑염도(黑炎刀) 전풍이다.

파악!

흑염도 전풍이 진호에게 몸을 날리면서 칼을 뽑았다. 칠흑처럼 검은 칼이 진호를 갈랐다.

"대단한 발도술이군."

갈라진 건 진호의 잔영이었다. 진호의 실체는 칼의 궤적 밖으로 피한 뒤였다.

휘리리릭!

혈승이 팔에 건 염주를 진호에게 던졌다. 열여덟 개의 염주 알이 진호의 각 요혈을 노렸다.

퍼버버벅!

진호가 나비처럼 팔랑거리며 염주 알들을 피했다. 염주 알들이 지면과 담장, 바위 등에 깊숙하게 박혀 버렸다.

우우웅~

흑염도 전풍의 검은색 칼이 진동하면서 회색 빛 도강을 뿜어냈다. 그는 강기를 사용하는 고수였다.

진호가 빙판 위로 미끄러지듯 뒤로 물러나 흑염도의 칼을 피하자 혈승이 목에 건 염주를 위로 던졌다.

파악!

염주가 공중에서 분해돼 백팔 개의 염주 알이 폭우처럼 쏟아졌다. 진호는 산자의 목을 꿰뚫은 창을 뽑았다.

파바박!

진호가 염주 알들을 향해 창을 연속적으로 내질렀다. 수십 줄기의 섬광이 염주 알을 노렸다.

쩌쩌쩡!

찌르기로 백팔 개의 염주 알을 모두 갈라 버린 것이다.

전풍이 몸을 날려 칼을 휘두르자 회색 도강이 진호의 목을 노렸다. 진호가 이번에는 피하지 않고 창을 뻗었다.

팟!

창이 전풍의 심장을 노렸다. 전풍이 손목을 비틀어 칼의 궤도를 바꾸자 회색 도강이 창대를 노렸다.

위잉~

창이 원을 그렸다. 원 속에 원이 생기고 원 밖에 원이 생성되면서 무수한 원이 이어졌다.

전풍의 얼굴이 굳어졌다.

챙!

닭 모양의 철판이 전풍의 미간을 노리던 창날을 막았다. 혈승이 중간에 끼어든 것이다. 그의 손에 길이 사 척의 철봉의 끝에 닭처럼 생긴 철판이 달려 있고, 반대쪽은 날카로운 발톱이 달려 있는 기문병기가 들려 있었다.

"소림사의 기문병기인 폐혈원앙번(閉血鴛鴦幡)이군."

혈승은 소림사의 파계승이었다.

진호는 연속적인 찌르기로 혈승과 흑염도 전풍을 동시에 몰아붙였다. 혈승은 타격용인 원앙부로 창날을 막거나 창대를 후려쳤고, 발톱으로 찌르거나 할퀴는 공격을 펼쳤다.

소림사의 원앙십이절(鴛鴦十二絶)이었다.

전풍의 흑사도법(黑死刀法)이 뒤따랐다. 회색 도강과 폐혈원앙번의 조강(爪罡)이 한데 어우러져 빠르게 공수 전환을 이루며 진호를 몰아붙였다.

우웅~

창날이 붉게 빛나며 석 자나 길어졌다.

진호가 춤을 추듯 빙글빙글 돌면서 창을 휘두르자 강기가 지나간 궤적에 붉은 선이 그려졌다. 백원도의 무예였다.

전풍과 혈승의 안색이 새파랗게 변했다. 몽둥이찜질로 거황과 남궁력을 피떡으로 만들었던 이십여 명이 진호를 향해 비조를 던졌고, 담장에 있던 창수(槍手)들이 날아올랐다.

파츠츠츠!

진호가 만든 창의 궤적 안에 들어간 비조와 밧줄이 모두 잘렸고, 열두 명의 창수도 같은 신세가 됐다.

"크아악!"

"으악!"

피비가 내리고 무참하게 절단된 인체의 잔해가 쏟아졌.

짙은 피비린내가 풍기며 지옥이 펼쳐졌다.

"아, 아미타불."

혈승이 수십 년 만에 불호를 외우고 말았다. 잔혹함에 있어 타의 추종을 불허한다는 흑염도 전풍도 치를 떨었다.

"으음… 십이흑창대(十二黑槍隊)가 힘도 한 번 제대로 못 쓰고 몰살당할 줄은 몰랐군."

수룡왕이 신음성을 흘렸다.

십이흑창대는 장강십팔타의 삼대정예 중의 하나로 이들만

으로도 웬만한 중소 문파는 멸문시킬 수 있었다. 그럼에도 진호에겐 한 끼 식사거리도 되지 못했다.

수룡왕이 나서자 혈승과 전풍이 뒤로 물러났다.

"당백양이 자네 손에 죽은 것을 이제야 납득하겠네. 아무래도 내가 아니고선 자넬 상대할 사람이 없겠어."

"선배, 잘 생각하셨소."

수룡왕이 눈살을 찌푸렸다.

혈승과 전풍, 십이흑창대로 하여금 진호를 공격한 것은 진호의 무공을 파악하고 허점을 찾아내기 위해서였다. 그런데 진호가 그걸 알아채고 이죽거린 것이다.

"십 초 안에 승부를 보겠다."

수룡왕이 선언했다.

최초 공격은 와선장이고, 이초로 수류장이었다. 소용돌이 속에 칼날 같은 기운이 섞인 채 진호를 노렸다.

퍅!

진호가 창을 높이 치켜세웠다가 내리찍자 와선장과 수류장의 기운이 일격에 갈라졌다.

"훌륭하다!"

수룡왕은 진심으로 감탄하며 섬전풍뢰삼장의 첫 번째 초식인 일섬흔(一閃痕)과 이초인 전광인, 마지막 초식인 풍뢰멸(風雷滅)을 연속으로 펼쳤다.

콰르릉!

눈부신 섬광과 번쩍이는 뇌전이 작렬하면서 광포한 기운이 진호를 노렸다. 진호는 창을 앞으로 내밀고 창날을 바람개비처럼 빙글빙글 돌렸다.

파곽!

섬광이 창대를 후려치고 뇌전이 창날을 강타했다. 창이 박살 나자 풍뢰멸의 광포한 기운이 진호를 덮쳤다.

파악!

진호의 손바닥에서 피어난 붉은 죽엽이 풍뢰멸과 충돌했다.

파츠츠!

죽엽강이 광포한 기세를 가르며 수룡왕에게 날아갔다. 수룡왕의 몸에서 희뿌연 안개가 피어오르더니 십여 개의 분신이 나타났다. 환술과 내공이 결합한 수룡둔(水龍遁)이었다.

콰쾅!

수룡왕의 뒤편에 있던 담장이 죽엽강에 의해 파괴됐다. 십여 명으로 늘어난 수룡왕이 일제히 쌍장을 날렸다.

"제기랄! 무형장(無形掌)이구나!"

소리도 없고 형체도 없으며 기세도 없다. 갑자기 손자국이 찍히고 죽어갈 뿐이다. 그래서 강호에선 무형장을 유령인(幽靈印)이라고 부른다.

'수룡왕의 손바닥이 가리키는 방향을 피하는 것 말고는 다른 방법이 없다.'

문제는 수룡왕이 열 명으로 늘어났다는 것이다.

실체는 오직 하나, 남은 것은 환상이다. 하지만 수룡둔의 안개 때문인지 실체를 알 수가 없다. 형상뿐 아니라 똑같은 기운을 내뿜고 있었다.

팟!

진호가 위로 솟구쳤다. 수룡왕과 수룡왕의 분신들이 모든 방향을 장악했기 때문이다.

퍽!

진호의 흉부에 두 개의 손자국이 찍혔다.

"크윽!"

호체진기(護體眞氣)가 전신을 감싸지 않았다면 늑골이 모두 박살 나고 폐와 심장이 터져 버렸을 것이다.

'…내상을 입었군.'

즉사는 면했지만 내상을 피할 수는 없었다. 진호는 힘겹게 착지한 후 목까지 올라온 울혈을 뱉어냈다.

"퉤!"

비릿한 피비린내가 풍겨났다.

"…무형장과 회선장(回旋掌)을 합치는 것은 불가능한 일인데… 어떻게 된 건지 모르겠군."

"물론 그렇지."

수룡왕이 빈정거렸다.

'제길! 육합전성(六合轉聲)이군.'

십 인의 수룡왕이 동시에 말했다. 똑같은 형체에 풍기는 기운도 같고, 음성마저 냈다. 마치 수룡왕이 열 명인 것 같다.

"회선장이라면 그대가 움직일 방향을 미리 알아야 효과가 있다. 그에 비해 나는 자유자재로 장력을 움직인다."

"이기어검(以氣御劍)의 변형이군."

"나는 이기어장(以氣御掌)이라고 이름 붙였다."

십 인의 수룡왕이 또다시 쌍장을 날렸다.

진호는 기를 포착해 추적하는 대나이신법을 역으로 사용하기로 했다. 그러나 실패했다. 무형장은 기가 포착되지 않았다.

퍽!

이번에도 흉부에 쌍장인(雙掌印)이 찍혔다.

진호가 피를 토하며 남궁산산이 갇혀 있는 창의 감옥까지 주르륵 밀려났다.

"…확실히 이기어장이군."

대나이신법을 펼칠 요량으로 멈춰 있었다.

수룡왕이 진호가 피할 곳을 미리 예측하고 회선장으로 무형장을 날리지 않았다는 증거였다.

"어허! 꽤나 의심이 많군."

"맞소, 선배. 나는 의심하고 또 의심하는 자요."

진호는 자신의 성향을 깨달았다.

남편과 가솔들이 언제 아들을 죽일까 두려워 불안해하며

모든 것을 의심하는 모친의 손에서 자랐고, 부친의 손에 잡혀 용각산을 복용당한 채 감옥에 갇혔다.

 운 좋게 탈출했지만 가문에서 보낸 추적자가 두려워 천하를 떠돌다가 촉남죽해에 숨어 살았다. 의심이 몸에 배일 수밖에 없었다. 아니, 언제나 의심하고 살지 않았다면 벌써 죽었을지도 모른다. 그게 진호의 삶이었다.

 '항상 불안해하며 모든 것을 의심한다. 그게 나다.'

 진호는 자신의 어둠을 인정했다.

 그러자 무의식 속에 잠재해 있던 불안감이 사라지고 마음이 편안해졌다. 모든 것을 부정하고 의심하던 성향도 거짓말처럼 바뀌었다. 그렇다고 본질 자체가 바뀌지는 않았다.

 진호가 미소를 지었다.

 편안함과 넉넉함이 느껴지는 미소였다. 그 미소가 수룡왕의 마음을 불편하게 만들었다.

 "선배, 내 의심을 확인해 봅시다."

 의식이 바뀌자 시야가 달라졌다.

 진호가 창의 감옥으로 양손을 뻗었다. 창 두 자루를 뽑자마자 수룡왕에게 던졌다. 그리곤 연속적으로 창을 뽑아 남은 여덟 명의 수룡왕에게 던졌다.

 쉐에엑!

 창은 섬광처럼 빨랐다. 순식간에 십 인의 수룡왕을 관통해 버렸다. 그럼에도 십 인의 수룡왕은 모두 멀쩡했다.

"역시 몽땅 허상이었구나."

진호가 또다시 창을 뽑아 날리자 십 인의 허상이 무형장을 담은 쌍장을 날렸다.

퍼억!

"커억!"

진호의 흉부에 유령의 손자국이 찍혔다.

쩌억!

"…크윽! 수, 수룡둔을 깨다니……."

안개가 사라지면서 열 개의 허상이 사라졌다. 그리고 복부에 창이 박힌 수룡왕이 나타났다.

"안개가 이상했거든."

진호는 허상을 피해 안개 속에다 창을 던졌다. 우연히 맞힌 게 아니다. 이질감이 느껴지는 공간을 공격했다. 의식이 바뀌면서 다른 감각이 깨어난 것이다.

콰직!

수룡왕이 복부에 박힌 창의 자루를 분질렀다. 창을 뽑으면 출혈이 심해져 위험해지기 때문이다.

"내 몸에 상처를 내다니… 대가를 치르게 해주마!"

수룡왕은 격노했다. 그는 용불과 신개 등과 겨룰 때에도 사용하지 않았던 비기를 꺼냈다.

쿠우웅!

수룡왕이 열 손가락을 구부리자 먹빛의 강기가 솟구치며

흉포한 기운이 회오리쳤다.
"…공룡조(恐龍爪)?"
진호의 뇌리에 모친의 음성이 떠올랐다.

"응조왕 방효람의 조법은 천하제일이지만 공룡조가 나오면 그의 조법은 이위로 물러날 것이다. 공룡조는 태산마저 무너뜨리는 괴력과 금강불괴마저 찢어발기는 날카로움을 가졌고, 설령 호신강기라 할지라도 공룡조는 막아내지 못한다. 무공 자체로만 논한다면 능히 천하무적을 다툴 수 있다."

진호는 그 당시 모친에게 물었다. 공룡조를 능가하는 무공이 없냐고. 그때 진호의 모친은 백원도를 언급했다. 진호는 그때 처음으로 백원도를 알게 됐다.
수룡왕이 음산하게 웃으며 입을 열었다.
"공룡조를 알고 있다니… 안목이 높구나."
"재미있군, 정말 재미있어."
진호가 미소를 지었다.
"허! 공룡조를 알면서도 재미있다고 말하다니… 간이 배 밖으로 나왔거나 제정신이 아니구나."
수룡왕이 양팔을 들어올리고 진호에게 걸어갔다. 마치 태산이 걸어오는 것처럼 압도적인 기세였다.
우웅!

진호의 양손이 붉은 광채를 내뿜었다.

백원도의 무예는 손을 쥐면 백원권이고 손바닥을 펴면 백원장이다. 또한 손가락을 오므리면 백원조(百猿爪)였고, 손가락을 세우면 백원지(百猿指)였다.

파팟!

마침내 수룡왕과 진호의 공격권이 맞닿았다. 그럼에도 진호는 움직이지 않았고, 수룡왕도 공격하지 않았다. 수룡왕은 한 걸음 더 들어갔다. 공격권이 겹쳐졌다.

저벅저벅!

수룡왕은 걸음을 멈추지 않았다.

두 사람의 간격이 삼 척 이내로 좁아졌다.

쩌러렁!

수룡왕의 공룡조가 위에서 아래로 진호의 양 어깨를 노렸다. 진호는 수룡왕의 흉부를 향해 쌍장을 내밀었다.

우우웅~

진호의 모공이 열리며 호체진기가 외부로 분출됐다. 호체진기는 붉은 광채를 내뿜으며 강기를 형성했다.

파지직!

공룡조가 진호의 호신강기(護身罡氣)와 충돌했다.

쫘아악!

호신강기가 찢겨져 나갔고, 공룡조가 진호의 어깨를 내리찍었다. 그 순간 진호의 쌍장이 수룡왕의 흉부에 도달했다.

파악!

수룡왕의 흉부에 푸른색의 방패가 나타났다. 호신강기의 일종인 수룡갑(水龍鉀)이었다.

콰직!

진호의 쌍장이 수룡갑을 박살 내고 수룡왕의 흉부를 가격했다.

콰콰쾅!

진호와 수룡왕이 비틀거리며 뒷걸음쳤다.

"크윽……!"

진호의 양 어깨는 피범벅이고, 수룡왕은 늑골이 부서지고 심각한 내상을 입어 연신 피를 토해냈다.

"주, 죽여 버리겠다."

수룡왕의 눈이 광포한 기운을 내뿜었다. 내공 증폭술인 광룡안(狂龍眼)이었다.

고오오~

공룡조의 조강이 무려 일 장 길이로 늘어났다.

파츠츠츠!

열 줄기의 조강이 공간을 가르며 진호를 노렸다. 진호는 조강 사이를 통과해 수룡왕에게 돌진했다.

퍽!

진호의 오른발이 수룡왕의 복부에 박혔다.

"커억!"

수룡왕이 피를 토하며 새우처럼 허리를 꺾었다. 진호가 전신을 비틀며 왼발을 치켜올렸다. 왼발이 허공에서 반원을 그리더니 수룡왕의 오른쪽 어깨를 내리찍었다.

빠가각!

수룡왕은 견갑골이 박살 났는데도 비명조차 지르지 못했다.

퍼버벅!

진호의 양발이 풍차처럼 회전하면서 수룡왕을 난타했다.

혈승과 흑염도 전풍이 뛰어들었다. 남궁력과 거황을 비조로 나포한 자들도 수룡왕을 구하려고 몸을 날렸다.

위잉~

회색 도강을 내포한 검은 칼이 진호의 목을 노렸다.

수룡왕을 난타하던 진호의 다리가 미꾸라지가 빠져나오듯 유연하게 방향을 틀더니 흑염도 전풍의 칼을 후려쳤다.

깡!

"크윽!"

진호가 발로 도면(刀面)을 치자 도강이 깨지면서 칼이 박살 났고, 전풍은 손목이 탈골되고 깊은 내상을 입었다.

"…이, 이런 일이… 가능하단… 말인가?"

쑤욱!

전풍의 칼을 부순 진호의 다리가 발끝을 세운 채 대력금강장을 날리는 혈승의 목을 노렸다.

푹!

발끝이 혈승의 목을 꿰뚫었다. 진호의 발은 피로 붉게 물들었고, 혈승은 부들부들 떨다가 숨이 끊어진 채 쓰러졌다.

"으아악! 죽여 버린다!"

전풍의 눈이 광기로 물들었다. 오랫동안 함께한 동료가 눈앞에서 무참하게 살해당하자 이성을 잃어버린 것이다.

그는 칼이 없다는 것조차 잊었다.

퍽!

전풍의 두개골이 박살 났다. 이성을 잃고 달려드는 자에게 당할 정도로 진호는 약하지 않았다. 곧바로 십여 명이 칼을 휘두르며 덤볐지만 마찬가지였다.

퍼버버벅!

살이 찢겨지고 뼈가 으스러지며 비명 소리가 뒤따랐다.

진호만이 서 있을 뿐 모두 시체가 되어 쓰러졌고, 수룡왕은 두 사람의 부축을 받으며 도망쳤다.

"어머니, 공룡조는 천하무적을 다투지 못합니다. 강함은 무공에 있지 않고 사람에게 있기 때문입니다."

진호의 독백은 담담하면서도 쓸쓸함을 풍겼다.

콰직!

남궁산산이 내공으로 제압된 마혈을 풀고 창을 박살 내 감옥을 탈출했다. 그녀는 진호에게 다가갔다.

"많이 다치셨어요."

남궁산산은 피로 물든 진호의 어깨를 물끄러미 쳐다보았다. 그녀는 진호의 상의를 벗기더니 자기 치마를 찢어 어깨의 피를 닦고 금창약을 발랐다.

 "다행히 근골은 다치지 않았어요."

 만근거암마저 가루로 만들고 강철도 뚫는 공룡조에 당하고도 피륙의 상처로 끝난 것은 호신강기가 조강을 막고 호체진기가 몸을 지켰기 때문이다.

 "고맙소."

 진호는 상의를 입고는 무정하게도 발걸음을 옮겼다.

 남궁산산의 아름다운 얼굴이 슬픔으로 흐려졌지만 진호의 발걸음은 멈추지 않았다.

 진호가 출구 앞에서 멈췄다.

 "최대한 빨리 악양을 떠나시오. 악양은 장강십팔타의 영역이나 다름없는 곳이오."

 "지, 지금 천첩을 걱정해 주신 건가요?"

 진호는 대답하지 않고 떠났다.

 그럼에도 남궁산산의 얼굴에서 슬픔이 사라졌다. 그녀는 뒤돌아서서 거황에게 갔다. 거황의 후두부에 칼이 박혀 있었고, 남궁력은 보이지 않았다. 수적들에게 끌려간 것이다.

 자금성 내정의 북쪽에 위치한 어화원.

 곤룡포를 입은 청년이 달빛 아래 빛나고 있는 정원을 보며 술잔을 들이켰다. 그는 당대의 황제인 선덕제였다. 선덕제가 갑자기 술잔을 집어 던졌다. 술잔은 눈 속에 파묻혔다.
"숙부, 끝을 보자는 거요?"
선덕제의 눈빛이 얼음처럼 차가웠다.
홍희 원년 오월.
남경에 있었던 황태자 주첨기는 홍희제가 붕어했다는 소식을 듣고 북경으로 향하다가 숙부인 한왕 주고후가 보낸 암살 부대를 만나 목숨을 잃을 뻔했으며 온갖 고난을 겪었다.
자금성에 도착해 황제가 된 후에도 한왕의 하수인이 된 환관과 궁녀들의 암살 시도가 수차례나 이어졌다. 그럼에도 선덕제는 부친인 홍희제의 뜻에 따라 참았다. 그런데 새해가 밝아 선덕 원년이 되자 한왕은 신년 인사로 자객들을 보냈다.
선덕제는 신하들이 보는 앞에서 자객들을 피해 도망치는 모습을 보여주는 수치를 당했다.
"…더 이상은 참을 수 없다."
"참으셔야 합니다."
선덕제의 좌측에 시립하고 있던 오십대 초반의 환관이 조심스럽게 말했다.
"짐이 왜 참아야 하는가?"
"정난지변에 이어 두 번째 골육상쟁이 벌어지면 백성들이 황실을 어떤 눈으로 보겠습니까?"
"짐의 목숨이 위험한데도 참아야 한단 말이냐?"

"민가의 백성들도 닭 한 마리를 잡아도 시일을 맞추고 기다리는 지혜를 가지고 있습니다."

선덕제는 눈을 감고 노기를 가라앉혔다.

머리를 조아린 환관의 입가에 미소가 떠올랐다.

"얼마를 기다려야 하느냐?"

"올해를 넘기지는 않을 겁니다."

"짐은 그대를 믿겠다."

"소신을 믿으옵소서."

환관은 동창의 수장이었다. 그보다 직위가 높은 환관은 삼보태감 정화밖에 없었다.

산동 낙안주의 한왕부.

깊은 심야인데도 내원의 밀실은 촛불이 환하게 타오르고 있었다. 한왕 주고후와 왕부의 정무를 관리하는 왕부장사사(王府長史司)의 우장사(右長史)와 좌장사(左長史), 모사(謀士)인 현도인(玄道人)이 머리를 맞대고 숙의 중이다.

"…이상이 뜻을 같이하기로 했습니다. 이건 그들이 충성을 맹세하며 작성한 연판장입니다."

우장사가 연판장을 한왕에게 바치며 보고를 끝냈다.

"으음, 예상보다 적군."

"무량수불. 그렇지 않습니다, 전하."

한왕이 불만을 토로하자 현도인이 반론을 제기했다.

"내 생각이 잘못됐다는 건가?"

"전하의 생각이 잘못된 것도 아닙니다."

"이것도 아니다 저것도 아니다. 도대체 뭐가 맞는 건가?"

"너무 많으면 차후가 문제고 너무 적으면 뜻을 이루기 어렵습니다. 지금이 가장 적당합니다."

"그렇다면 거사를 일으켜도 되겠군."

현도인이 고개를 저었다.

"아직은 아닙니다."

"도대체 언제 거사를 도모하자는 건가? 첨기가 용상에 앉은 지 일 년도 안 돼 정국이 안정됐다. 이대로 세월을 보내다가는 아무것도 이루지 못한다."

"민심을 얻지 못하면 용상을 차지하더라도 사상누각(沙上樓閣)에 불과합니다. 전하의 제국이 굳건한 반석 위에 서려면 민심을 얻어야 합니다."

쾅!

한왕이 탁자를 내려쳤다.

"천하에 두려울 게 없는 주고후가 힘없는 무지렁이들이 무서워 거사를 미뤄야 한단 말이냐?"

"백성들은 정난지변을 아직도 잊지 않고 있습니다. 민간에 폐제의 이름이 떠돌고 백성들은 황실을 싸늘한 시선으로 쳐다보고 있습니다. 게다가 북원(北元)의 움직임도 심상치 않습니다. 이럴 때 골육상쟁이 다시 벌어지면……."

"하아, 알겠다."

한왕이 착석하자 현도인이 담담한 어조로 말했다.

"민심을 끌어들일 명분이 없는 이상 먼저 움직이는 쪽이 지는 겁니다. 전하께서는 모든 준비를 끝마치고 기다리시면 됩니다. 소신이 그렇게 만들겠습니다."

"호오~ 그래서 작년에는 전하의 조카가 자금성에 가는 걸 막지 않았고, 신년에는 엉터리 자객들을 자금성에 보낸 것이구려. 정말 감탄했소이다."

좌장사가 빈정거렸다. 그는 한왕의 총애를 받고 있는 현도인이 못마땅했던 것이다.

"좌장사는 빈도가 마음에 들지 않은가 보오."

"소관 따위가 전하의 총애를 한 몸에 받고 있는 현도인께 그런 마음을 가질 리가 있겠소."

현도인과 좌장사가 서로를 노려보았다.

눈빛이 심상치 않았다.

쿵!

"그만들 하라!"

한왕이 탁자를 내려치며 화를 내자 현도인과 좌장사가 시선을 돌렸다.

"거사를 진행하는 동료끼리 싸워서 뭘 하겠다는 거냐?"

"송구하옵니다."

"…무량수불."

"오늘 회의는 이만 끝내겠다."

한왕이 굳은 얼굴을 한 채 밀실을 떠났다.

좌장사와 현도인이 무섭게 노려보다가 자리에서 일어났다. 우장사는 두 사람을 보며 한숨을 내쉬었다.

"하아~ 시간이 갈수록 불화가 심해지는구나."

우장사 홀로 밀실에 남았다.

삼각대 위에 불꽃을 담은 검은 솥이 놓여 있다. 매서운 북풍에도 불꽃은 꺼지지 않고 환하게 타오르며 주변을 밝혔다. 두 병사가 솥 주변을 돌며 감시의 눈길을 아끼지 않았다.

끼이익!

뒤쪽에 있는 문이 열리자 두 병사가 뒤돌아섰다.

"충(忠)!"

한왕이 호원 무사들의 경호를 받으며 나타나자 두 병사가 군례를 올렸다. 두 병사는 그들이 사라지자 자세를 풀었다.

"휴우~ 이제 마음을 놔도 되겠군."

한 병사가 안도의 한숨을 내쉬었다.

다른 병사는 한왕이 나왔던 문을 물끄러미 쳐다보았다.

"이보게, 뭘 그리 보는가?"

"아, 정 형. 언제 교대하는가 싶어서……."

"허, 이 사람아. 자네가 보는 쪽은 비각(秘閣)일세. 교대할 친구들은 저쪽에서 온다고."

"너무 추워서 내 정신이 아니었네."
"쯧쯧, 그러니 자넬 보고 다들 외모가 아깝다고 말하지."
정 형이라 불린 병사가 혀를 찼다.
저벅저벅.
일단의 병사들이 나타났다.
"교대한다."
"네."
정 형이라 불린 병사의 얼굴이 밝아졌다.
교대가 끝나자 두 병사는 숙소로 들어갔다. 중앙의 통로에 화로가 놓여 있고, 좌측과 우측에 있는 침상에 이십여 명의 병사가 코를 골며 잠들어 있었다.
두 병사는 화로의 불을 쬐며 얼어붙은 몸을 녹였다.
"아~ 이제야 살 것 같군."
숙소의 구석에서 기이한 그림자가 일어서더니 불을 쬐던 병사에게 다가왔다. 그림자는 다리는 짧고 허리는 길며 새하얀 털로 뒤덮인 괴상한 동물이었다.
정 형이라 불린 병사가 입을 열었다.
"거참, 볼수록 신기한 동물이야."
"평범한 개에 불과해."
"그런가?"
정 형이라 불린 병사가 고개를 갸웃거리다 입을 열었다.
"뭐, 주인인 초 형이 개라면 개겠지."

나는 의심하고 또 의심하는 자다　215

"흰소리 그만 하고 어서 잠이나 자세."
두 병사는 잠자리에 들었다.
새하얀 눈이 병사들의 숙소 위로 내렸다.

다음날 아침 병사들은 일어나자마자 눈부터 쓸어야 했다. 한왕부 호위대 오갑장(五甲長)인 전구심은 청소나 하고 있는 부하들을 보며 못마땅한 표정을 짓고 있었다.
눈을 치우는 병사들의 표정도 밝지 못했다.
"빠드득! 썩을 놈의 새끼들!"
깨끗하게 치운 길을 일단의 병사들이 지나가자 정 형이라 불리는 병사가 빗자루를 집어 던졌다.
"저놈들이 할 일을 왜 우리가 해야 하는 거야!"
"정 형, 그만 하고 눈이나 치우세."
"자네는 화도 안 나는가?"
초 형이라 불리는 병사는 사람 좋아 보이는 미소를 지었다. 정 형이라 불리는 병사는 고개를 설레설레 저었다.
오늘은 오갑이 쉬는 날이다. 그럼에도 눈을 치우게 된 것은 오갑장인 전구심이 호위대에서 막내였기 때문이다. 그야말로 짬밥에 밀린 것이다.
"정문, 초홍."
전구심이 부르자 두 병사가 달려왔다.
"부르셨습니까?"

"너희 둘은 저기를 청소해라."

"네?"

전구심이 가리킨 곳은 내원으로 향하는 길이다. 호위대 병사들이 기거하는 숙소와 연무장이라면 모를까 내원 쪽은 하인들의 몫이다. 정문이 입을 삐죽거렸다.

"어서 가지 못해!"

"네, 네, 알겠습니다."

정문과 초홍이 빗자루를 들고 내원 쪽으로 뛰어갔다.

두 사람은 투덜거리며 눈을 쓸었다.

"젠장, 더러워서 못해먹겠네."

정문이 화풀이라도 하는지 빗자루를 힘차게 밀어냈다. 눈이 내원의 출구인 대문을 향해 무더기로 날아올랐고, 하필이면 그때 문이 열렸다.

"까아악!"

갑작스런 비명 소리에 깜짝 놀라 고개를 든 정문은 안색이 하얗게 탈색됐다. 고가의 비단옷을 입은 여자의 얼굴과 가슴에 지저분해진 눈이 묻어 있었다.

"구, 군주님."

정문은 무릎을 꿇었다.

여인은 한왕의 딸인 한양군주(漢陽郡主)였다. 한양군주가 얼굴에 묻은 눈을 닦아내고 쭉 째진 눈을 떴다. 악독한 눈빛 때문인지 그녀의 얼굴은 표독스럽게 보였.

나는 의심하고 또 의심하는 자다 217

"네놈의 이름은 뭐냐?"
"저, 정문이라 하옵니다."
"호위대 소속의 병사더냐?"
"네, 오갑 소속의 병사입니다."
한양군주가 차갑게 웃더니 말없이 되돌아갔다. 정문은 안도의 한숨을 내쉬며 주저앉았다.
"하아! 다행이다."
"으음······."
초홍이 눈살을 찌푸리며 신음성을 흘렸다.
"왜 그러나?"
"아닐세."
초홍의 눈가에 짙은 음영이 드리워졌다.
오갑의 병사들은 눈 치우는 일 말고는 특별한 일과 없이 하루를 보냈다. 그런데 밤이 되자 일단의 낭자군(娘子軍)이 오갑의 숙소를 급습했다. 서른 명의 젊은 여인으로 구성된 낭자군은 뛰어난 무공을 익히고 있었다.
퍼퍼펵!
왕부의 호위대인 병사들이 일방적으로 두들겨 맞고 포승줄에 굴비 엮이듯이 묶여 비밀 감옥으로 끌려갔다.
"가, 갑장님!"
감옥에 끌려온 병사들은 경악했다.
오갑장인 전구심이 피투성이가 된 채 거꾸로 매달려 있었고, 한 여인이 채찍질을 하고 있었다.

짜악!

"으아악!"

채찍이 등을 후려치자 피가 튀고 살점이 찢겨졌으며, 전구심은 단말마의 비명을 질렀다.

여인은 한양군주였다.

"모두 매달아라!"

한양군주가 명령을 내리자 낭자군의 여자 무사들이 오갑의 병사들을 모두 거꾸로 매달았다.

"구, 군주님, 이, 이게 무슨… 크악!"

채찍이 병사의 입을 후려쳤다. 입술이 터져 나가고 피가 줄줄 흘렀다. 다른 병사들은 모두 입을 다물었다.

한양군주가 정문에게 다가갔다.

"네놈은 본 군주를 모독했다. 너 하나만으로는 수치를 씻을 수 없는 대죄니라."

"제, 제발 살려주… 크아악!"

한양군주가 채찍을 휘둘렀다. 정문은 고통을 이기지 못해 사지를 꿈틀거렸다.

차악! 차악!

채찍질이 이어졌다.

정문은 전신이 피투성이가 되어 기절해 버렸다.

"물을 뿌려라!"

촤악!

얼음처럼 차가운 물이었다. 정문은 신음성을 흘리며 깨어났다. 또다시 채찍질이 이어졌고, 정문은 의식을 잃었다.

한양군주의 시선이 다른 병사들에게 향했다.

병사들은 겁에 질려 부들부들 떨었다.

차악!

한양군주가 피와 살점이 묻은 채찍을 바닥에 후려쳤다.

섬뜩한 파공성에 소름이 돋은 병사들은 애원 어린 눈으로 한양군주를 바라보며 자비를 구했다. 그러나 그녀의 표독스런 눈은 잔혹한 빛을 흘릴 뿐이었다.

쫘악! 쫘악!

"으아악!"

그녀는 병사들에게 가차없이 채찍을 휘둘렀다. 병사들의 비명 소리가 감옥에 메아리쳤다. 그녀의 채찍질은 한 시진이나 이어졌고, 병사들은 피투성이가 됐다.

마지막 남은 병사는 초홍이었다.

한양군주는 흘러내린 땀으로 인해 옷이 흠뻑 젖어 몸에 찰싹 달라붙어 체형이 그대로 드러났고, 얼굴은 땀에 젖어 번들거렸으며, 째진 눈은 살의와 광기로 번뜩였다.

휘익~

그녀가 채찍을 뒤로 제쳤다.

초홍의 눈은 무심했다. 눈과 눈이 마주쳤다.

"이름은?"

"초홍입니다."

한양군주가 혀로 입술을 축이며 초홍을 노려보다가 낭자군에게 시선을 돌렸다.

"모두 묻어라."

"네, 군주님."

낭자군의 여자 무사들이 걸레가 된 전구심과 오갑의 병사들을 뒷마당으로 끌고 나갔다. 땅바닥에 구덩이가 파여 있었다. 여자 무사들은 그들을 구덩이에 집어넣고 파묻었다. 전구심과 병사들은 머리만 튀어나온 채 땅속에 묻혀 버렸다.

"으으으……!"

"사, 사람… 살려……!"

매서운 북풍과 함께 눈이 내리기 시작했다. 눈발이 거세지자 전구심과 병사들의 머리는 눈 속에 파묻혔고, 땅속에 묻힌 몸뚱이는 얼어붙었다. 낭자군의 여자 무사들은 전구심과 병사들의 비참한 모습을 보며 조롱하고 비웃었다.

제18장

한양군주의 낭자군

한양군주가 갑자기 채찍을 휘둘렀다.

쫘악!

초홍의 상의가 찢겨졌고, 가슴에 상처가 나면서 붉은 선혈이 흘러내렸다. 피는 목을 타고 흘러내려 얼굴을 가로지르다가 바닥으로 떨어졌다.

똑… 똑…….

한양군주가 초홍의 가슴에 얼굴을 묻었다. 그녀의 입가에 초홍의 상처가 닿았다.

할짝할짝.

한양군주가 혀를 내밀어 초홍의 상처를 핥았다. 그녀의 혀는 초홍이 흘린 피로 붉게 물들었고, 그녀의 눈은 활화산처럼 타올랐다. 그러나 초홍의 무표정은 변함이 없었다.

"너는 누구지?"

"초홍입니다."

"아니야. 내 몸을 뜨겁게 타오르게 만든 피를 가진 남자가 평범한 병사일 리가 없어."

"소인은 한왕부 호위대 오갑의 병사에 불과합니다."

"그럴 리 없어!"

한양군주가 비명을 지르는 것처럼 크게 외쳤다. 그녀의 음성이 감옥에서 메아리쳤다.

"네가 평범한 남자라면 너를 갈기갈기 찢어 죽이고, 너를 잘못 본 내 눈을 뽑아버릴 거야!"

한양군주가 양손으로 초홍의 머리를 잡고 자기 얼굴을 가까이 하더니 초홍의 두 눈을 뚫어지게 주시했다.

그녀의 눈동자가 광기로 불타고 있었다.

"저는 평범한 병사일 따름입니다."

"오호호호!"

한양군주가 미친 듯이 웃기 시작했다.

"역시 내 눈이 잘못되지 않았어! 목숨이 위험한데도 끝까지 버티는 자가 어찌 평범하겠어."

한양군주는 채찍을 버리고 거꾸로 매달린 초홍을 풀어줬다. 그리곤 찢겨진 상의를 벗겨 버렸다.

"하아~"

한양군주가 황홀해하며 초홍의 상체를 감상했다. 겉보기와 달리 단단한 근육으로 뭉쳐 있었던 것이다. 그녀의 눈이 몽롱하게 풀리더니 초홍의 상체를 부드럽게 쓰다듬었다.

초홍의 상체에 채찍에 맞은 상처 말고도 낭자군에게 끌려오기 전에 두들겨 맞아서 난 상처와 흉터가 남아 있었다.

한양군주가 초홍의 상체에 난 상처를 혀로 핥았다.

할짝할짝.

그녀는 갈증을 느꼈다.

"크윽!"

한양군주가 상처가 난 부분을 물어뜯었다. 그녀는 흐르는 피로 갈증을 풀려고 했지만 풀리지 않았다.

"내가 너의 피에 어울리는 남자로 만들어줄게."

한양군주의 달뜬 음성은 소름이 끼쳤다. 그녀는 마치 암사마귀 같았다. 초홍의 눈은 얼음처럼 싸늘했다.

우장사는 아침부터 짜증나는 보고를 들었다.

호위대 오갑의 갑장인 전구심을 비롯해 스물다섯 명의 병사 전원이 치료 중이라는 내용이었다. 특히 몇 명은 동상이 심해 신체의 일부를 절단했다는 것이다.

"누구 짓이냐?"

"군주님이십니다."

"하아!"
우장사는 한숨을 내쉬며 고개를 저었다.
"애들 입단속을 시켜라."
"네, 알겠습니다."
이런 일이 한두 번 있었던 게 아니다. 우장사는 한양군주가 저지른 사건을 몇 번이고 처리해 줬다.
부하가 나가자 우장사는 벼루를 집어 던졌다.
콰직!
벼루가 산산조각났다.
"헉… 헉… 언제까지… 언제까지……."
우장사가 주먹을 부르르 떨었다. 한양군주를 생각할 때마다 피가 거꾸로 치솟는 기분이었다.
"우장사 어른, 군주님께서 면담을 요청하셨습니다."
문밖에서 하인이 말했다.
"자, 잠시만 기다리시라고 말씀 올려라."
우장사는 급히 일어나 깨진 벼루를 치우는데 한양군주가 문을 열고 들어와 버렸다.
"어머! 뭐 하는 거죠?"
"헉! 신 우장사, 군주님께 인사 올립니다."
"일어나세요."
우장사가 깨진 벼루를 들고 일어섰다.
한양군주의 시선이 깨진 벼루에 고정됐다. 우장사는 얼굴을 붉히며 당황함을 감추지 못했다.
 "우장사가 아끼던 벼루군요."
 "그렇사옵니다, 군주님."
 "어쩌다 박살 난 거죠?"
 "소신이 그만 실수로……."
 한양군주의 시선이 벼루가 부딪친 벽을 향했다. 검은 먹이 짙게 퍼져 있었다. 우장사는 변명하다 입을 다물었다.
 "우장사, 부탁이 있어요."
 "하명하시옵소서."
 "어젯밤 내 마음에 쏙 드는 인재를 발견했어요."
 "누굽니까?"
 "호위대 오갑 소속의 초홍이에요."
 우장사의 안색이 변했다.
 한양군주는 새하얗게 웃으며 입을 열었다.
 "우장사를 믿겠어요."
 "…알겠습니다, 군주님."
 한양군주가 떠나자 우장사는 힘없이 의자에 앉았다. 그는 싸늘하게 식은 차를 마시고 입을 열었다.
 "새로운 장난감을 발견했으니… 한동안은 얌전하겠군."
 우장사의 입가에 야릇한 조소가 떠올랐다.

 한왕부 호위대 오갑의 숙소는 환자들로 가득했다.

갑장인 전구심을 비롯해 갑원 전원이 신음성을 내며 고통을 호소하고 있었다. 몇 명은 의원이 고개를 저으며 치료를 포기할 정도로 상태가 위험했고 초홍만이 경상에 불과했다. 아니, 동료들에 비하면 다쳤다고 말할 수도 없었다.

"여기 초홍이란 친구가 있는가?"

초홍을 찾는 사람은 왕부장사사 소속의 늙은 서리인 곽 영감이었다. 곽 영감은 숙소를 둘러보며 혀를 찼다.

"쯧쯧."

"접니다."

구석에 앉아 있던 초홍이 일어섰다.

"따라오게."

"어딜 가는 겁니까?"

"어허, 따라오라면 따라올 것이지 뭔 군소리가 많나!"

곽 영감은 초홍을 우장사에게 데려갔다.

우장사는 냉정하게 초홍을 훑어보고는 입을 열었다.

"군주 마마가 마음에 들어 하실 만하군."

"무슨 말씀이십니까, 우장사 어른?"

"오늘부터 자네는 군주 마마의 호위일세."

우장사는 초홍의 대답은 듣지도 않고 문 쪽을 향해 들어오라고 말했다. 그러자 문을 열고 여자 무사가 들어왔다. 그녀는 한양군주의 낭자군에 소속된 여자 무사인 산예(珊汭)였다.

"따라오너라."

초홍의 얼굴이 굳어졌다.

산예가 비웃으며 입을 열었다.

"여자한테 명령을 받아서 기분이 나쁜 건가?"

"그렇소."

산예가 벼락같이 몸을 날려 초홍의 복부에 주먹을 쑤셔 박았다. 초홍이 새우처럼 허리를 꺾었다.

"명령받는 게 싫으면 실력을 키워!"

"자, 잘 알겠소."

초홍이 매섭게 노려보자 산예의 표정이 바뀌었다. 멸시하던 기색이 사라지고 호기심이 떠오른 것이다.

"이전까지의 바보들과는 다르군."

"무슨 뜻이오?"

"알 필요 없다."

무심코 나온 독백에 대해 초홍이 질문하자 산예는 차갑게 대응했다. 초홍은 입을 다물었다.

"군주님께서 기다리신다. 어서 가자."

"먼저 숙소부터 갑시다."

"군주님께서 기다린다는 말을 듣지 못했느냐?"

"동료들에게 작별을 고해야 하지 않겠소."

"그딴 쓰레기들에게 신경 쓸 것 없다."

초홍의 눈이 얼음처럼 싸늘해졌다.

"지금 당장 사과하시오."

"뭘 사과하라는 거냐?"

"내 동료는 쓰레기가 아니오."

"흥! 그 꼴에 동료라고 챙기기도 하는구나."

산예가 빈정거리자 초홍의 기세가 바뀌었다. 마치 포효하는 호랑이 같았다. 그녀의 안색이 변했다.

'뭐, 뭐야, 이 기세는?'

그녀는 숨이 막히고 살이 떨렸다.

'나, 나보다 약한 주제에…….'

무공과는 상관없는 본연의 기세였다. 산예는 파르르 떨다가 시선을 돌렸다. 그녀가 진 것이다.

"…사과한다."

"크게 말하시오."

"…네 앞에서 쓰레기라고 말한 것을 사과한다. 그리고 쓰레기라고 말한 것도 취소하겠다. 하지만… 호위대의 병사들이 쓰레기라는 내 생각에는… 변함이 없다."

그녀는 사과를 해도 자기 주장을 끝까지 지켰다.

초홍이 미소를 지었다.

"멋지군."

"…뭐가 멋지다는 거냐?"

"당신."

산예가 눈을 동그랗게 뜨자 초홍은 등을 돌리더니 우장사에게 군례를 올렸다.
 "소인은 이만 물러나겠습니다."
 "…아, 알았네."
 초홍이 밖으로 나가자 산예가 뒤를 따랐다.
 우장사의 얼굴이 굳어졌다.
 "기이하군. 아무래도 평범하지가 않아."
 우장사는 초홍의 신상을 조사할 필요가 있다고 생각했다.

 산예가 몸을 날려 앞서 가던 진호의 발길을 막았다.
 "어딜 가는 거냐?"
 "말했지 않소."
 "진짜 숙소로 가겠다는 거냐?"
 "그렇소."
 "하아! 좋다. 후회하지 마라."
 산예의 표정이 어두워졌다.
 "작별 인사도 중요하지만 친구도 데리고 와야 하오."
 "친구? 그게 무슨 소리냐? 군주님의 호위는 너 한 사람이다. 다른 사람은 갈 수 없다."
 초홍은 피식 웃기만 할 뿐 대답하지 않았다.
 숙소에 도착하자 초홍은 의식이 남아 있는 동료들에게 다른 곳으로 전출됐다고 말하며 작별 인사를 했다. 갑장인 전구심은 의식이 없는 상태였기에 보고하지 않았다.

초홍은 자기 짐을 챙기고 숙소를 떠났다.
"가자, 요롱아."
초홍의 개는 요롱이였다. 그리고 초홍은 진호였다.
산예가 요롱이를 가리키며 입을 열었다.
"그게 뭐지?"
"내가 말했던 친구요."
"어떤 짐승이지?"
으르릉!
짐승이란 단어가 나오자 요롱이가 이빨을 드러냈다.
진호가 요롱이의 머리를 쓰다듬으며 고개를 저었다. 요롱이가 애완동물처럼 변했다.
"개요."
"…개라고? 이게 무슨 개야?"
그녀가 보기에 요롱이는 덩치가 큰 족제비였다. 절대로 개가 아니었다. 그러나 주인이 개라니 뭐라 할 것인가.
산예는 고개를 설레설레 젓다가 한양군주의 처소로 진호를 안내했다. 한양군주의 처소는 독립된 별원이었다.
낭자군 소속의 두 여자 무사가 문을 지키고 있었다.
"군주님께서 화가 많이 나셨어요."
한 여자 무사가 산예에게 귓속말로 알려줬다.
산예의 안색이 어두워졌다.
끼이익!

정문이 열리자 산예와 진호, 요롱이가 별원으로 들어갔다.
동쪽은 넓은 연무장이고 서쪽은 정원이었다. 눈꽃이 만발한 정원의 수목들이 진호를 반겼다. 연무장에는 낭자군이 도열해 있고, 맨 앞에 한양군주가 서 있었다.
그녀의 얼굴은 서릿발처럼 싸늘했다.
"산예."
"네, 군주님."
"내가 기다려야 하는가?"
"벌을 내려주십시오."
산예는 변명하지 않았다.
한양군주가 낭자군 속에서 가장 어린 보요(普搖)에게 눈짓을 했다. 그녀는 파르르 떨다가 산예 앞에 섰다.
"시작해라!"
보요가 부들부들 떨자 산예가 입을 열었다.
"군주님의 명을 어서 이행해라."
짝!
보요가 산예의 오른뺨을 때렸다.
짝!
연이어 왼뺨을 때렸고, 계속 뺨을 때렸다. 보요의 눈망울에 물기가 고였고, 산예의 뺨은 빨갛게 변하면서 입가에서 피가 흘러내렸다. 한양군주가 진호에게 시선을 돌렸다.
진호의 얼굴은 무표정했다.

한양군주의 낭자군

그러나 노기를 느낄 수 있었다.

"묶어라."

두 여자 무사가 진호의 상의를 벗기고 나무에 묶었다.

한양군주가 채찍을 휘둘렀다.

짝!

진호의 등에 혈흔이 생겼다.

크르릉!

요롱이가 한양군주를 노려보며 이빨을 드러냈다.

진호가 외쳤다.

"앉아!"

요롱이는 진호를 쳐다보다가 그대로 앉았다.

한양군주는 흥미롭다는 듯이 요롱이를 쳐다보다가 다시 진호의 등에다 채찍을 퍼부었다. 진호는 신음성도 내지 않았다.

"기절했습니다."

진호의 등은 끔찍할 정도였다.

한양군주는 채찍을 집어 던지고 보요에게 말했다.

"멈춰라!"

보요가 눈물을 흘리며 주저앉았다. 그녀의 손바닥은 빨갛게 변해 있었고, 산예의 볼은 퉁퉁 부어 있었다.

"옮겨라."

두 여자 무사가 기절한 진호를 침실로 옮겼다. 진호의 거처로 내정된 방이었다. 요롱이는 문 앞에서 경비를 섰다.

얼마 후,

한양군주가 약상자를 든 시비와 헝겊과 물병을 든 시비들 대동한 채 진호의 방에 나타났다.

으르릉!

경비를 서던 요롱이가 털을 세우고 이를 드러냈다.

"비켜라. 네 주인을 치료하러 왔다."

요롱이가 잠시 동안 그녀를 노려보다가 물러났다.

"제법 영특한 짐승이구나."

짐승이란 단어가 나오자 요롱이가 다시 이를 드러냈다. 그러나 한양군주는 시선조차 주지 않고 방으로 들어갔다.

진호가 침상에 엎드려 있었다.

그녀는 피로 물든 진호의 등을 쳐다보며 입술을 축였다.

시비가 헝겊에 물을 축이고 진호의 등을 닦아냈다. 피가 닦여 나가자 채찍에 당한 상처가 드러났다.

"이만 나가거라."

"네, 군주님."

두 시비가 나가자 한양군주는 약상자를 열었다. 그녀는 진호의 등에 난 상처에 약을 발랐다.

"으음……."

약을 바르자 통증이 심해졌는지 의식을 잃은 진호가 신음성을 흘리며 사지를 부르르 떨었다.

한양군주의 두 눈이 고혹적으로 변했다.

"앞으로 내 말을 따르면 이런 일은 없을 거야."
그녀가 속삭이듯 말했다.

다음날 오후.
산예가 음식을 들고 진호의 침실을 찾았다. 진호가 상의를 입고 반기자 그녀는 걱정스런 표정을 지었다.
"상처가 심할 텐데… 상의를 입어도 괜찮은 거야?"
"그럭저럭."
"다행이네."
"미안해."
진호가 산예의 볼을 쳐다보며 말했다. 산예는 피멍이 든 볼을 양손으로 감싸며 미소를 지었다.
"괜찮아. 그보다 음식을 가지고 왔어. 상처를 낫게 하는 데 약보다 음식이 더 좋다고 들었거든."
"인정해."
"그럼 어서 먹어."
"나 혼자 먹을 수는 없어."
"친구라면 걱정하지 마. 보요가 챙겨줬어."
"보요?"
"어제 내 뺨을 때린 애."
산예가 씁쓸하다는 표정을 지으며 말했다. 진호가 물끄러미 쳐다보자 그녀는 입을 열었다.

"보요는 친동생 같은 애야. 어제 일로 그 아이도 상처를 입었어. 그래서 너의 친구랑 놀게 해줬지."
"그래."
"그보다 식기 전에 먹어. 식으면 맛이 없다고."
진호가 피식 웃고는 말없이 음식을 먹었다. 산예가 그 모습을 물끄러미 쳐다보다가 깜짝 놀라며 일어섰다.
"왜?"
"우리… 자연스럽게 말을 놓았지?"
"…그렇군."
진호가 젓가락을 내려놓고 고개를 끄덕였다.
산예는 피식 웃었다.
"동병상련일까, 아니면 짧은 우정?"
"글쎄……."
두 사람의 시선이 마주쳤다.
"쿡쿡쿡!"
"하하하!"
두 사람이 동시에 웃음을 터뜨렸다.
탁!
갑자기 문이 열리고 한양군주가 나타났다. 두 사람의 웃음이 멈춰 버렸다. 그녀의 눈빛이 차가웠다.
"구, 군주님께 산예가 인사 올립니다."
"초홍이 인사 올립니다."

한양군주의 차가운 눈빛은 변함이 없었다. 음식을 들고 따라온 시비는 불안한 표정을 감추지 못했다.

"내려놔라."

"네, 군주님."

시비가 조심스럽게 탁자에 음식을 내려놓았다.

한양군주가 진호를 뚫어지게 노려보며 입을 열었다.

"둘 다 나가거라."

"알겠사옵니다."

"네, 군주님."

산예와 시비가 동시에 대답하고 밖으로 나갔다.

한양군주가 진호에게 말했다.

"특별한 음식이다. 어서 먹고 건강을 되찾아라."

"알겠습니다."

진호는 산예에게 화가 미치는 것을 원치 않았다. 그래서 군소리하지 않고 한양군주가 준비한 음식을 먹었다. 진호가 식사를 마치자 그녀는 품속에서 책을 꺼냈다.

책의 이름은 자하구도(紫霞九刀)였다.

"이건 뭡니까?"

"너는 내 호위다. 호위의 무공이 약해서야 되겠느냐?"

"소인이 과문하여 자하구도의 연원을 알지 못합니다."

"자하구도는 황실이 오랫동안 연구해 완성한 도법으로 천하무쌍의 무공이라고 하더구나. 너는 자하구도를 수련해 일단 제대로 된 호위부터 되어야 한다."

"…명심하겠습니다."

한양군주는 고개를 끄덕이고는 밖으로 나갔다. 그녀의 얼굴이 악귀나찰처럼 무시무시하게 변했다.

'건방진 년! 종년 주제에 주인의 것을 노려?!'

한양군주의 두 눈이 활활 타올랐다.

자기 거처로 향하던 산예는 갑자기 소름이 돋아 어깨를 부르르 떨었다.

진호가 연무장의 중심에서 칼을 휘두르며 춤을 췄다. 웅장하면서도 강한 힘이 느껴졌다.

짝짝짝!

진호가 칼춤을 끝내자 연무장에 모여 있던 삼십여 명의 낭자군이 박수를 쳤다.

"멋지네."

산예가 미소를 지으며 진호에게 다가갔다.

"그거 자하구도지?"

"알아?"

"황실에서 만든 도법으로 뛰어난 무공이야. 다만 그걸 수련하는 사람들이 문제가 있지."

자하구도는 황실의 핏줄이나 황궁 사람들이 수련한다. 이들 대부분이 자하구도를 건강을 유지하거나 멋을 부리려고 익힌다는 것이 문제였다.
"돼지 목에 진주 목걸이."
"깔깔깔! 너무 적나라해."
"이제 겨우 형(形)을 배우는 수준이지만 자하구도의 훌륭함은 알 수 있어. 그들에게 자하구도는 심한 사치야."
"아닌 것 같은데······."
그녀가 보기에도 진호의 칼 놀림은 상당한 수준급이었다.
'군주님께 비급을 얻은 게 언젠데 벌써 이런 경지라니··· 과연 군주님의 안목은 대단하시구나.'
산예는 내심 탄복하고 있었다.
"언니."
보요가 산예에게 달려왔다. 그녀의 꽁무니를 요롱이가 따르고 있었다. 요롱이는 자기 밥을 전담하는 데다 시간이 나면 놀아주는 보요에게 푹 빠졌다.
"이제 우리가 수련할 차례예요."
"그러자꾸나. 열심히 수련하지 않으면 초 형에게 따라잡힐 거야. 우리야말로 군주님의 호위잖니?"
낭자군이 연무장을 차지했다.
절반은 창을 들었고 나머지는 검을 들었다.
진호는 낭자군의 수련을 무심한 시선으로 쳐다보았다.
'강하다.'
낭자군은 구대문파와 무림세가의 여제자들이나 여식들에

비해 강했다. 그녀들이 수련한 창법은 양가의 정통인 이화창법(梨花槍法)이고, 검법은 무당파의 비전인 구궁영검(九宮影劍)이었으니 강한 것도 당연한 일이다.

"멈춰!"

낭자군이 수련을 마쳤다.

산예와 보요가 진호와 요룡이에게 달려왔다. 세 사람과 개 한 마리는 다정한 분위기를 만들었다. 연무장 뒤편에 있는 전각의 창문이 조용히 닫혔다. 한양군주의 처소였다.

섬뜩한 기운이 살짝 흘렀다가 사라졌다.

만물이 잠든 심야.

검은 그림자들이 한왕부의 담을 넘었다.

"자객이다!"

병장기 부딪치는 소리와 비명 소리가 울려 퍼졌다. 난리는 새벽이 될 때까지 이어졌다.

한왕 주고후의 집무실.

이른 아침부터 한왕과 우장사, 좌장사, 현도인이 모였다.

한왕이 입을 열었다.

"상황을 보고하라."

"축시 경에 자객으로 추정되는 일단의 무리가 침입했으나 본 부의 무사들이 막아냈습니다. 생포한 자가 없어 그들의 정체나 목적을 알아내지는 못했습니다."

우장사가 보고를 끝내자 좌장사가 일어섰다.

"호위대가 상당수 피해를 입은 것 외에는 다른 사항은 없습니다. 그리고 호위대는 사망자 오십칠 명, 중상……."

"현도인."

한왕에게 호위대의 생명은 아무런 의미도 없었다. 그는 곧바로 현도인을 불렀다.

"그들은 동창의 요원들입니다. 다만……."

"뭔가?"

"동창의 요원치고는 너무 빨리 들켰습니다. 그리고 보란 듯이 사방에서 난리를 쳤습니다."

"조호이산?"

"목적도 불분명했습니다. 만약 그들의 목적이 전하였다면 이런 식으로 문제를 일으키지는 않았을 겁니다. 분명히 다른 목적을 가지고 있습니다."

"설마?"

한왕이 벌떡 일어나 침실로 향했다.

자객이 침입했다는 보고를 받자마자 안전한 곳으로 이동한 터라 침실은 텅 비어 있었다. 한왕은 침실 안쪽에 마련한 비밀 금고를 열었다.

"이, 이럴 수가……!"

비밀 금고엔 먼지 하나 남아 있지 않았다.

한왕의 얼굴이 딱딱하게 굳어버렸고, 뒤따라온 좌장사와 우장사, 현도인도 빈 금고를 보고 낯빛이 창백해졌다. 역모의 증거가 비밀 금고에 보관돼 있었기 때문이다.
 우장사가 조심스럽게 입을 열었다.
 "…전하, 연판장도 비밀 금고에 보관하셨습니까?"
 한왕이 말없이 고개를 끄덕였다.
 우장사가 암담한 표정을 지었고, 현도인은 한참 동안 무언가를 모색하다가 입을 열었다.
 "전하, 칼은 저쪽으로 넘어갔습니다. 우리가 먼저 찌르는 수밖에 없습니다."
 "으음……."
 "그리고 다른 것은 몰라도 연판장만은 되찾아야 합니다. 전하께 충성을 맹세한 자들의 명단이 알려지면 모두 숙청당할 것이고, 전하의 힘이 약해집니다."
 "연판장이 지금 어디쯤에 있을 것 같나?"
 "알 수 없습니다. 하지만 도착지는 알고 있습니다. 그리고 그곳을 공략할 수단을 전하께서 가지고 계십니다."
 현도인의 대답은 모호했다.
 그러나 한왕은 그 속에 숨은 뜻을 명확하게 알아차렸다.

 한왕이 현도인과 좌장사, 우장사를 대동하고 한양군주의 처소에 나타나자 연무장에서 자하구도를 수련하던 진호가 그들에게 군례를 올렸다.

"너는 누구냐?"

"한양군주의 호위인 초홍입니다."

한왕이 불쾌한 심기를 그대로 드러낸 채 질문했지만 진호는 담담한 태도로 대답했다.

"군주는 안에 있느냐?"

"네, 전하."

한왕은 진호를 뚫어지게 노려보다가 한양군주의 처소로 향했다. 현도인과 좌장사, 우장사가 뒤를 따랐다. 진호의 무심한 시선이 그들을 쳐다보았다.

"내가 잘못 생각한 건가?"

진호는 현도인과 좌장사, 우장사 셋 중에 한 명이 천군단의 녹이라고 의심하고 있었다. 그래서 한왕부에 들어올 때 일부러 초홍이란 가명을 사용한 것이다.

"결론은 셋이군."

첫째는 녹이가 셋 중에 없는 경우이며, 둘째는 남궁산산이 초홍이란 이름을 동료에게 알리지 않았을 경우이다. 마지막은 녹이가 표정을 감췄다는 것인데 확률적으로 떨어졌다. 진호의 감각은 어떤 미세한 동요라도 포착하기 때문이다.

"현도인이 가장 의심스럽기는 한데……."

그는 세 사람 중 유일하게 무공을 익혔고, 그 경지가 팔준의 수준이었다. 게다가 다른 두 사람에 비해 배경이나 출신이 명확하지도 않았다.

뿌우우~

기묘한 뿔피리 소리가 울리자 낭자군의 여자 무사들의 안색이 일제히 굳어졌다. 그녀들은 무장을 하고 후원에 있는 누각에 집결했다. 한양군주가 누각에 나타났다.

"충(忠)!"

낭자군이 한양군주에게 군례를 올렸다.

한양군주가 입을 열었다.

"드디어 때가 왔다."

낭자군의 얼굴들이 긴장감으로 굳어졌다.

"한 시진 후 출발한다. 필요한 물품과 장비를 챙기고 현 위치에서 대기하라."

"알겠습니다."

낭자군이 해산하자 한양군주는 진호의 거처로 향했다. 진호는 한양군주가 도착하자 문을 열고 나왔다.

"기다리고 있었는가?"

"뿔피리 소리가 심상치 않더군요."

"확실히 내가 안목이 있어. 호위대의 병사로 있었을 때하곤 비교가 되지 않아."

"군주님 덕분입니다."

한양군주가 화사한 미소를 지었다.

한 시진 후, 한왕부의 문이 열리고 기마대를 호위를 받으며 쌍두마차가 나왔다. 기마대는 서른두 명의 낭자군이었고, 마차 안에는 한양군주와 두 시비, 중년 부인이 있었다.

남자는 마부와 진호 둘밖에 없었다.

제19장

산예를 찾아서

　한양군주 일행이 도착한 곳은 북경 외곽에 있는 보수사라는 절이었다. 저녁이 되자 낭자군 전원이 사라졌다.
　그리고 사흘이 지났다.
　진호는 산문 밖에서 자하구도를 수련하고 있었다. 칼이 번뜩이며 팔방을 가르다 멈췄다. 자하구도의 절초인 자하제멸(紫霞諸滅)이었다. 진호가 숨을 거칠게 내쉬었다.
　"허억… 허억… 초식을 펼치는 것조차 어렵다니……."
　진호는 정좌를 하고 운기조식에 들어갔다.
　한양군주와 동행한 중년 부인이 진호를 훔쳐보다가 보수사로 돌아갔다. 그러자 진호가 눈을 떴다.

"…이상하군."

중년 부인은 한양군주의 유모였다. 그녀는 지난 사흘 동안 하루도 쉬지 않고 진호를 감시했다.

"뭘 꾸미는지 모르겠군."

한양군주는 불당에 처박혀 지난 사흘 동안 한 번도 모습을 드러내지 않았다. 그때부터 그녀의 유모가 눈을 부라리며 진호를 감시했다. 그런데 갑자기 유모가 감시를 포기하고 떠났다. 어떤 변화가 생겼다는 뜻이다.

다가닥다가닥!

멀리서 말 한 마리가 달려오고 있었다.

"응? 저건!"

보요가 타고 있었다. 그런데 그녀는 피투성이였다. 진호가 말을 세우고 보요를 바닥에 눕혔다.

"보요, 무슨 일이냐?"

"…아, 오라… 버니군요. 다행… 이에요."

"그래, 나다."

"…어, 언니가 위험해요. 어서… 언니를……."

보요가 사지를 부르르 떨었다. 진호는 그녀의 입가에 귀를 댔다. 그녀의 입술이 몇 번 달싹이다가 멈췄다.

숨이 끊어진 것이다.

두두두둑!

한 떼의 인마가 몰려왔다.

그들은 순식간에 진호를 포위했다. 우두머리로 보이는 무사가 입을 열었다.

"네놈도 역적과 한패냐?"

숨이 끊어진 보요의 얼굴을 물끄러미 쳐다보고 있던 진호가 고개를 들었다.

"헉!"

우두머리로 보이는 무사의 얼굴이 굳어졌다. 진호가 그를 응시하며 입을 열었다.

"오랜만이군. 너의 이름이……?"

"모, 모두 피해라!"

마치 호랑이와 마주친 개처럼 공포에 질린 얼굴로 비명을 지르듯이 외쳤다. 무사들은 이해할 수 없다는 표정을 지은 채 벌벌 떨고 있는 그를 바라보았다.

"미안하지만 그럴 수는 없지. 보요의 넋을 달래려면 너희들 수급이 필요하다."

진호가 칼을 들었다.

위잉~

자색 안개가 칼을 감싸더니 도강을 일으켰다.

파츠츠츠!

자색 무지개가 인마를 휘감았다.

히이이잉~

"크아악!"

"으악!"

인마가 동시에 비명을 질렀다.

핏빛 안개가 퍼지더니 삼십여 인마가 고깃덩이로 변해 버렸고 한 명만 살아남았다. 그는 피투성이였다. 타고 있던 말이 고깃덩이로 변하면서 쏟아진 피로 목욕을 했기 때문이다.

"네 이름이 뭐였지?"

"야, 양개요."

그는 방각을 체포하겠다며 화도산에 왔다가 진호에게 몰살당한 동창의 무리 중 유일한 생존자였다.

"맞아. 팽 영감이 너를 양개라고 불렀지."

"……"

"너에게 묻고 싶은 게 많다."

양개는 입을 굳게 다물고 진호를 노려보았다.

진호가 보요를 가리키며 질문했다.

"보요를 쫓아온 이유는?"

"…보, 본관은 황궁에 침입해 황제 폐하를 암살하려던 자객들을 뒤쫓았소. 그녀는 그 자객의 일원이오."

"자객들에 대해 아는 걸 말해라."

"…그, 그건 나보다 당신이 더……."

진호의 눈빛이 싸늘해지면서 무시무시한 기세가 흘러나오자 양개는 입을 다물었다.

"나는 두 번 이상 말하지 않는다."

"…자객들의 인원수는 대략 이십에서 삼십 인 정도이며 모두 뛰어난 무공을 지닌 젊은 여자라는 정도요."
"몇 명이나 잡혔지?"
"대부분 죽었고, 몇 명이 잡혔는지는 아직 모르오."
"으음……."
진호는 낮은 신음성을 흘렸다.

보수사의 주지승이 산문 밖에서 서성이고 있었다.
진호가 나타나자 주지의 표정이 밝아졌다. 그런데 진호의 양팔에 보요의 시신이 들려 있고, 피범벅이 사내가 뒤따르고 있자 주지의 안색이 시커멓게 변했다.
"아, 아미타불……."
주지승이 합장하며 불호를 외웠다.
"시주, 어떻게 된 겁니까?"
"눈에 비친 그대로입니다. 그런데 주지 스님은 무슨 일로 산문 밖에 나와 계신 겁니까?"
"시주의 동행 분들께서 떠나셨습니다. 그리고 이걸 전해달라고 부탁을 받았습니다."
주지승이 주머니를 내밀었다가 난감한 표정을 지었다. 진호는 양손으로 보요의 시신을 안고 있는 터라 주머니를 받을 수가 없었기 때문이다.
"보요의 장례를 올리고 싶습니다."

"아는 분입니까?"

"여동생처럼 귀여워하던 아이였습니다."

한양군주의 호위가 되고 산예와 친분을 튼 후부터 보요는 진호를 친오라비처럼 따랐다. 진호도 그녀를 여동생처럼 생각하며 귀여워했다.

"아미타불. 알겠습니다."

주지승은 더 이상 사정을 묻지 않았다.

보수사의 승려들이 다비식 준비를 마쳤다. 보요의 시신은 타오르는 불꽃 속에서 새하얀 뼈만 남았다.

"여기 있습니다."

다비식을 주관한 승려가 보요의 뼛가루가 담긴 항아리를 진호에게 넘겼다. 진호는 산에 올라가 뼛가루를 뿌렸다. 뒤따라온 요롱이도 낑낑거리며 슬퍼했다.

장례를 마치자 진호는 주지승이 넘긴 주머니를 열었다.

열 냥짜리 원보은 열 개와 서찰이 나왔다. 서찰에는 한왕부로 돌아오라고 적혀 있었다. 진호는 서찰을 찢어버리고 백 냥의 은을 장례와 진혼제 비용으로 썼다.

"가자."

진호가 보수사를 떠났고, 양개는 군소리없이 뒤따랐다.

동창은 자금성 동안문 밖에 있었다.

높은 담장이 내부를 가려 그 안에서 무슨 일이 일어나는지 아무도 아는 이가 없었으며 관심을 가지는 자도 없었다. 그저 두려움이 가득한 표정으로 시선을 돌릴 뿐이다.

"여긴가?"

진호가 동창을 가리키자 양개가 고개를 끄덕였다. 해가 지고 어둠이 깔린 동창은 음산한 기운을 뿌리고 있었다.

"들어가자."

"하아!"

양개는 어찌할 바를 몰라 하다가 한숨을 내쉬었다.

진호는 양개의 몸에다 특별한 수법을 베풀었다. 열두 시진마다 진호가 손을 쓰지 않으면 기혈이 꼬이고 근육이 비틀리며 죽어가는 악독한 수법이었다.

'다, 다시는… 겪고 싶지 않다.'

양개가 사시나무 떨듯 떨었다.

진호가 만약 배신하면 어떤 대가를 치르는지 맛보여 주겠다며 일각 동안 통증을 겪게 해줬고, 자신 말고는 수법을 풀지 못한다는 비밀까지 알려주는 친절을 베풀었다.

양개는 그 후부터 충실한 개가 됐다.

그는 진호의 무리한 주문도 받아들여 동창의 내부로 안내했다. 두 사람이 가장 먼저 간 곳은 기분 나쁜 창고였다. 그곳에 궁녀 복장을 한 스물여섯 구의 시체가 있었다.

진호의 눈동자가 가볍게 흔들렸다.

시체는 모두 낭자군의 여자 무사들이었다. 진호는 시신들을 차례대로 훑어보았다. 다행히도 산예는 없었지만 진호의 마음은 납덩이처럼 무거웠다.

"세 명을 체포했다고 합니다."

"그녀들은 어디에 있지?"

양개는 고문실로 안내했다. 지하실에 만들어진 고문실로 가는 문은 지옥의 입구처럼 음산했다. 사방에서 신음성과 비명이 울리며 고기 썩은 냄새와 피비린내가 풍겼다.

"여깁니다."

알몸의 세 여자가 거꾸로 매달려 있었다.

머리부터 발끝까지 온갖 고문의 흔적이 남아 있었고, 하복부는 난행을 당해 참혹했다. 게다가 힘줄이 모두 끊어지고 척추를 비롯해 관절이 모두 박살 나 시체나 다름없었다.

세 여인의 눈은 죽어 있었다.

"…주, 죽여… 줘……."

"으음……."

진호가 어깨를 부르르 떨다가 세 여인의 사혈을 짚었다. 세 여인은 고통없이 눈을 감았다.

진호와 양개는 고문실을 떠났다.

멍멍!

요롱이가 갑자기 측면에 있는 복도를 향해 짖으며 뛰어들어 갔다. 진호와 양개가 뒤를 따랐다. 음산한 기운이 흐르는 복도는 백여 걸음 정도 지나자 벽으로 막혔다.

으르릉!

요롱이가 벽을 긁고 있었다.

진호는 요롱이를 물끄러미 쳐다보다가 벽면을 두드렸다.

통, 통.

벽 안쪽은 비어 있었다.

진호는 주변을 살펴보다가 좌측 벽에 붙어 있는 조각을 발견했다. 손때가 묻어 반질반질한 조각이었다. 진호가 조각을 만지작거리다 아래로 당기자 벽이 열렸다.

벽체 뒤로 지하로 내려가는 계단이 있었다.

"이런 곳이 있었다니……"

양개도 놀란 눈으로 쳐다보았다.

요롱이가 계단을 타고 지하로 내려가자 진호와 양개도 뒤를 따랐다. 계단은 끝없이 지하로 내려갔고, 음산한 기운이 강해졌다. 마치 지옥으로 내려가는 것 같았다.

마침내 계단이 끝났다.

"이상한 곳이군."

계단의 끝은 동굴이었다.

중앙부에 우물이 있을 뿐 특별한 것은 보이지 않았다. 요롱이가 우물가를 서성거리며 으르릉거렸다.

"이상하게 기분이 나쁘군요."

우물을 보는 양개의 눈동자가 끊임없이 흔들리고 있었다. 의식하지는 못해도 두려움에 젖은 것이다.

진호가 우물 속을 내려다보았다.

칠흑 같은 어둠 속에서 코가 썩을 것 같은 악취가 흘러나오고 있었다. 돌멩이를 우물 속에다 던졌다.

탁!

한참이 지나서야 소리가 났다. 꽤나 깊다는 뜻이다.

"마른 우물이군."

진호가 양개의 목덜미를 잡고 우물 속으로 뛰어들었다. 요롱이가 뒤이어 몸을 날렸다.

"으아악!"

양개의 비명 소리가 우물 속에서 메아리쳤다.

이십여 장이나 낙하하자 바닥이 나타났다. 높이는 사오 장에 달하고 웬만한 연무장 넓이의 지하 공동이었다. 바닥에 새하얀 백골이 가득했고 썩어가는 시체도 있었다.

"헉! 여, 여기는……."

지면에 발이 닿자 겨우 정신을 차렸던 양개가 주변을 둘러보며 새하얗게 질려갔다.

"동창의 시체 처리소로군."

"…그, 그럼 여기가 헛소문이라고 치부했던 뼈를 먹는 우물이란 말인가?"

동창의 요원들 사이에 떠도는 소문 중에 식골정(食骨井)이 있었다. 사람을 잡아먹는 괴물이 사는 우물인데 동창의 수뇌부가 자신의 뜻을 거스르는 자들을 그곳에 매장한다는 내용이다. 워낙에 괴담 같은 이야기라 믿는 자는 없었다.

우우우~

소름 끼치는 소리가 지하 공동에 울려 퍼지자 양개의 안색이 새하얗게 탈색됐다.

"서, 설마… 사람을 잡아먹는다는 괴물!"

멍멍!

요롱이가 큰 소리로 짖으며 소리가 난 쪽으로 뛰어갔다. 진호마저 달려가자 양개는 사지를 부들부들 떨었다.

"제기랄!"

양개는 혼자 있는 게 더 무서웠다.

그는 진호와 요롱이가 뛰어간 방향으로 달렸다. 삼백여 보를 가자 진호와 요롱이가 보였다. 그곳은 지하 공동의 끝 부분이었고, 시체가 벽에 등을 기대고 앉아 있었다.

"크크크……."

시체가 아니었다. 아직 살아 있었다.

"자네를 다시 만나다니 하늘이 무심하지는 않군."

"어쩌다 이런 꼴이 된 겁니까, 팽가섭 선배?"

"헉! 패, 팽 교두님이라고? 그게 무슨 소리요?"

양개가 깜짝 놀라 앞으로 뛰쳐나왔다.

그제야 벽에 등을 대고 앉아 있는 팽가섭이 그의 눈에 들어왔다. 그는 힘없이 주저앉았다. 팽가섭은 두 다리가 잘려 있었고, 사람 꼴이 아니었다.

산예를 찾아서

"패, 팽 교두님, 왜, 왜 이곳에 계신 겁니까?"

"…양개구나. 너까지 보게 될 줄은 몰랐다. 정말로 하늘이 무심하지는 않으시구나."

"팽 교두님!"

양개의 외침에 안타까움이 가득했다.

진호가 입을 열었다.

"어떻게 된 일인지 말씀해 주십시오."

"화도산에서 방 형과 헤어진 후 상궁감을 만났고, 싸웠네. 그녀는 나보다 강하더군. 나는 무참하게 패했네."

"그, 그년이 교두님을 이곳에 가둔 겁니까?"

양개가 격분한 태도로 질문했다. 그는 팽가섭의 참담한 모습에 피가 거꾸로 도는 듯했다.

"글쎄… 그건 모르겠다. 눈을 떠보니 내공은 전폐됐고 두 다리는 잘린 채 이곳에 버려졌더구나."

"크으윽……"

양개가 눈이 벌겋게 달아오르더니 눈물이 고였다. 그가 고개를 돌리고 소매로 눈물을 훔치자 팽가섭은 쓴웃음을 짓고는 진호에게 시선을 돌렸다.

"부탁이 있네."

"복수입니까?"

"아닐세. 그런 것은 바라지 않네. 사실 복수 따위는 아무런 의미도 없고 흥미도 없어. 내가 진정으로 원하는 건 오호난무(五虎亂舞)가 완성되는 것이네."

"…오호난무?"

진호가 고개를 갸웃거리며 반문했다.

"나는 이곳에서 분노했고 모든 것을 증오했네. 거의 미치광이가 됐지. 꿈인지 생시인지, 혹은 죽었는지 살았는지조차 구별할 수 없었고, 얼마의 시간이 흘렀는지도 알 수 없었네. 그러다… 꿈같은 환상이 눈앞에서 펼쳐졌지."

팽가섭이 잠시 말을 끊고 숨을 골랐다.

"…아니, 환상을 꿈꿨는지도 모르지."

"그게 무엇입니까?"

"자네에게 보여주겠네. 내 눈을 보게."

진호가 팽가섭의 눈을 뚫어지게 보았다.

팽가섭의 눈에서 다섯 마리의 호랑이가 뛰놀고 있었다. 눈앞에 호랑이들이 나타난 것처럼 생생했다. 호랑이들의 포효마저 들려왔고 기세가 고스란히 느껴졌다.

"이, 이게 뭡니까?"

"그게 오호난무일세."

"도법입니까?"

"어디에 담든 무슨 상관 있겠는가?"

오호난무는 백원도의 무예와 전혀 다르지만 상통한 부분이 많았다. 사실 팽가섭의 역량으론 얻을 수 있는 게 아니었다. 극한의 상태에 몰리자 인간 본연의 잠재력이 깨어나 우연히 만들어낸 일종의 조화였다.

"팽 노사의 유지를 받아들이겠습니다."

"오호난무를 실현해 주게. 그게 내 소원이네."

"알겠습니다. 오호난무를 이루겠습니다."

"고… 맙… 네…….."

팽가섭의 기력이 급격하게 나빠졌다. 오호난무를 전하려고 심력(心力)을 쓴 탓에 생명력이 바닥난 것이다.

팽가섭의 눈에서 빛이 사라졌다.

"으허헝! 팽 교두님!"

양개가 통곡했다.

진호는 팽가섭의 시신을 향해 삼배를 올렸다. 그리곤 팽가섭의 시신에 손을 댔다.

우웅~

붉은 광채가 팽가섭의 시신을 감쌌다. 진호가 손바닥을 밀어내자 팽가섭의 시신이 암벽을 파고들어 갔다. 시신이 암벽 속에 묻히자 진호는 주변을 파괴해 무덤을 봉인해 버렸다.

양개는 자택에 도착했다.

편안한 집이 감옥처럼 느껴졌다. 출세 가도를 걷던 그의 인생이 진호로 인해 화도산의 임무가 실패해 어긋났고, 또다시 진호를 만나 엉망이 됐다. 그러나 이제는 그런 일 따위는 아무런 가치도 없었다.

"아내와 아이들이 무슨 죄가 있겠는가."

양개가 벽장을 열어 작은 상자를 꺼냈다.

만약의 사태를 대비해 상당수의 재산을 정리해 마련한 은괴를 담은 상자였다. 그는 아내에게 상자를 넘기면서 날이 밝는 대로 아이들을 데리고 처가로 피신하라고 말했다.

양개의 부인이 같이 가자고 애원했다.

그는 고개를 저었다.

아침 해가 밝자 양개의 부인은 아이들과 함께 집을 떠났다. 양개는 밖으로 나갔다가 저녁 늦게 돌아왔다.

진호가 기다리고 있었다.

"이게 내가 얻을 수 있는 한계입니다."

양개가 거대한 도면을 펼쳤다. 자금성의 평면도와 주요 건물의 명칭이 적혀 있는 도면이었다.

"실제와 도면의 오차는?"

"그건 저도 모릅니다."

자금성을 제집 다니듯 돌아다닐 수 있는 자는 황제 외에는 없다. 그 외에는 정해진 길과 건물만 사용한다.

진호가 도면을 챙기며 일어섰다.

"잠깐!"

"……."

"귀하는 교두님의 유지를 이은 사람입니다. 교두님의 뜻을 이룰 때까지는 목숨을 중히 여기십시오."

"걱정해 줘서 고맙소. 양 형도 목숨을 중히 여기시오."

양개를 바라보는 진호의 시선이 달라졌다. 동격의 존재로, 양개라는 사내를 인정한다고 눈이 말하고 있었다.

자금성에 새하얀 보름달이 떴다.

영락 사년에 시작돼 영락 십팔년에 완공된 자금성은 팔백 개의 궁전과 주각, 구천이백여 실로 이루어진 거대한 성이다. 너비 십팔 장의 해자인 호성하(護城河) 뒤에 높이 삼 장이 넘는 붉은 담장이 자금성을 지키고 있었다.

진호와 요롱이가 자금성을 향해 몸을 날렸다.

한순간에 너비 십팔 장의 호성하를 뛰어넘었고, 담장에 부딪치기 전에 공중제비를 돌아 다리를 앞으로 내밀었다.

탁!

진호는 벽을 후려치며 직각으로 뛰어올라 담장을 뛰어넘었고, 요롱이도 삼단 뛰기로 벽을 타서 담장을 넘었다.

휘익~

진호와 요롱이가 은밀하게 움직였다.

자금성의 도면은 진호의 머릿속에 담았지만 가는 방향은 요롱이가 정했다. 한백옥(漢白玉)을 바닥에 깔고 지어진 태화전, 중화전, 보화전으로 이루어진 삼대전이 있는 외조(外朝)는 쳐다보지도 않았다. 자금성의 후반부인 내정으로 향했다.

사흘 전에 궁녀로 위장한 낭자군이 침입한 사건 때문에 자금성의 경비망은 한층 강화됐다. 특히 황제와 후비(后妃)들이 생활하는 내정의 경비는 몇 배나 엄중해졌다.
그럼에도 진호와 요롱이를 발견하지 못했다.

북경의 겨울은 혹독할 정도로 춥지만 여름 더위도 살인적이다. 추위는 화로를 곁에 두는 것으로 피할 길이 있지만 더위는 얼음 외에는 없다. 황궁의 내관들은 겨울에 얼음을 캐서 빙고(氷庫)에 보관했다가 여름에 사용한다.
자금성의 두 번째 빙고는 원단이 오기 전에 얼음을 가득 채우고 봉인돼 있었다. 여름철 첫 번째 빙고의 얼음이 바닥을 드러내기 전까진 열리지 않을 것이다.
그런데 문이 열렸다.
한 궁녀가 주변을 살피면서 슬며시 들어와 산더미처럼 쌓여 있는 얼음 덩이 뒤편으로 걸어갔다. 한 여인이 벽에 등을 기댄 채 앉아 있었다. 그녀는 궁녀가 다가오는 데도 움직이지 않았다. 궁녀의 안색이 굳어졌다.
"…주, 주란."
여인은 한양군주의 낭자군 소속인 주란이었다. 그리고 궁녀는 주란과 함께 마지막 생존자인 산예였다.
투두둑!
산예의 손에서 음식과 약재들이 떨어졌다. 그녀의 두 눈에서 눈물이 방울방울 떨어졌다. 주란의 숨이 끊어진 것이다.

"미안해, 주란."

산예가 주란의 시신을 껴안은 채 흐느꼈다. 눈물이 얼어붙은 주란의 볼에 흘러내렸다.

"…혼자 놔둬서 미안해."

끼이익!

빙고의 문이 열리고 불빛이 비쳤다.

"누구냐?"

가늘고 째진 음성이었다.

빙고를 관리하는 환관이 수상한 기척을 느끼고 들어온 것이다. 산예가 비도를 날렸다.

퍽!

"컥!"

환관의 이마에 비도가 박혔다.

산예가 주란의 시체를 물끄러미 쳐다보며 입을 열었다.

"안녕. 잘 있어."

빙고를 빠져나온 산예는 궁녀들의 거처로 몸을 날렸다. 사방에서 황궁 무사들이 쏟아져 나왔다.

"잡아라!"

쫓고 쫓기는 추적전이 벌어졌다.

산예는 도망치다 어느 전각의 처마 밑에 몸을 숨기고 귀식대법을 펼쳤다. 호흡이 가늘어지고 체온이 떨어지며 기척이 사라져 갔다. 그녀는 의식마저 멀어졌다.

한참이 지난 뒤에 그녀는 깨어났다. 두 여인의 음성이 그녀의 귓가에 꿈결처럼 들려왔다.

"…모든 일이 계획대로 진행됐습니다."

"한양군주는 한왕부로 가고 있느냐?"

"네. 어리석게도 자기 능력으로 연판장을 얻은 줄 알고 희희낙락하며 돌아가는 중입니다."

산예의 손가락이 부르르 떨렸다.

'무슨 소리지? 어째서 연판장이 군주님의 손에 들어가 있는 거지? 저들은 누구야?'

낭자군은 네 명씩 팔 개 조로 나눈 후 궁녀로 분장하고 자금성에 침입했다. 그런데 낭자군을 황궁 무사들이 기다리고 있었고, 순식간에 와해돼 버렸다.

'배신당한 건가?'

그녀의 가슴이 증오심으로 불타올랐다. 당장 전각에 들어가 두 여인에게 진실을 묻고 싶었다. 그러나 귀식대법이 풀리지 않아 손가락 하나 맘대로 움직이지 못하는 상태였다. 그녀는 귀식대법을 푸는 데 전력을 가했다.

"그런데 사부님, 녹이를 교체해야 하지 않겠습니까? 사내도 아닌 것들의 수작에 걸려 연판장을 빼앗기지를 않나, 충동질도 제대로 못해 한왕이 머뭇거리게 만들질 않나……."

"팔준은 소모품에 불과하다. 네가 질투할 필요는 없다."

"그렇지만… 제대로 하는 게 없지 않습니까!"

산예를 찾아서 269

나이 어린 여자가 볼멘소리를 하자 나이가 있는 듯한 여인이 혀를 차며 말했다.

"쯧쯧, 너는 질투가 심한 게 탈이다."

"아니에요, 사부님. 소녀는 사부님의 뜻이 조금이라도 빨리 이루어지기를 바랄 뿐이지 속 좁은 여인네처럼 투기를 부리는 게 아니에요. 그리고 천군단주의 제자인 소녀가 일개 소모품인 팔준 따위를 질투할 리가 없잖아요?"

충격적인 내용이었다.

천군단주가 제자에게 싸늘한 말투와 시선을 던졌다.

"입조심하거라."

"자, 잘못했습니다."

"내가 너를 총애하면서도 대외 업무를 상아에게 맡기는 이유를 아직도 알지 못하겠느냐?"

"제자가 배움이 얕습니다. 용서해 주세요."

"알았으면 됐다. 이만 가보거라."

"네, 사부님."

나이 어린 여자가 떠나자 천군단주도 사라졌다. 그로부터 일각이 지나서야 산예는 귀식대법의 영향에서 벗어났다. 그녀는 곧바로 전각에 침투했다.

평범한 서고였고, 아무도 없었다. 충격적인 내용의 대화를 나눈 두 여자는 바닥에 희미한 발자국만 남겼을 뿐이다.

"하아!"

산예는 탄식했다.

"만권당(萬卷堂)에 침입자가 있다!"

"잡아라!"

산예는 소스라치게 놀라며 전각을 빠져나왔다. 수십여 명의 황궁 무사가 전각을 포위하고 있었다.

격전이 벌어졌다.

산예가 두 자루의 단창을 휘두르며 이화창법을 펼쳤지만 상대는 정예인 황궁 무사들이었다. 그녀는 피투성이가 됐다. 생포할 생각이 아니었다면 진작에 죽었을 것이다.

멍멍!

갑자기 들려온 개 소리.

새하얀 섬광과 검은 돌풍이 전장을 덮쳤다.

콰르릉!

"으아악!"

"크악!"

황궁 무사들이 추풍낙엽(秋風落葉)처럼 쓸려 나갔다. 그들이 제정신을 차리고 일어났을 때에는 산예는 보이지 않았고, 바닥에 그녀가 흘린 피만 남아 있었다.

만권당의 뒤편에 한 여인이 나타났다.

그녀는 천군단주였고, 만권당에 자객이 나타났다는 말을 듣자마자 되돌아왔다. 천군단주의 표정이 굳어 있었다.

산예가 눈을 떴다.

'여기가 어디지?'

그녀는 침상에 누워 있었다. 주변을 둘러보려고 고개를 드는 순간 그녀는 통증을 느꼈다.

"아윽!"

통증이 기억을 일깨웠다.

'서고! 그래, 만권당이란 서고를 나왔다가 황궁 무사들과 싸우다 심하게 다쳤지. 그럼 여기는 자금성…….'

아픈 목을 천천히 돌려 주변을 둘러보았다. 평범한 민가의 침실이었다. 산예는 안도했다. 그리고 화들짝 놀라 상체를 일으켰다. 그녀는 반라의 몸이었다.

"이, 이건……."

그녀는 통증조차 느끼지 못할 정도로 크게 놀랐다.

어깨와 복부, 가슴 골이 파인 부분, 허벅지 깊숙한 곳까지 상처가 있고, 금창약이 발라져 있었다. 의식을 잃었을 때 자기 몸이 누군가의 손길을 허락한 것이다.

그녀는 넋 나간 얼굴로 멍하니 자신의 몸을 바라보다가 의자에 앉아 잠들어 있는 진호를 발견했다.

"으음……."

진호가 깨려고 하자 산예는 이불을 당겨 몸을 가렸다. 그녀의 얼굴은 불이라도 난 것처럼 새빨갛게 변했다.

진호가 눈을 떴다.

산예는 고개를 숙이고 침묵했다.

"괜찮아?"

"…네."

산예의 목소리는 모깃소리만 했다.

"상처가 깊으니까 푹 쉬도록 해."

"…누, 누가 치료했죠?"

"관병들이 북경에 있는 의원과 약재상을 모조리 수색하는 중이야. 그래서 내가 치료했어."

그녀는 부끄러움 때문에 얼굴은 물론 몸까지 새빨갛게 변했고, 시선을 제대로 마주치지도 못했다. 그래서인지 진호에게 대하던 말투가 평소와 다르게 존댓말을 사용하고 있었다.

"그런데 뭘 훔치려고 자금성에 침투한 거야?"

산예의 눈동자에 물기가 서리더니 눈물이 뚝뚝 떨어졌다. 자금성에서 죽은 낭자군의 자매들이 떠오른 것이다.

"흑흑……"

그녀가 울음을 터뜨리자 진호는 의자에서 일어났다.

진호가 산예를 부드럽게 안았다. 그녀는 진호의 품속에서 눈물을 쏟아내며 서럽게 울었다.

제20장

천군단주의 정체

산예가 울다 지쳐서 잠들자 진호는 밖으로 나왔다.
양개가 진호를 기다리고 있었다.
"그 소저는 깨어났소?"
진호가 고개를 끄덕였다.
"다행이구려."
"양 형 덕분에 살았소. 이 은혜는 잊지 않으리다."
양개는 쓴웃음을 지었다.
그에게 있어 진호는 출세 가도를 망가뜨렸고, 눈앞에서 동료와 부하들을 죽인 원수였다. 그러나 그건 과거였다. 지금은 존경해 마지않는 팽가섭의 유지를 이은 자다.

양개는 우정을 느끼고 있었다.
"그보다 한동안 움직일 생각일랑 일절 하지 마시오. 동창과 금의위는 물론 관병이란 관병은 모조리 동원돼 북경 전역을 샅샅이 뒤지고 있소."
"산예가 운신이 가능할 때까지 움직이지 않을 생각이오."
진호가 산예를 구출하고 자금성을 탈출한 지 사흘이 지났다. 그동안 북경의 육선문에 속한 자들은 총동원돼 객잔과 사찰은 물론 일반 민가까지 수색하고 있었다. 그 누구도 동창 관헌의 집에 숨어 있으리라곤 생각하지 못한 것이다.

산예가 깨어나자 진호는 음식을 가지고 왔다.
나흘이나 굶었음에도 그녀는 식욕이 없었다. 진호가 숟가락으로 탕을 떠서 그녀의 입가에 댔다.
"먹지 않으면 잘 낫지가 않아."
"…먹고 싶지 않아요."
산예는 고개를 저었다.
"이 모습을 자매들이 보면 좋아할까?"
"……"
"보요가 내 품에서 눈을 감았어. 자신이 죽어가는 데도 언니를 구해달라는 말만 했어."
산예가 눈물을 흘렸다.
"자매들의 죽음을 이대로 넘길 거야? 산예가 고작 그런 여자였어? 그럼 보요는 어떻게 되겠어?"

"…보, 복수할 거야!"

그녀는 귀식대법에서 깨어날 때 만권당에서 흘러나온 두 여인의 대화를 떠올렸다.

"그럼 일단 건강부터 회복해."

산예가 고개를 끄덕이고는 숟가락을 잡으려고 팔을 올렸다. 그녀의 얼굴이 일그러졌다.

"아직 움직여선 안 돼."

진호가 음식을 떠 먹여줬다. 산예는 얼굴을 붉히며 음식을 받아먹었다. 식사가 끝나자 진호는 빈그릇을 치우고 물수건과 약을 가지고 왔다. 그녀의 얼굴이 붉어졌다.

"…야, 약은 내가 바를게요."

"숟가락도 제대로 들지 못하면서 무슨 약을 발라?"

진호가 산예의 몸을 물수건으로 정성스럽게 닦아내고 새 약을 발라주었다. 그녀는 진호의 손길이 지나갈 때마다 피부가 화끈 달아오르고 목이 타 들어가는 갈증을 느꼈다.

"푹 쉬어."

진호가 산예를 눕혀주고 일어섰다.

산예가 입을 열었다.

"보요는 어떻게 됐죠?"

"보수사 스님들이 화장했고 유골은 내가 뿌렸어."

"…고마워요."

"그런 말 하면 화낼 거야."

그녀는 진호가 보요를 친동생처럼 대했던 일을 떠올리며 말없이 고개를 저었다.

"이만 쉬어."

"나를 어떻게 구한 거죠?"

등을 돌렸던 진호가 잠시 동안 고민하다가 뒤돌아섰다.

"사실… 나는 꽤 강한 편이야."

"어떤 의도를 가지고 한왕부에 침투한 거로군요."

"나는 천군단이란 조직을 추적 중이야. 한왕부에 침투한 것은 천군단의 단원인 녹이란 자를 찾기 위해서야."

"천군단?!"

산예가 깜짝 놀라며 반문했다. 진호가 물끄러미 바라보자 그녀는 만권당 처마에서 엿들었던 내용을 알려줬다.

"으음……."

진호가 눈을 감고 생각을 정리했다.

"다른 생각은 하지 말고 푹 쉬어. 지금은 몸부터 추스르는 게 우선이야."

산예가 고개를 끄덕이자 진호는 밖으로 나갔다.

진호는 양개가 돌아오기를 기다렸다. 그는 야반삼경이 돼서야 돌아왔고, 진호는 상아라는 궁녀를 찾아달라고 부탁했다.

"으음, 쉽지는 않소."

자금성에는 수천여 명이 넘는 궁녀가 있다. 소속은 물론 외모도 모르고 고작 상아라는 이름과 외부에 나가는 경우가 많다는 두 가지 조건만으로 찾으라는 것은 백사장에서 바늘을 찾는 것과 같다. 또한 동창의 요원 정도로는 비밀이 첩첩산중으로 싸여 있는 자금성의 내부 사정을 알아낼 수는 없었다.

"일단 노력은 해보겠소."

양개는 곤혹해하면서도 진호의 부탁을 받아들였다.

한왕부가 마침내 반역의 기치를 올렸다.

선덕제는 건문제와 달리 반역한 숙부를 용서하지 않았다. 문무백관을 이끌고 직접 친정에 나섰다. 정난지변에 이어 두 번째 골육상쟁의 전란이 발생하자 북경은 얼어붙었다.

그러나 십찰해의 남부 지역은 달랐다. 수많은 기루들이 밀집한 북경의 환락가인 남부 지역은 뜨거운 밤을 불사르려는 사내들로 득시글거렸다. 특히 북경제일의 기루라는 온유원(溫柔院) 앞거리는 사내들로 미어터질 정도였다.

한낮에 젊은 여인이 온유원을 방문했다.

그녀는 기녀가 아니었고, 여염집 여인네도 아니었다. 게다가 온유원의 총관이 그녀를 영접했다.

그리고 시간이 흘렀다.

서서히 어둠이 깔리자 온유원의 정문이 열리고 붉은 등이 켜졌다. 거리 전체가 홍등의 물결이 이어졌고, 무수한 한량들이 쏟아져 나왔다. 그들에게 있어 황제의 친정은 머릿속에 없었다. 그저 하룻밤의 환락이 중요할 뿐이었다.

"오늘 밤은 온유원에 가자."

"좋지."

사내들이 홍등가를 활보했다.

어느새 등불이 하나둘 꺼지고 동녘이 밝아왔다.

스르륵.

온유원의 후문이 열리고 문지기로 보이는 사내가 고개를 삐죽 내밀고 주변을 둘러봤다.

"이제 나오셔도 됩니다."

한낮에 온유원을 방문했던 젊은 여인이 모습을 드러냈다. 그녀는 종종걸음으로 좁은 골목길을 빠져나왔다.

"오~ 죽이는데?"

머리는 풀어헤치고 술 냄새를 풀풀 풍기는 사내가 좁은 골목길을 나온 젊은 여자의 앞을 가로막았다.

"비키세요."

"오호! 앙칼진 맛까지 있네?"

사내가 여인을 덥석 안았다. 여인의 눈빛이 차가워졌다.

"윽!"

여인의 눈이 동그랗게 커졌다.

사내가 여인의 마혈을 짚어 몸을 마비시킨 것이다.

쌍두마차가 여인을 품은 사내에게 다가왔다. 사내는 여인을 마차 안에 집어넣었다.

히이힝~

사내가 마차에 오르자 마부가 마차를 출발시켰다.

"사, 살려주세요!"

마차가 출발하자 여인이 가련한 표정을 지으며 사내에게 애원했다. 그러나 사내는 얼음처럼 싸늘했다.

"온유원에는 왜 갔지?"

"거, 거기가 어딘데요?"

"궁녀가 제 발로 기루에 가서 매춘할 리는 없을 테고."

"무, 무슨 말씀이세요?"

"상아."

여인의 안색이 변했다. 사내가 자신의 이름은 물론 소속마저 알고 있었던 것이다. 이럴 때는 입을 다무는 게 현명하다는 것을 상아는 알고 있었다.

"천군단주가 내린 명령은 뭐냐?"

사내의 말투가 범인을 취조하는 포교처럼 날카롭고 험악하게 바뀌었다.

"헉!"

상아는 경악한 바람에 헛바람을 냈다. 사내의 말투가 달라져서가 아니다, 그가 생각보다 많은 것을 알고 있다는 것이 느껴졌기 때문이다.

"…다, 당신! 누구야?"

사내가 풀어헤친 머리를 말끔하게 정리하자 수려한 용모가 드러났다. 그는 진호였다.

"목적지에 다 왔소."

마부가 말했다. 그는 양개였다.

진호는 고개를 끄덕이고는 상아를 응시했다. 그녀는 심장이 두근거리며 입 안에 침이 고였다. 진호가 품속에서 동창의 영부를 꺼내 그녀에게 보여줬다.

"……."

상아의 낯빛이 탈색됐다.

"그곳에 도착하면 무슨 일을 겪고 어떤 꼴을 당하는지는 잘 알고 있으리라 믿소."

"……."

상아는 침묵했다.

쌍두마차가 어떤 건물로 들어갔다. 문이 닫히는 소리와 함께 마차가 멈추자 그녀의 표정이 심하게 흔들렸다.

"마차에서 내리는 순간부터 당신은 내 손에서 벗어나 그곳으로 가게 될 것이오. 죽고 싶어도 죽지 못하고 살아도 산 게 아닌 상태로 참혹한 고통과 치욕을 겪고 싶소?"

"나보고 배신하라는 건가요?"

그녀는 흔들렸다.

진호는 한마디도 하지 않고 그녀를 바라보았다. 그녀는 팔을 교차해 자기 몸을 감싸며 어깨를 잡고 부르르 떨었다.

"…살고 싶어요."

"모든 것을 밝히면 마차는 당신을 태운 채 이곳을 떠날 거요. 내가 약속하겠소."

"사부님을 배신해도 죽는걸요."

"천군단주가 무사할 거라고 보시오?"

"사부님이 죽으면 나도 죽어요!"

"만성독약이라면 걱정할 필요 없소."

진호가 묵린거망의 껍질로 만든 장갑을 벗었다. 손등의 녹색 거미가 음산한 기운을 내뿜었다.

"꺄아악! 무, 무슨 짓이에요?"

상아가 비명을 질렀다.

진호의 왼손이 그녀의 윗도리를 들추고 들어가 명치 부근의 맨살에 손바닥을 포갰다. 그녀의 얼굴이 새파랗게 변했다.

"헉!"

그녀가 전신을 부르르 떨었다.

몸에 숨어 있던 독기가 갑자기 깨어나 활동하더니 명치로 모였다. 그리고 진호의 손바닥에서 무시무시한 흡력이 발생해 독기를 모조리 빨아들였다. 순식간에 만성 독약에서 해방되자 그녀는 어안이 벙벙한 표정을 지었다.

진호가 손바닥을 빼자 그녀는 제정신을 차렸.

'고마워해야 하나, 아니면 뺨을 때려야 하나?'

그녀는 고민했다.

"상아 소저, 온유원에 가서 만난 자는 누구요?"
"…아! 네, 네."

진호가 허를 찌르듯 던진 질문에 상아는 순간적으로 허둥거렸다. 그녀는 숨을 들이켰다 내쉬고 입을 열었다.

"온유원의 총관을 만났어요."
"그의 정체는?"
"북경 하오문의 문주예요."

녹림십팔채가 산중을 장악했다면 장강과 수로(水路)는 장강십팔타의 영역이며, 사람들이 사는 성시(城市)의 어둠은 하오문이 지배하고 있었다. 그리고 하오문 중에서도 최대의 세력을 자랑하는 게 북경 하오문이다.

"그와 무슨 밀담을 나눈 거요?"
"하아! 사부님이 전하라는 말은… 사흘 후 자금성에 불을 질러 잿더미로 만들라는 것이었어요."
"…어이없군."

진호는 고개를 저었다.

자금성을 짓는 데 십사 년이 걸렸고, 그동안 수많은 백성들이 무거운 세금과 부역에 시달렸다. 만약 황궁이 잿더미가 된다면 백성들은 또 다른 황궁을 짓는 데 동원돼 힘든 부역을 치르고 무거운 세금까지 부담해야 한다.

"무엇이 옳고 무엇이 그른 것인지도 모르는 어리석은 자들! 권력에 눈먼 자들과 무슨 차이가 있는가!"

진호는 분노했다.
"누가 천군단주요?"
"사, 사부님은 상궁감이세요."
"상궁감?"
진호가 반문하자 마부석에 앉아 있던 양개가 머리를 불쑥 집어넣고 무서운 시선으로 상아를 노려보았다.
"방금 상궁감이라고 했느냐?"
"…네."
"빠드득! 이룰 수 없어 포기했는데… 괴로움에 이를 갈았을 뿐인데 복수할 기회가 오다니……."
양개의 두 손이 부들부들 떨고 있었다.
진호의 이마에 짙은 음영이 드리워졌다. 상궁감은 방각과 팽가섭을 불행으로 몰아버린 원수인 동시에 방각의 처형이었다. 한마디로 원한과 혈연이 얽히고설킨 관계였다.
"상궁감의 제자와 부하는 모두 몇 명이오?"
"그분의 제자는 나를 포함해 모두 열두 명이고, 수하들은 서른세 명이에요. 이 중 심복은……."
상아가 자세하게 대답했다.
"온유원에 북경 하오문주 말고 천군단의 인물이 있소? 예를 들자면 팔준에 속한 자들 말이오."
"하아! 팔준까지 알고 있었어요?"
상아가 놀란 눈으로 진호를 올려보다가 힘없이 눈썹을 깔왔다. 그녀는 배신을 선택해서 다행이라고 생각했다.

"북경 하오문주가 팔준의 적기(赤驥)예요. 그리고 적기를 돕기 위해 도려(盜驪)와 유륜이 왔어요."

"유륜이 온유원에 있단 말이오?"

"네."

상아는 짧게 대답하고는 잠시 입을 다물고 뭔가를 생각하다가 조심스럽게 말문을 열었다.

"적기에겐 많은 부하가 있어요. 하오문도 말고도 천군단 소속의 정예 삼백 명이 있는데 그들은 정말 강해요."

"다른 자들은 없소?"

"천군단의 좌우호법이 있다는 말을 얼핏 들었지만… 누군지는 잘 몰라요. 그리고 온유원주도 천군단의 소속이에요."

"으음… 신비의 온유부인마저 역도의 무리였군."

온유원의 주인이라는 온유부인은 여러 가지로 유명했다. 그녀는 웬만해선 모습을 드러내지 않았고, 부득이한 사정으로 사람들 앞에 나타날 때에는 두꺼운 면사로 얼굴을 가렸다.

호사가들은 그녀가 희대의 추녀라 면사로 얼굴을 가렸고, 미녀들을 증오해 그녀들을 기녀로 살게 했다고 말했다. 또 다른 호사가는 그녀가 최고의 미녀라 얼굴을 가렸다며 그녀의 환상적인 몸매를 증거로 내밀었다. 어찌 됐든 온유부인은 호사가들로 하여금 입방아를 찧게 만드는 매력의 소유자였다.

"사실 온유부인은 적기가 만든 가상의 인물인데, 몇 개월

전에 갑자기 나타났어요. 사부님은 그녀의 정체를 함구하셨고, 적기는 그녀를 어려워하더군요."

상아가 자세히 설명했다.

"으음… 그렇군."

어느 정도 이성을 되찾은 양개가 온유부인 이야기에 귀를 기울이더니 고개를 끄덕였다.

"아는 거라도 있소?"

"동창에 석달해라는 놈이 있는데, 남의 여자나 유부녀만 골라 겁탈하는 파렴치한 놈이오. 교활한 데다 수단마저 악랄한 놈인지라 어떤 여자도 그놈의 마수를 피하지 못했소."

"…죽일 놈이군."

양개가 동의한다는 듯 고개를 끄덕이며 말을 이었다.

"그놈이 몇 해 전에 온유부인을 차지했다며 자랑하고 다닌 적이 있었소. 그런데 요 근래 온유부인을 다시 만났는데 다른 사람 같다며 그놈이 꽤나 의아해했소."

"흥!"

상아가 코웃음 치자 진호와 양개가 그녀를 쳐다보았다.

"그자가 차지했다는 온유부인은 매화병에 걸려 쫓겨날 처지에 있던 여자였어요."

"그게 무슨 소리요?"

양개가 호기심을 드러냈다.

"석가란 놈이 온유원을 들락날락하며 피곤하게 만든다고

적기가 난감해한 적이 있었어요. 그런데 몇 달 후 가보니까 적기의 표정이 밝더군요. 연유를 물어보니 매화병 걸린 여자를 온유부인으로 위장시켜 석가 놈에게 줬다고 말하더군요. 그리곤 석가 놈이 고생깨나 할 거라며 좋아했어요."

"하하하! 통쾌하군."

양개가 박장대소하며 즐거워했다.

진호는 피식 웃고는 상아의 손을 잡았다.

"…이, 이번에는 또 뭐예요?"

"이만 나갑시다."

"헉! 나, 날 속인 건가요?"

"그렇소. 당신을 속였소."

상아가 반항했지만 소용없었다. 그녀는 신체를 움직일 수는 있지만 내공이 폐쇄돼 연약한 여자에 불과했다.

"나쁜 놈! 흑흑! 동창의 개를 믿은 내가 미친년이지!"

상아가 앙탈을 부리며 끌려 나왔다.

"여, 여기는?"

염색한 천들이 새벽바람에 휘날리고 있었다. 이런 곳이 동창일 리는 없다. 상아가 힘없이 주저앉았다.

"십찰해 동부 지역에 있는 염색방이오."

어슴푸레 밝아오는 빛을 받으며 한 여인이 다가왔다.

그녀는 산예였다.

"소저가 안전해질 때까지 산예가 보호할 것이오."

"…어떤 사이죠?"

상아가 가자미눈으로 산예를 노려보았다.

산예가 걸음을 멈췄다. 그녀의 눈이 얼음처럼 싸늘해졌다.

"계집! 어찌 됐든 넌 궁녀다!"

"…위, 위장일 뿐이야!"

궁녀는 황제의 여자다. 다른 남자를 마음에 품는다는 건 있을 수 없는 일이다.

'이 사람은 내 몸을 만졌어!'

상아는 큰 소리로 외치고 싶었지만 참았다. 그 대신 너와 나는 입장이 다르다는 표정을 지으며 눈을 아래로 깔고 오만한 시선으로 산예를 노려보았다. 그러나 산예는 상아보다 더한 일을 겪었다. 상아가 그걸 모르는 게 행복한 일이다.

두 여인의 눈싸움은 신경전으로 이어졌고, 집 안에 들어가서도 끝나지 않았다. 진호와 양개는 마당에 남았다.

"자금성이 불타는 것은 막아야 하오."

"동감이오."

진호가 고개를 끄덕였다.

그러나 양개의 표정은 그리 밝아지지 않았다.

"우리 두 사람의 힘만으론 막을 수 없소. 동창과 금의위는 물론 북경에 남아 있는 모든 관병을 동원해야 하오. 하지만 보고할 방법이 없소. 증거가 없기 때문이오."

양개는 화도산에 이어 보수사 근방에서 부하들을 모조리

잃었다. 그로 인해 직위가 해제돼 일개 위사보다 못한 신세였다. 상부에 제대로 보고할 방법조차 없었다.

"좋은 방법을 찾아봅시다."

진호가 양개의 어깨를 두드리고는 염색방 건물로 들어갔다.

양개는 한숨을 내쉬고는 뒤를 따랐다.

염색한 천이 휘날리는 마당에 쌍두마차만이 남아 있었다.

스륵.

회색 그림자가 마차의 바닥에서 떨어졌다.

그림자는 회색 복면으로 머리를 가렸고 회색 옷을 입었으며, 회색 장갑을 끼고 회색 장화를 신은 자였다. 그는 소리없이 마당을 빠져나와 담장에 등을 기댔다.

휘익~

회색복면인이 담장 위로 날아올랐다.

진호가 그의 면전에 유령처럼 나타났다. 회색 복면에 뚫린 두 구멍으로 보이는 그의 눈동자가 얼어붙었다.

"컥!"

진호의 손아귀에 그의 목을 잡혔다.

그는 마당으로 끌려 내려왔다. 순식간에 복면이 벗겨져 얼굴이 드러났다. 사십대 중반의 평범한 인상이었다.

"넌 뭐 하는 놈이냐?"

"…가, 강물이 용왕묘를 덮쳤소."

진호가 살기 넘치는 음성으로 협박하자 그는 실수로 같은 편끼리 충돌했다는 의미를 가진 강호의 속어를 꺼냈다.

"동창이냐?"

"아니오."

"그럼 금의위?"

"아니오."

"그래? 그럼 죽어라!"

진호가 주먹을 휘둘렀다.

퍽!

진호의 주먹이 그의 귓전을 스치고 지나가 지면에 깊숙이 박혔다. 그의 안색이 하얗게 탈색됐다.

"나, 나는 지밀(至密)의 암부(暗夫)요."

"지밀?"

"황실의 비밀 세력으로 황족을 호위하거나 황실에 위협을 감시, 혹은 암살하는 임무를 수행하오."

양개가 건물 밖으로 나오면서 지밀에 대해 밝혔다.

지밀의 암부는 경악했다.

동창은 물론 금의위조차 지밀의 존재를 모르는데 일개 위령이 알고 있으니 경악할 수밖에 없었다.

"어, 어떻게……?"

"태조께서 다섯 무장과 무림고수 칠 인에게 황실 무예를 만들어내라는 황명을 내렸다. 그들은 수십 년 만에 제왕검법

천군단주의 정체 293

과 자하구도 등의 황실 무예를 만들었지만, 황실 무예의 유출을 두려워한 성조께선 그들에게 지밀을 만들라는 황명을 내리셨다. 지밀은 그들 십이 인으로 시작되지."

양개는 이상할 정도로 지밀에 관해 자세히 알고 있었다.

지밀의 암부가 기이한 시선으로 양개를 응시했다.

"그리 이상하게 볼 것 없네. 나 역시 들었던 이야기를 그대로 말하는 것에 불과하니까."

"누구에게 들었소?"

"이봐, 거래하지 않겠나?"

진호가 갑자기 지밀의 암부에게 말했다.

"말해보시오."

지밀의 암부가 응하자 진호는 그를 일으켜 세웠다.

"내 질문에 대답해 주면 양 형에게 지밀의 비밀을 알려준 사람이 누군지 밝히겠다. 물론 대답할 수 없는 내용은 입을 다물어도 되지만… 최대한 성의껏 말하는 게 이익일 거야."

"…좋소."

양개가 난감한 표정을 짓다가 고개를 끄덕이자 지밀의 암부가 거래를 받아들였다.

진호가 지밀의 암부에게 질문을 던졌다.

"우릴 추적한 이유는?"

"지밀은 상궁감을 위험 인자로 판단하고 감시의 눈길을 늦추지 않았소. 내 임무는 궁녀 상아를 감시하는 것이오."

"상궁감의 세력을 모두 파악하고 있었군."

"그렇소. 하지만 상궁감의 윗선은 아직 알아내지 못했소. 또한 천군단이란 조직 명과 상궁감이 그 조직의 우두머리라는 것도 그대들의 대화를 듣고 알게 되었소."

"상궁감에게 상전이 있단 말인가?"

"증거는 없고 심증뿐이오."

진호의 얼굴이 굳어졌다.

'…이해할 수 없다. 상궁감은 영락제의 편에 서서 건문제를 몰아내는 데 일조했다. 그런데 이번에는 건문제를 복위시킨다는 천군단의 우두머리라……'

천군단의 상전이 건문제라면 논리적으로 맞는다. 그런데 상궁감이 천군단주면 논리가 무너진다. 그래서 진호는 천군단주의 정체가 밝혀졌음에도 상황을 분석하지 않았다.

'만약… 상궁감이 지금까지 누군가의 명령대로 움직인 거라면? 그녀가 자기 사문인 오독 일파를 멸망시키고 연왕부에 투신해 정난지변에 끼어든 것도, 천군단을 조직하고 현 황실에 반기를 든 것도 누군가의 조종이라면?'

그건 너무나도 무서운 일이었다. 또한 논리의 비약이 너무 심했다. 진호는 피식 웃으며 고개를 저었다.

'말도 안 돼. 하지만 조사할 필요는 있겠어.'

진호가 상념을 접었다.

"지밀의 사람들 중에 동창이나 금의위에 영향력을 행사할 수 있는 관리가 있는가?"

"그건 말할 수 없다."

"상궁감의 부하들이 자금성에 불을 질러 잿더미로 만들려는 것은 알고 있겠지?"

지밀의 암부가 고개를 끄덕였다.

"나와 양 형은 그걸 막고 싶다."

"상부에 보고해……."

"지밀의 존재는 비밀이고 황제는 자금성에 없다. 도대체 지밀은 무슨 수로 창위와 관병들을 움직일 거냐?"

"하아! 가능하오."

"구체적으로 말해!"

지밀의 암부가 한숨을 내쉬며 대답하자 진호가 자세히 사정을 밝히라고 윽박질렀다.

"내가 돌아가면 장 첩형이 그대들을 찾을 거요. 그대들은 아는 그대로 고변만 하면 모든 게 해결될 것이오. 물론 사태가 해결되면 그대들은 엄청난 포상을 받게 될 거요."

동창의 지휘부는 제독과 두 명의 첩형이다. 제독과 두 첩형 중에 한 명은 친정을 나간 선덕제를 수행했고, 장씨 성의 첩형이 동창을 관장하고 있었다.

"그럼 어서 가게."

진호가 지밀의 암부를 놔줬다. 그는 당황했다.

"내 질문은 하지도 못했소."

"나는 팽가섭 교두에게 지밀에 대해 들었고, 오늘에 와서야 처음 지밀에 대해 언급했다. 그리고 앞으로 두 번 다시 지밀에 대해 거론하지 않겠다."

양개가 말했다.

지밀의 암부는 양개를 물끄러미 쳐다보다가 등을 돌렸다. 마치 유령처럼 사라져 버렸다. 그는 대단히 뛰어난 경공과 은신, 침투, 잠입 능력을 가지고 있었다.

스륵.

그가 다시 돌아왔다. 당혹스런 표정을 감추지 못한 채 그는 조심스럽게 말문을 열었다.

"…두 분의 이름이 어떻게 되시오? 장 첩형이 그대들을 찾으려면 이름을 알아야……."

"으음… 지밀을 믿어도 될까?"

진호는 지밀의 암부에게 '너 바보지?'라고 말하고 싶었다.

양개가 쓴웃음을 지으며 입을 열었다.

"내 이름은 양개, 동창의 위령이지만 현재 직위 해제 상태니까 금방 나를 찾을 수 있을 거요."

"…그쪽은?"

"양개의 동료."

"…알겠소."

지밀의 암부가 떠났다.

진호는 산예와 상아를 불렀다. 네 사람은 쌍두마차를 타고

천군단주의 정체

염색방을 떠났다. 더 이상 안가(安家)라 할 수 없었기 때문이다. 네 사람은 제이의 안가를 향해 이동했다.

　추적자가 뒤따랐다. 지밀의 또 다른 암부였다.

　쌍두마차는 자금성으로 향했다. 상아가 돌아가지 않으면 상궁감은 이상 기류를 알아챌 것이고, 사태가 복잡해진다고 진호가 주장했기 때문이다. 쌍두마차는 상아를 자금성 근처에 내려놓고 양개의 집으로 달려갔다.

　그런데 집에 도착한 사람은 양개뿐이었다. 진호와 산예는 추적자 몰래 중도에 내려 제이의 안가에 숨었던 것이다.

　사흘이 지났다.

　그날따라 석양은 유난히 붉었다. 어둠이 빛을 삼키고 서너 시진이 지나자 삼백여 명이 자금성을 향해 움직였다. 그들은 오십여 명씩 여섯 개 조로 나눠 여섯 곳을 노렸다.

　화르르!

　사방에서 수많은 횃불들이 켜지고 어두웠던 길이 환해졌다. 매복하고 있던 관병들이 활시위를 당겼다. 여섯 개 조는 자금성에 도착하기도 전에 관병들에게 막혔다.

　푸슈슈슝!

　불화살이 그들에게 날아갔다.

　"피해라!"

　그들은 자금성을 불지르려고 각 개인마다 기름과 화약을

소지하고 있었다. 불화살은 그들에게 치명적이었다.

"으아악!"

"아, 안 돼!"

콰쾅!

화약이 터지고 기름이 불타올랐다.

자금성을 중심으로 여섯 군데에서 폭음이 터지면서 화염이 치솟아올랐다. 삼백여 목숨이 불속에서 사그라졌다.

"이, 이럴 수가……!"

자금성에서 그들을 기다리고 있던 상궁감은 얼굴을 일그러뜨리며 절망했다. 그녀의 제자들과 부하들도 당혹한 표정을 감추지 못하고 우왕좌왕하고 있었다.

"사, 사부님! 큰일 났어요!"

상궁감이 총애하는 제자인 궁녀 추화가 주변을 가리키며 외쳤다. 사방에서 수십여 명의 무인들이 모습을 드러낸 것이다. 그들은 지밀의 고수들이었다.

"모두 체포하라! 반항하면 죽여도 좋다!"

순식간에 혈전이 벌어졌다.

상아는 도망쳤다. 지밀의 고수가 담장을 뛰어넘어 뒤쫓았고, 잠시 후 그녀의 비명 소리가 들려왔다.

상궁감은 상아의 뒷모습을 노려보며 한숨을 내쉬었다.

'내 안목이 이리도 한심했던가?'

지밀의 고수가 되돌아왔다. 그의 칼은 피로 붉게 물들어 있었다. 상궁감은 탄식하며 시선을 돌렸다.
"강하다는 게 뭔지 보여주마."
상궁감이 뛰어들었다.

다음날 아침.
폭음과 화염 때문에 뜬눈으로 밤을 지샌 북경의 주민들은 새벽부터 쏟아져 나온 관병들의 위세에 놀라 문을 닫았다.
관병들은 북경 하오문의 거점들을 공격했다.
"으아악!"
"크악!"
관병들은 무자비했다. 설령 항복하더라도 살려두지 않았다. 피가 흘러 내를 이루고 시체가 산처럼 쌓일 때까지 학살은 끝나지 않았다. 북경 하오문은 닷새 후 소멸했다.

제21장

온유원의 대참사

 양개의 위상은 완연하게 달라졌다.
 직위도 두 단계나 상승해 교위가 됐다. 그러나 양개는 기쁘지 않았다. 팽가섭의 죽음을 본 후부터 권력과 관에 환멸을 느껴 떠날 생각을 하고 있었기 때문이다.
 그럼에도 그가 아직도 동창에 남아 있는 건 상궁감과 그녀의 애제자인 궁녀 추화가 탈출했기 때문이다.
 "걱정하지 마십시오, 교위 어른."
 며칠 전까지만 해도 직위가 해제된 양개를 조롱하던 자들이 열심히 꼬리를 치며 아첨했다. 양개는 인상을 찌푸리며 일어섰다. 구역질이 날 것 같았기 때문이다.

"약간의 흔적만 찾아내도 곧바로 내게 보고해라."
"복명!"
십여 명의 위령이 일제히 대답했다.
양개는 밖으로 나갔다. 맑은 공기가 마시고 싶었다. 그러나 맑은 공기가 동창의 높다란 담장을 넘지 못했다.
'이만 돌아가자.'
"양 교위 어른."
젊은 환관이 양개의 발걸음을 붙잡았다.
"무슨 일인가?"
"첩형께서 찾으십니다."
"하아!"
양개는 한숨을 내쉬고 장 첩형의 집무실로 향했다.
장 첩형은 마른 체구에 키가 작은 오십대 초반의 환관으로 눈매가 독사처럼 날카로웠다.
"부르셨습니까?"
"어서 오게."
장 첩형의 쭉 째진 눈매가 부드럽게 풀렸다.
그는 피를 마시는 악귀라고 불리며 동창 내부에서도 두려움의 대상이었다. 그러나 그 역시 은혜를 아는 인간이었다. 그는 양개 덕분에 재앙을 면했다는 것을 잊지 않았다.
"폐하께서 자네 이름을 기억하시네."
"참으로… 영광스런 일이군요."

예전의 양개였다면 광영과 은총을 찾으며 망극이란 단어를 연발했을 것이다.

"팽 교두가 겪은 불행 때문에 자네 마음이 동창을 떠났다는 정도는 내가 모르는 게 아닐세."

"무슨 말씀인지 모르겠습니다."

"며칠 전에 식골정에 내려갔었네. 그런데 시체가 없더군."

양개의 얼굴이 굳어졌다.

"나는 자네가 마음에 드네. 이왕이면 좋은 얼굴로 오랫동안 마주하는 게 좋지 않겠나."

"…네."

장 첩형이 미소를 지었다.

마치 썩은 시체가 웃는다는 느낌이 들었다.

"온유원을 철저하게 포위했네. 역적의 부하들은 어디로도 도망가지 못할 걸세."

"소관은 상궁… 역적 경화가 잡히기만을 고대합니다."

"곧 잡힐 걸세. 자네는 그보다 다른 큰일에 신경을 쓰게나. 그리고 좋은 친구를 사귀게. 친구란 격이 맞아야 하네. 자기 이름조차 밝히지 않고 너의 동료라고 말하며 절망의 구렁텅이에 빠뜨릴 자가 어찌 친구라 할 수 있겠는가?"

양개는 입을 다물었다.

'역시 악귀는 악귀로군.'

장 첩형은 많은 것을 알아냈다. 그중에는 양개에게 치명적인 내용도 포함돼 있었다.
"친구는 친구일 뿐입니다."
양개는 자기 의견을 우회적이지만 단호하게 표현했다.
장 첩형은 말없이 고개를 끄덕였다.

북경의 환락가인 십찰해의 남부 지역이 얼어붙었다.
관병들이 온유원을 중심으로 사면에 속한 기루들을 모두 박살 내고 진지를 구성했기 때문이다. 온유원은 몇 겹의 포위망에 갇혀 어느 누구도 출입할 수 없었다.
푸슈슈슝!
"아아악!"
온유원에서 누구라도 나오면 화살이 발사됐다. 항복 의사를 밝혀도 소용없었다. 약간의 움직임만 있어도 궁수들이 무차별적으로 활을 쏘았다.
"…결론을 내릴 때가 왔군."
적기는 망루에 올라 포위망을 보며 한숨짓다 내려왔다.
그는 온유원주의 거처로 향했다. 온유부인과 유륜, 시체처럼 보이는 음산한 중년인이 원형 탁자에 모여 있었다.
"어떤가?"
적기가 들어오자 유륜이 질문했다.
"저쪽은 변함없네."
"…확실히 이상하군."

"아무래도 온유원에 삼백 정예가 있다는 것을 저들이 알고 있는 것 같네."

포위망을 구축한 채 장기전을 한다는 것은 공성전에서나 봄 직한 일이다. 일개 기루를 포위하고 장기전을 한다는 건 이해하기 어려운 처사였다.

"으음… 그렇다면 우리에 관한 모든 정보가 넘어갔다고 판단하는 게 옳겠군."

"그렇겠지."

"얼마나 버틸 수 있겠는가?"

"내일은 허기도 면하기 어려운 양을 먹어야 하네. 그리고 모레부턴 모두 굶어야 하네."

온유원은 상당량의 식량이 저장돼 있었다. 양만 조절하면 기녀와 하인들이 한 달은 버티고도 남았다. 문제는 천군단의 삼백 정예들이었다. 순식간에 식량이 바닥을 드러내 버려 기녀와 하인들은 며칠 전부터 굶고 있었다.

그래서 궁수들이 무차별적으로 활을 쏘는 데도 기녀와 하인들이 탈출을 감행하는 것이다.

"녹이로부턴 연락이 없는가?"

"그는 전쟁터에 있네. 무슨 연락을 바라겠는가. 그리고 녹이가 없더라도 상관없네."

"무슨 뜻인가?"

반문한 유륜은 물론 일체의 변화가 없던 음산한 중년인과 온유부인마저 적기에게 시선을 돌렸다.
"나는 지금까지 단주님과 직접 연락하고 있었네."
"뭐라고?!"
유륜이 놀라 벌떡 일어섰다. 온유부인과 음산한 인상의 중년인은 별다른 동요를 보이지는 않았지만 놀라기는 매한가지였고 단지 표시를 내지 않았을 뿐이다.
"단주님은 지금 어디에 계시는가?"
"모르네."
"적기!"
유륜의 음성에 노기가 섞여 있었다.
"단주님은 지금까지 자금성에 은닉해 계셨네. 그분의 제자인 궁녀를 통해 명령이 하달됐지."
"자네도 그분을 뵙지는 못했군."
적기가 고개를 끄덕이자 유륜은 자기 자리에 앉았다.
"단주님과 연락을 취할 다른 방도는 없는가?"
"없네. 그보다 단주님께서 무사하신지가 의문일세."
"……."
유륜은 입을 다물었다.
음산한 인상의 중년인이 입을 열었다.
"이 난국을 벗어날 방도부터 찾자."
그의 음성은 사막의 모래처럼 건조했다. 유륜과 적기는 그의 의견에 동의한다며 고개를 끄덕였다.

"내일 밤 자시를 기해 탈출합시다."

"방법은?"

음산한 인상의 중년인이 질문했다.

"기녀와 하인들을 모조리 내몰아 혼란을 일으킨 후 정예 삼백으로 역습을 가하고……."

"헛소리!"

"도려, 그 방법밖에 없소. 나 역시 아무 죄 없는 기녀와 하인들을 희생시키고 싶지는 않소."

음산한 인상의 중년인이 팔준의 도려였다.

도려는 적기의 비인간적인 방식이 못마땅했다. 그는 강호의 무림인이었다. 건문제의 복위에 목숨을 걸지도 않았고, 권력을 추구하지도 않았으며, 개인의 은원을 풀려고 천군단에 들어간 것도 아니었다. 친구를 도우려고 천군단에 입단한 것이다.

그의 친구는 녹이였다.

미로가 끝없이 이어진 길.

좁은 길 양옆에 집들이 다닥다닥 붙어 있다. 길을 한번 잘못 들어서면 어디인지 알 수가 없고, 이리저리 헤매다 엉뚱한 곳으로 간다. 북경의 뒷골목인 호동(胡同)의 특성이다.

양각호동(羊角胡同)은 길이 말 그대로 양 뿔처럼 나선형으로 뱅글뱅글 도는 길에 만들어진 마을이다. 때때로 주민들마저 자기 집을 찾지 못해서 헤매는 경우가 있을 정도로 길이 복잡한 곳이다. 그곳에 양개가 나타났다.
"…난감하군."
양개는 반 시진 넘게 길을 헤맸다.
땅거미가 슬금슬금 다가와 어느새 발목을 잡았는데 찾는 집은 어디에 있는지 모르겠고, 이젠 출구마저 잃었다.
"양 형."
뒤쪽에서 양개를 불렀다.
양개가 뒤돌아서자 진호가 보였다.
"쯧쯧, 이번에도 길을 잃은 거요?"
"길이 너무 복잡해서……."
양개가 쓴웃음을 지으며 변명했다.
진호의 안내를 받아 꼬불꼬불한 길을 지나자 익숙한 대문이 달려 있는 집이 보였다. 두 번째 안가였다.
끼이익!
두 사람은 문을 열고 집 안으로 들어갔다.
작은 마당에 산예가 있었다. 그녀는 빨래를 걷는 중이었다.
"어서 오세요."
산예가 양개에게 인사했다.
"몸은 괜찮으십니까?"
"네, 이젠 건강하답니다."
"다행이군요."

양개는 산예를 친구의 부인처럼 대했고, 그녀는 모르는 척 하면서도 은근히 즐기는 눈빛이었다.

"들어갑시다."

진호가 거실로 안내했다.

사인용 탁자와 의자 네 개가 전부였지만 묘하게 평온한 기운을 풍기는 거실이었다. 진호와 양개가 의자에 앉자 한 여인이 차 주전자와 찻잔이 든 쟁반을 들고 거실로 들어왔다.

"오랜만이오, 상아 소저."

"안녕하셨어요, 양 대인?"

그녀는 죽은 것으로 알려진 상아였다.

상아는 지밀의 무인들과 상궁감 일파가 혈전을 치를 때 죽지 않았다. 그녀를 뒤쫓았던 지밀의 무사와 미리 약속이 됐고, 작은 연극을 꾸민 것이다. 상아는 공식적으로 사망했다.

그녀는 역도의 무리였기에 설령 사형을 면해도 중벌을 피할 수는 없었다. 그래서 지밀의 암부와 협상해 그녀를 빼돌리기로 한 것이다. 상아는 기쁘게 받아들였다. 공식적으로 사망하면 궁녀의 굴레를 벗는 데다 처벌을 피한 채 살 수 있고, 상궁감과 천군단의 추적도 차단되기 때문이다.

"높은 지위에 오르셨다면서요. 축하드려요."

"그리 축하받을 일은 아닙니다. 하지만 상아 소저의 마음은 감사히 받겠습니다."

"어머머, 욕심도 많으셔라. 동창의 교위라면……."

"망할 것아!"

산예가 밖에서 외치자 상아가 하던 말을 멈추고 고개를 휙 돌렸다. 그녀의 눈이 실처럼 가늘어졌다.

"차를 가져다 드렸으면 어서 나와야지, 두 분께서 너의 수다를 들으려고 만난 것 같니?"

"뽀드득!"

상아가 이를 갈고는 고개를 돌렸다. 어느새 그녀의 얼굴은 생글생글 웃고 있었다.

"소녀가 그만 실수를 하고 말았네요."

"아니외다."

양개가 손사래를 쳤다.

상아는 득의만만한 미소를 짓더니 진호와 양개에게 허리를 숙이고는 거실을 빠져나왔다. 곧이어 두 여인의 설전이 벌어졌지만 둘 다 나름대로 조심하는지 음성은 낮았다.

진호가 쓴웃음을 짓자 양개가 입을 열었다.

"여자는 남자 하기 나름이오."

"…양 형, 뭔가 오해가 있는 것 같소."

진호는 변명을 하려다가 만면에 미소를 지으며 좋은 게 좋은 거라고 표정으로 말하는 양개를 보자 할 말이 없어졌다.

양개가 표정을 바꾸고 입을 열었다.

"온유원은 며칠 안에 해결될 것 같소."

"적기와 도려, 유륜, 천군단의 삼백 정예라면 만만치 않을 것이오. 양 형은 온유원의 공격에 끼지 마시오."

"어차피 나는 배제돼 있소."

"혹시 지위만 오르고 예전보다 못한 신세가 된 거요?"

"상궁감이 잡히면 사직할 생각이오. 예전보다 좋거나 나쁘거나 무슨 상관이 있겠소."

양개는 출세욕을 버린 후부터 모든 게 달라졌다.

욕망에 흔들리지 않고 은원마저 어느 정도 초탈해져 사람 자체에서 향기가 났다. 그런데 상궁감은 예외였다. 동료들과 부하들을 살해한 진호를 친우로 대하면서도 상궁감은 용서하지 않았고, 기이할 정도로 집착했다.

그녀가 양개의 마지막 업장인 것 같았다.

"상궁감은 쉽게 잡히지 않을 거요."

"…동감이오."

상궁감 일파와 지밀의 무인들이 심야의 자금성에서 벌인 혈전은 참혹했다. 생존자는 술수를 부려서 도망친 상아를 제외하면 상궁감과 추화, 지밀의 무인 세 명밖에 없었다.

상궁감 일파에 비해 압도적으로 강했던 지밀의 무리가 몰살에 가까운 타격을 입은 건 상궁감이 지금까지 숨기고 있던 본신의 무력을 드러냈기 때문이다.

지밀의 무리는 상궁감 일인에게 박살났다.

만월이 빛나는 야반삼경.

온유원의 정문과 담장의 기와가 달빛으로 빛나고 있었다. 문짝과 벽면에 박혀 있는 화살들의 깃이 심야의 미풍에 살랑거리며 춤을 췄다. 관병들은 달빛에 취해 꾸벅꾸벅 졸았다.
한 남자가 담장을 뛰어넘어 온유원에 침입했다.
그의 목적지는 온유부인의 거처였다.
스르륵.
그는 능숙하게 침입했다. 침실에 들어온 그는 발끝을 세워 살금살금 걸어갔다. 침상을 가린 얇은 휘장 앞에 도착하자 그는 코를 벌렁거리며 냄새를 맡았다.
"흐흐흐… 죽이는구나."
휘장에 그윽한 꽃향기가 배어 있었다.
"맞아. 이년은 다른 계집이야. 냄새부터 달라."
그는 동창의 위령인 석달해였다.
권력의 힘이나 악랄한 수단으로 남의 여자나 유부녀를 골라 겁탈했고, 온유부인을 욕심냈던 파렴치한이었다.
'어째서 다른 계집이 온유부인 흉내를 내는지 모르겠지만 이건 또 나름대로 각별한 맛이 있겠구나.'
석달해는 피가 끓어올랐다.
"흐흐흐! 뼈와 살을 홀라당 녹여주마."
온유부인이 바뀐 이유는 알 수 없지만 숨겨야 할 비밀인 것은 확실하다고 석달해는 생각했다. 그 부분을 협박하면 두 번째 온유부인도 자기 품에 안길 거라고 생각한 그는 심야에 진지를 이탈해 온유원의 담장을 넘었다.

"네년이 죽기 전까지 사랑해 주마."

석달해는 가짜 온유부인을 품에 안았다. 당연히 소문과 달리 그저 그런 여자였기에 그는 흥미를 잃었다. 그런데 한 달 전 온유원에서 놀다가 온유부인을 보고 경악했다. 그녀는 예전에 품은 온유부인과 다른 사람이었고, 소문으로만 존재했던 신비의 미녀인 온유부인이었다.

"호호호! 그때부터 내 몸이 뜨겁게 달아올랐다."

석달해가 휘장을 제쳤다.

화르르~

갑자기 침입자의 뒤쪽이 환해졌다. 놀라 고개를 돌린 그의 눈에 촛불을 들고 있는 한 여인이 들어왔다.

"꿀꺽."

사내는 침을 삼켰다.

여인은 필설로 표현할 수 없을 정도로 아름다웠다.

그가 지금까지 알고 있던 미녀들이 한순간에 평범한 여자로 전락했다. 여인은 그의 미적 가치관을 통째로 날려 버렸다. 그는 콧구멍을 넓히고 킁킁거렸다. 황홀할 정도로 그윽한 꽃향기가 그의 후각을 자극한 것이다.

"호호호……."

꽃향기는 여인의 몸에서 흘러나왔다.

"여인의 침실에 침입했으니 죽어도 할 말은 없겠지."

"우헤헤~ 목소리마저 죽이는구나."

그는 완벽하게 이성을 잃었다. 눈은 벌겋게 충혈됐고, 숨을 거칠게 내쉬며 침을 질질 흘렸다.

"짐승에 불과하구나."

"크하하! 그래, 나는 짐승이다!"

그가 여인을 향해 몸을 날렸다. 여인이 고운 아미를 찌푸리더니 사내의 복부를 향해 벽공장을 날렸다.

펑!

"크아악!"

사내의 몸뚱이가 허공에 붕 뜨더니 문 쪽으로 날아갔다.

콰직!

침실 문을 부수고 거실을 지나 출입구마저 박살 낸 사내의 몸뚱이가 마당에 떨어졌다. 개구리처럼 사지를 쫙 펴며 뻗어 버린 그의 모양새는 보기에도 역겹고 추했다.

"커억… 커억……!"

그는 복부를 붙잡고 부들부들 떨었다. 여인의 벽공장이 내장을 비틀어 버려 처절한 고통을 선사한 것이다.

적기가 문이 부서지는 소리를 듣고 달려왔다.

"아니, 이놈은 석달해?!"

적기가 어이없다는 표정을 지었다.

석달해는 사지를 푸들푸들 떨며 신음성을 흘렸다.

여인이 밖으로 나오자 석달해가 비틀거리며 일어났다. 그는 손가락으로 여인을 가리키며 큰 소리로 외쳤다.

"이년! 나, 낭군님을… 모살하려는… 거냐?"

여인은 참을 수 없는 모멸감에 안색이 창백해졌다.

그녀가 심적 타격을 받은 듯하자 석달해는 일시적으로 고통을 느끼지 못할 정도로 기뻤다.

여인이 검을 뽑았다.

스륵~

섬뜩한 기운이 흘렀다.

적기가 나섰다.

"부인, 소 잡는 칼로 개를 잡으려고 하십니까? 개는 몽둥이로 잡는 겁니다. 부디 검을 거두십시오."

"네 이놈! 종놈답게… 물러서라……! 마누라와… 커억!"

여인이 석달해의 얼굴에 장력을 날렸다.

이번에는 상승지학인 격공장이었다. 석달해의 안면이 일그러지고 쌍코피가 터졌다. 그리고 피가 진득하게 묻은 싯누런 옥수수 알들이 땅바닥에 우수수 떨어졌다.

여인이 찬바람을 휘날리며 집 안으로 들어갔다. 적기는 박살 난 제 얼굴을 붙잡고 벌레처럼 꿈틀거리는 석달해를 노려보다가 빈 허공을 향해 손을 뻗었다.

휘익~

몽둥이가 날아왔다.

석달해에겐 불행한 일이지만 몽둥이의 재질이 목재가 아

온유원의 대참사

니었다. 은백색의 강철이었다. 강철 몽둥이의 길이는 삼 척이고 대나무처럼 마디가 튀어나와 있었다.

기마전 타격용 병기인 강편(剛鞭)이었다.

"이, 이보게… 총관……."

적기의 눈은 살기로 충만했다. 은백색의 강편은 달빛을 받아 섬뜩하게 빛났다.

"매화병에 걸린 계집과 놀다가 병이 옮아 고생을 했으면 약간이라도 정신을 차려야 할 것 아냐!"

"히끅! 초, 총관……."

"그래, 네놈이 부인이라고 생각하고 품은 계집은 동전 한 푼의 가치도 없는 싸구려였다, 그것도 매화병에 걸린."

"그, 그런……."

"넌 바보처럼 속았다. 그리고 오늘 죽는다."

적기의 눈이 섬뜩하게 빛났다.

강편이 석달해의 발목을 으깨 버렸다. 그리고 강편의 타격점은 조금씩 위로 이동했다.

석달해의 비명 소리가 밤하늘을 찢었다.

콰지직!

피범벅이 된 강편이 석달해의 두개골을 뽀갰다.

잘게 부서진 뼈마디와 살점이 피의 연못에 잠겨 있었다. 석달해라는 이름의 짐승이 남긴 잔해였다.

"퉤! 더럽군."

적기가 침을 뱉고 온유부인의 거처로 걸어갔다. 그는 박살 난 출입구 앞에서 멈췄다.

"부인, 거처를 다른 곳으로 옮겨 드리겠습니다. 언짢겠지만 잠시 기다려 주십시오."

적기가 떠나자 검은 복면인들이 나타나 석달해의 잔해를 치우고 바닥을 청소했다. 그리고 십여 명의 하녀가 나타나 여인의 거처를 다른 곳으로 옮겼다.

아침 해가 뜨자 묘한 긴장감이 흐르기 시작했다.

시간이 지날수록 긴장감은 높아졌고, 어두워지자 긴장은 최고도로 올라갔다. 온유원을 포위한 관병들은 마침내 운명의 시간이 됐다는 것을 눈치 챘다.

끼이익!

온유원의 대문이 활짝 열렸다.

"꺄아악! 살려줘요!"

"싫어! 죽고 싶지 않아!"

대문 밖으로 여자들이 쏟아졌다. 온유원의 기녀들이었다. 천군단의 삼백 정예가 기녀들을 짐승 몰듯 내몰았다.

푸슈슈슝!

화살을 쏘라는 명령은 없었다.

처음부터 온유원에서 나오면 사람이든 동물이든 가리지 말고 무조건 활부터 쏘라는 지침이 하달돼 있었다. 관병들은 기계적으로 활을 쐈고, 삼백여 명이 넘는 기녀들은 빗발치듯 쏟아지는 화살에 고스란히 노출됐다.

"아악!"

"사, 살려… 악!"

죽음의 잔치는 순식간에 끝났다.

관병들도 질렸는지 시선을 돌려 버렸다. 그러나 천군단의 삼백 정예는 끝날 생각이 없었다.

쿠쿵!

담장의 일부가 무너지고 온유원의 하인과 하녀들이 쏟아져 나왔다. 관병들은 활시위를 당기지 못했다.

"젠장! 이런 짓은 못하겠어!"

"빌어먹을……."

힘없는 여자들을 죽인 것만으로도 관병들은 기분이 더러웠다. 그런데 이번에는 백발이 성성한 노인부터 엄마 손을 붙잡고 아장아장 걷는 아이까지 있었다.

천군단의 삼백 정예가 하인들 속으로 파고들었다.

"쏴라!"

대부분의 관병들이 머뭇거렸다. 천군단의 삼백 정예가 그 틈을 놓치지 않고 비도를 날리거나 활을 쐈다.

"으악!"

"커억!"

동료들이 죽자 관병들도 활을 쏘기 시작했다. 천군단의 삼백 정예는 하인들을 방패로 삼았다.

히이힝!

철갑기마대가 길 양측에서 모습을 드러냈다. 깃발이 내려가자 양측에 있던 철갑기마대가 동시에 출발했다.

두두두!

양쪽에서 몰려온 검은 해일이 모든 것을 삼켜 버렸다.

철갑기마대가 지나간 곳은 피와 죽음으로 뒤덮혔다. 그곳을 궁수들이 화살을 날렸다. 하인들은 몰살했고, 살아남은 천군단의 정예들은 병기를 휘둘렀다.

두두두!

또다시 검은 해일이 휩쓸고 지나갔다. 그리고 그곳에 빗발치듯 화살이 쏟아졌다. 마지막으로 방패로 몸을 가리고 칼을 든 병사들이 투입됐다. 그들의 임무는 전투가 아니었다.

"…컥!"

아직 목숨이 붙어 있는 자들의 목에다 칼을 박는 것이다. 그들은 확인 사살을 전담하는 도살자들이었다.

짙은 먹구름이 달을 삼켰다.

미로들이 엮인 좁은 길에 어둠이 내려왔다.

네 사람이 밤거리를 질주했다. 그들은 적기와 유륜, 도려, 온유부인이었다. 그들은 죄없는 하인들과 불쌍한 기녀들을 제물로 바치고 온유원에서 빠져나왔다.

온유원의 대참사

"헉!"
앞장선 적기가 헛바람을 내며 멈췄다.
한 남자가 등을 돌린 채 길을 막고 있었다.
유륜과 도려, 온유부인이 적기를 중심으로 좌우로 퍼지면서 각자의 병기를 뽑았다. 먹구름이 달을 토해내자 길을 막은 사내가 천천히 뒤돌아섰다. 사내는 달빛 아래에서 빛났다.
"헉! 너, 너는……."
하나밖에 남지 않은 유륜의 손이 사내를 가리키며 부들부들 떨고 있었다. 유륜이 비명을 지르듯 외쳤다.
"역적! 방각의 제자!"
진호가 달빛 아래에서 웃고 있었다.
너무나도 섬뜩한 미소였다.
"역적이라… 그래, 네놈들의 반대편이 역적이라면 얼마든지 역적이 되겠다."
"가, 감히 역적의 제자 따위가!"
유륜이 파들파들 떨었다.
진호가 얼음처럼 차가운 시선으로 네 사람을 훑어보았다.
"너희들은 왜 건문제를 복위시키려고 하느냐?"
"당연하지 않느냐! 연적이 찬탈한 후부터 이 나라는 정통을 잃었고 정도에서 벗어났다! 이 그릇된 세상을 옳은 길로 이끌려면 폐하께서 옥좌를 되찾으셔야 한다!"
"피가 내를 이루고 시체가 산처럼 쌓여도 말인가?"

"정통을 세우고 정도를 얻는다면 천만 인이 피를 흘려도 아깝지 않다! 비록 지금 당장은 우리를 원망하고 저주를 퍼붓겠지만 역사는 우리 손을 들어줄 것이다!"

유륜이 열변을 토했다.

그럴수록 진호의 눈은 한없이 차가워졌다.

"군주가 없어도 나라는 남고, 땅이 없어도 나라는 있다. 하지만 백성이 없다면 나라도 없다. 백성들의 고통과 한탄으로 얻은 정통과 백성들의 피와 눈물로 얻은 정도가 무슨 가치가 있으랴. 그따위는 썩은 낙엽보다 못하다."

"너 따위가 뭘 안다고 올바른 세상을 가늠하느냐?"

"올바른 세상이 그따위라면 나는 원하지 않는다. 아니, 내 힘으로 막겠다."

진호가 강대한 기세를 내뿜었다. 유륜과 적기, 도려, 온유 부인은 강대한 기세에 밀려 뒷걸음질쳤다.

"옳고 그름도 모르는 비천한 놈!"

유륜이 얼굴을 일그러뜨리며 외쳤다.

진호가 엄숙한 표정을 짓고 입을 열었다.

"나는 깨달았다, 천하의 만민이 평온한 삶을 영위하기 위해선 너희들이 없어야 한다는 것을. 그래서 나는 결심했다, 이 모든 사태의 원흉인 건문제를 없애기로."

"이, 이 천하의 역도가!"

유륜의 얼굴이 악귀처럼 흉악하게 변한 채 독기를 뿜어냈지만 진호의 표정은 한 치의 변함도 없었다.

"설사 너희들 모두를 없애고 천군단을 지운다 한들 건문제가 살아 있으면 또 다른 너희들이 생길 것이다."

"으아아아! 죽어라, 이 역도야!"

유륜이 진호에게 몸을 날리며 삼 척 길이의 철척(鐵尺)을 내질렀다. 그가 가진 모든 힘과 의지를 담은 일격이었다.

퍽!

철척이 진호의 몸에 닿기도 전에 유륜의 두개골이 박살 났다. 머리가 사라진 시체가 힘없이 쓰러졌다.

마치 한 편의 악몽 같았다.

"허억!"

"…으음."

적기와 도려의 안색이 창백해졌다.

"최선을 다해라. 너희들에게 두 번째 공격은 없다."

진호는 온유원의 참사를 목격한 후부터 그들에게는 일말의 자비도 베풀지 않기로 결정했다.

적기는 양손에 들고 있는 길이 이 척의 쌍도(雙刀)를 풍차처럼 돌리며 진호에게 걸어갔고, 도려는 검신이 뱀처럼 꼬불꼬불 휜 사검(蛇劍)을 수직으로 세웠다. 온유부인은 망부석이라도 된 것처럼 손가락 하나 까딱하지 않았다.

파악!

적기가 이형환위를 사용해 진호의 면전에 도달했다.

좌측 칼이 진호의 목을 노렸고, 우측 칼은 복부를 향해 수평선을 그었다. 또한 진호의 뒤편에 나타난 도려가 손을 어지럽게 흔들자 사검이 요사한 빛을 뿌리며 춤을 췄다.

진호가 왼발을 내밀며 발목을 비틀어 구십 도 회전하더니 양팔을 휘둘렀다. 왼손은 적기에게, 오른손은 도려에게.

"따당!"

"커억!"

"큭!"

쌍도가 강한 힘에 튕겨져 날아갔고, 사검은 두 동강 났다.

적기와 도려는 술에 취한 듯 비칠거리며 십여 보나 뒷걸음치다가 맥없이 주저앉았다.

"…이, 이럴 수가!"

적기와 도려는 참담했다.

두 사람은 밀려오는 자괴감에 숨조차 쉴 수 없었다.

진호가 온유부인에게 걸어갔다. 온유부인은 진호가 다가오는 데도 움직이지 않았다. 그녀는 어떤 기세도 없었다. 다만 진호가 가까워질수록 꽃향기가 짙어져만 갔다.

"머, 멈춰라!"

적기가 벌떡 일어섰다.

"크악!"

우두둑! 우두둑!

적기의 모든 관절이 뒤틀리면서 섬뜩한 소리가 울려 퍼졌

온유원의 대참사

다. 그는 한 걸음도 내밀지 못하고 실 끊어진 꼭두각시 인형처럼 팔다리가 접히며 무너져 버렸다.

빠가각! 빠가각!

관절이 모두 탈구되자 이번에는 온몸의 뼈마디가 유리처럼 깨져 나갔다. 적기의 비명이 끝없이 메아리쳤다.

"으아아악!"

넋 나간 눈으로 반 동강 난 사검을 쳐다보던 도려가 고개를 들어 진호에게 시선을 돌렸다.

"부끄럽지만 부탁이 있소. 내 친구 녹이는 무공을 모르는 백면서생이니 그 녀석만은 용서해 주시오."

도려는 반 동강 난 사검을 양손으로 잡았다. 칼날을 잡은 왼손이 붉은 피로 물들었다.

"검이 살면 내가 살고 검이 죽으면 나도 죽는다. 으하하! 고수에게 패했으니 여한은 없다."

도려가 사검으로 자기 목을 쳤다. 목에 혈선이 그어지더니 수급이 바닥에 떨어졌다.

툭.

우두둑! 우두둑!

머리를 잃은 도려의 몸에서 섬뜩한 소리가 나면서 관절이 모두 빠졌다. 그리곤 잠시 후 뼈마디가 깨져 나가면서 생명이 끊어진 몸뚱이가 꿈틀거렸다. 진호의 수법은 죽더라도 피하지 못하는 끔찍한 악몽 같았다.

제22장

곡소쌍로

 "…부, 부탁… 그녀만은… 살려……."

 적기가 애원했다. 놀랍게도 온몸의 뼈란 뼈는 모조리 부서졌는데도 그는 아직 살아 있었다.

 진호가 고개를 끄덕였다.

 적기의 눈동자가 급속도로 빛을 잃어갔다. 온유부인이 다가오자 그는 마지막까지 남은 힘을 불살랐다.

 "다, 당… 신을… 사, 사랑……."

 적기는 자기 마음을 고백했다.

 온유부인은 탄식하며 적기의 머리맡에 앉았다.

 적기는 거짓말처럼 통증이 사라지고 졸음이 몰려오자 온

유부인에게 미소를 지으려고 했다. 그런데 입술이 움직이지 않았고, 의식이 점차 멀어져 가는 것을 느꼈다.

"미안해요. 당신의 마음을 받아들일 수는 없어요."

온유부인은 적기의 눈을 감겨주고 일어났다. 그녀는 진호에게 다가갔다. 면사가 흘러내리고 그녀의 얼굴이 드러났다.

"소첩이 상공을 뵙습니다."

그녀는 남궁산산이었다.

"오랜만이오, 남궁 소저."

"소첩을 부를 땐… 이름을 불러주세요."

애원하듯 부탁하는 그녀의 얼굴에 애잔함이 깃들어 있었다. 진호는 그녀를 물끄러미 쳐다보며 입을 열었다.

"어쩌다 온유부인이 된 거요?"

"소첩은 그날의 맹세를 어기지 않았습니다. 온유부인이란 이름을 잠시 빌렸을 뿐입니다."

남궁산산이 마치 남편에게 정절을 의심받은 부인처럼 반응하자 진호는 어이없다는 표정을 지었다.

"그런 뜻으로 묻지 않았다는 걸 알잖소."

"소첩의 이름을 불러주세요."

"으음……."

진호가 신음성을 흘리며 남궁산산을 쳐다보았다. 그녀는 우아한 자태를 뽐내며 진호의 항복을 기다렸다.

"…산산."

"네, 상공."

결국 진호는 끝내 항복하고 말았다.

남궁산산은 활짝 웃었다. 마치 만개한 꽃처럼 화려하고 아름다웠다. 그러나 진호는 당혹스러울 뿐이다.

"어쩌다 온유부인 행세를 하게 된 거요?"

"천군단주가 소첩에게 내린 처벌입니다."

"처벌?"

남궁산산은 모친의 출신 때문에 가족들에게 모진 수모와 냉대를 받았다. 그녀는 언행을 주의했으며 요조숙녀가 되려고 노력을 아끼지 않았다. 하지만 기녀의 딸이란 꼬리표는 질겼다.

기녀라는 단어 자체를 증오하는 그녀에게 기녀들의 대모인 온유부인이 되라는 건 참을 수 없는 치욕이었다.

천군단주는 남궁산산을 정확히 파악한 것이다.

"상공께선 가벼이 웃고 지나갈 일입니다. 크게 신경 쓰시지 않아도 됩니다."

진호가 묵묵히 고개를 끄덕이자 남궁산산이 질문했다.

"천군단을 없애고 싶으십니까?"

"…그렇소."

"천군단은 실체가 있지만 허상이고, 허상 속에 실체가 숨어 있습니다."

"무슨 뜻이오?"

"천군단은 무수한 점조직으로 이루어진 연합 세력입니다. 점조직은 명령 체계가 무너지면 와해됩니다. 대부분이 자신이 속한 곳의 명칭조차 모르니까요."

남궁산산이 천군단의 약점을 밝혔다.

"천군단주를 잡으면 천군단이 무너진다는 뜻이군."

"상당수는 그렇게 될 겁니다. 하지만 천군단주의 배후에 누가 존재하느냐에 따라 상황은 달라집니다."

"산산은 천군단주가 누군지 알고 있었구려."

"아니오. 저는 지금도 천군단주가 누군지 모릅니다."

남궁산산의 대답은 단호했다.

"그럼 천군단주의 배후가 있다는 걸 어떻게 안 거요?"

"상공께선 한 번도 얼굴을 드러내지 않았는데 세력을 만들 수 있다고 보십니까?"

남궁산산이 오히려 반문했다.

"…우문에 현답이군."

"그들이 누군지는 모르겠지만 천군단을 너무 쉽게 생각했습니다. 아니, 어리석다는 게 정확하겠군요."

"……"

"천군단주는 팔준을 심부름꾼 정도로 인식했습니다. 사실 정확한 판단이기도 합니다. 하지만 팔준은 단순한 심부름꾼이 아닙니다. 천군단주와 천군단원을 이어주는 고리입니다. 고리가 빠지면 천군단은 해체됩니다. 물론 천군단주의 직속 부하들과 배후의 존재가 지휘하는 세력은 유지되겠죠. 하지만 팔준의 지휘 하에 있던 인원들과는 결별하게 됩니다. 그것만으로도 천군단은 팔다리가 잘리는 것과 같습니다."

진호가 침중한 표정으로 남궁산산을 쳐다보았다.

"뭘 꾸미는 거요?"

"소첩은 미약한 힘이나마 상공께 도움이 되기를 원할 뿐입니다. 그 이상도 그 이하도 없습니다. 물론 상공께서 소첩을 인정하시든 인정하지 않으시든……."

남궁산산이 말끝을 흐렸다.

진호는 잠시 눈을 감았다가 입을 열었다.

"천군단주는 자금성의 상궁감인 경화였소. 그녀는 자신의 사문인 오독 일파를 멸망시키고 연왕부에 투신해 정난지변 시절 암중에서 활동했소. 그리고 그녀의 본명은 갈미홍이오."

"역시… 소첩의 판단이 옳았군요. 천군단주는 누군가의 명령대로 움직이는 꼭두각시에 불과했군요."

"산산."

"네, 상공."

"무엇을 하려는 건지 모르겠지만 포기하시오. 차라리 당신 자신을 위해 뭔가를 하시오."

우회적인 퇴짜였다.

그런 것을 알아채지 못할 정도로 남궁산산은 어리석지 않았다. 아니, 그녀는 놀랄 정도로 머리가 좋았다.

"네, 상공."

남궁산산의 표정이 밝았다.

진호가 눈썹을 찡그리자 남궁산산은 손바닥으로 입을 가리고 웃었다. 묘하게 매혹적인 자태였다.

"상공께서 기쁘면 소첩은 배로 기쁘고 상공께서 슬프면 소첩은 배로 슬프답니다."

진호를 돕는 게 자기 자신을 위한 거라고 밝힌 셈이다.

이런 식으로 나오면 할 말이 없어진다. 아니, 남자라면 누구라도 감동할 것이다. 그러나 진호는 달랐다.

'도대체 우리가 몇 번이나 봤다고……'

남궁산산이 수십 년은 해로한 부인처럼 행동하고 말하는 게 오히려 부담스러운 진호였다.

'하루가 백 년보다 소중할 때가 있답니다. 정은 세월과 함께 쌓이지만 사랑은 찰나지간에 세상을 바꾼답니다.'

그녀는 진호의 심리를 꿰뚫고 있었다.

진호는 몰랐다.

말 한마디 나누지 않고 스치듯이 한 번 본 것만으로도 사랑이 생기고, 한순간의 감정을 위해 자신의 모든 것을 거는 사람이 있다는 것을 진호는 진정으로 몰랐다.

'낙안정에서 당신과 마주쳤을 때 증오와 복수, 슬픔과 절망으로 가득한 내 세상이 바뀌었어요.'

남궁산산은 진호에게서 운명을 느꼈다.

문제는 진호가 그런 부분에 있어서 둔하다는 데 있었다.

"상공, 소첩은 이만 물러나겠습니다. 항상 건강에 유의하시고 보중하십시오."

남궁산산이 등을 돌리고 우아하게 발을 내밀었다.

진호가 갑자기 입을 열었다.

"내 본명은 진호요."

남궁산산이 걸음을 멈췄다. 그녀의 두 눈에 물기가 차 오르며 영롱하게 빛났고, 입술이 가볍게 떨렸다.

"고, 고맙습니다, 상공."

남궁산산은 초홍이란 이름이 가명임을 눈치 챘지만 본명을 묻지 않았다. 진호가 거부하는 순간 가느다란 실로 이어진 두 사람의 관계가 끝나기 때문이다.

그런데 진호가 본명을 밝혔다. 진호가 남궁산산에게 한발 다가간 것이다. 거짓과 억지로 이어진 관계에서 진실한 관계로 진행한다는 의미이며 신뢰한다는 뜻이 담긴 것이다.

그래서 남궁산산은 꿈결처럼 행복했다.

그녀의 발걸음이 가벼워졌다.

"하아!"

진호는 남궁산산이 보이지 않자 한숨을 내쉬었다.

"내가 왜 이름을 밝힌 걸까?"

후회는 없다.

다만 어째서 충동적인 행동을 저질렀는지 의아할 뿐이다.
진호는 자기 자신에게 끊임없이 질문했다.
왜? 왜? 왜?
의문사가 메아리칠 뿐 무의식 속에 숨어 있는 정답은 수면 위로 부상하지 않았다. 아직은 때가 아니었기에.

하북의 서쪽 백화산(百花山).
일단의 무리가 좁고 길게 이어진 협곡에 들어섰다. 양의 창자처럼 구불구불 휘어진 좁은 길을 한참이나 들어가자 거짓말처럼 분지가 나왔다. 분지는 입구를 제외하곤 삼면이 절벽에 둘러싸여 호리병의 형세를 띠고 있었다.
"저깁니다."
중앙부의 절벽이 상어처럼 시커먼 아가리를 벌렸다.
아가리의 윗부분에 붉은색의 전자체로 '운월동천(雲月洞天)'이라 적혀 있었다.
스르륵.
그들이 각자의 병기를 뽑아 들고 좌우로 퍼졌다.
총인원 삼십 명. 각각 열 명씩 검과 도, 궁을 쥐었다. 십 인의 궁수가 중앙을 차지하자 검수들과 도수들이 좌우로 퍼지면서 부채꼴 모양으로 포진을 했다. 그들 뒤로 다섯 노인이 싸늘한 시선으로 운월동천을 노려보았다.
"죄인 경화는 썩 대령하렷다!"

궁궐에서나 쓸 법한 말투였다.

운월동천에서 아무런 반응도 없자 다섯 노인이 공격하라는 수신호를 보냈다. 궁수들이 활시위를 당겼다.

푸슈슈슝~

화살 열 발이 운월동천 속으로 들어갔다.

콰콰쾅!

동굴이 불기둥을 뿜어내며 무너져 내렸다.

궁수들이 날린 화살은 화약이 장착된 폭뢰전(爆雷箭)이었던 것이다. 화기 전문 부대인 신기영에도 없는 화기였다.

파악!

폭연을 뚫고 시커먼 것이 튀어나왔다. 상궁감에서 역적으로 변한 갈미홍이 궁녀였던 추화를 품에 안고 빠져나온 것이다.

다섯 노인이 동시에 입을 열었다.

"죄인은 부복하라!"

갈미홍은 품에 안겨 있는 추화를 보며 곤혹스러워했다.

그녀 혼자라면 빠져나가든 싸우든 마음대로 할 수 있지만 추화 때문에 불가능했다.

'빌어먹을 것들이 왜 이리 안 오는 거야?'

갈미홍이 운월동천에 머물고 있었던 것은 이곳에서 만나기로 약속한 사람이 있어서였다.

"셋을 세기 전에 항복해라. 반항하면 용서치 않겠다!"

다섯 노인이 똑같은 자세를 취하며 말했다.

뭔가 이상한 일이다.

"하나, 둘."

다섯 노인이 갑자기 뒤돌아섰다.

둥그런 공처럼 땡글땡글한 키 작은 땅딸보노인과 꼬챙이처럼 비쩍 마른 키 큰 말라깽이노인이 걸어오고 있었다. 그런데 땅딸보노인은 뭐가 좋은지 싱글벙글 웃고 있는데 말라깽이노인은 눈물을 뚝뚝 흘리며 울고 있었다.

"곡로(哭老), 소로(笑老), 왜 이리 늦었어요?"

"흑흑… 미안하다. 소로가 움직이는 것만 봐도 재미있다며 쫓아다니는 통에 늦었다. 흑흑흑."

"으헤헤헤! 너도 좋았잖아."

"네놈들도 천군단이란 역적의 무리냐?!"

다섯 노인이 외쳤다.

"흑흑흑… 저놈들, 너무 웃겨. 흑흑……."

"으헤헤헤… 정말 웃기는구나. 으헤헤……."

곡로는 소매로 눈물을 훔치며 슬퍼했고, 소로는 웃긴다며 배를 잡고 데굴데굴 굴렀다. 다섯 노인은 똑같이 얼굴을 붉히며 어깨를 부들부들 떨었다. 떨림까지 같았다.

갈미홍이 외쳤다.

"곡로, 소로, 다섯 노괴는 지밀의 오행수(五行首)입니다. 황궁 무예의 삼대비전 중 하나인 오합총서(五合總書)를 터득한 괴물들이니 얕봤다간 큰코다칩니다."

"우헤헤헤~ 우리 코가 크대."

"흑흑… 소로는 몰라도 내 코는 작아. 흑흑……."

갈미홍은 고개를 설레설레 저었다.

오행수가 동시에 곡소쌍로를 가리키며 외쳤다.

"네놈들이 천군단의 좌우호법이냐?"

"으흑흑… 슬프다, 슬퍼. 쌍둥이도 아닌 것들이 똑같이 말하고 똑같이 움직이다니… 너무 슬픈 일이야. 흑흑……."

"으하하! 난 재미있는데? 하하!"

"흑흑… 저것들이 저러고 싶어서 저러는 게 아니야. 흑흑… 한 명이라도 다른 마음을 먹으면 동심공(同心功)이 깨지므로 언제나 통심공(通心功)을 운용해서 저러는 거야. 흑흑……."

"으헤헤헤~ 다섯 늙은이가 한마음 한 뜻이라니… 너무 웃기잖아. 으하하~"

오합총서는 혼자서는 익힐 수 없다. 다섯 명이 행동을 통일하고 의식마저 똑같아야 수련이 가능하다.

"흑흑… 저놈들도 우리처럼 기괴한 무공을 익힌 탓에 정상에서 멀어진 거지. 흑흑… 우리 생각을 하니까 더 슬퍼져."

"킥킥… 왜? 나는 좋기만 한데."

오행수는 더 이상 참지 못했다.

그들은 오합일체(五合一體)의 합격술을 펼쳤다. 공수 전환이 기민한 데다 다섯 명이 일종의 진을 형성해 일단 걸리면 천하제일고수라도 빠져나올 수 없다는 게 오합일체였다.

그런데 곡소쌍로를 쉽게 제압하지 못했다. 곡소쌍로의 역량은 천하구대고수의 수준이었다.

갈미홍이 미소를 지으며 추화에게 말했다.

"너는 절대로 나서지 말거라."

추화는 감동했다.

지밀의 무인들에게 포위돼 다른 자매들이 몰살당하는 데도 스승인 갈미홍은 그녀만 구한 채 자금성을 빠져나왔다. 그런데 이번에도 그녀를 보호하려고 하지 않는가.

갈미홍이 왼손을 올려 궁수들을 가리켰다.

휙~

그녀의 소매에서 시커먼 것이 튀어나왔다.

"암기다!"

지밀의 궁수들은 단순한 궁수가 아니었다.

안법(眼法)을 극한까지 수련해 쏜살 조차 굼벵이가 기어가는 것처럼 보인다. 그런데 갈미홍이 날린 암기는 길쭉하고 시커멓다는 것만 보였다. 그만큼 빠르다는 뜻이다.

"피해라!"

지밀의 궁수들은 안법과 궁술 외에도 신법에 능했다. 적이 궁수의 목전에 도착했다면 궁수는 죽은 것이나 다름없다. 이 점을 타파하기 위해 지밀의 궁수들은 신법에 목을 맸다.

휘익~

궁수들이 놀랄 정도로 빠르게 흩어졌다.

팟!

암기가 직각으로 꺾이더니 날개를 펼쳤다. 궁수들의 안색이 창백하게 변했다. 그제야 암기가 자세히 보인 것이다.

"괴, 괴물!"

암기는 날개 달린 검은 뱀, 즉 비천흑사(飛天黑蛇)였다.

"크악!"

비천흑사의 날개가 궁수의 목을 그으며 날아갔다. 그의 목은 반쯤 잘렸고, 피가 콸콸 쏟아졌다.

"이 괴물이!"

다른 궁수들이 달리면서 활시위를 당겼다.

푸슈슈슝~

그들은 나는 매조차 잡는 신궁들이다. 그러나 비천흑사는 매보다 빨랐다. 게다가 운 좋게 맞힌들 소용없었다.

탕!

화살이 튕겨 나갔다.

그리고 그 화살을 날린 궁수는 비천흑사의 보복을 받았다.

"크아악!"

비천흑사에게 물린 궁수는 피부가 새까맣게 타 들어가면서 죽어갔다. 그는 숨이 끊어질 때까지 고통에 몸부림쳤다.

비천흑사가 이리저리 날아다니며 궁수들을 유린했다. 이

십 인의 검수와 도수들이 나서려고 하자 갈미홍이 움직였다. 그녀의 좌수가 먹을 바른 것처럼 새카맣게 변했고, 다섯 손가락에서 검은색 강기가 솟구쳤다. 오독조였다.

"으음… 후대가 전멸한 것도 이상한 일이 아니었군."

지밀의 대외 전투 부대인 검대와 도대, 궁대는 전후 양 대로 구성돼 있다. 자금성에서 상궁감 일파와 싸우다 갈미홍에게 전멸당한 지밀의 무인들은 모두 후대였다.

우웅~

십 인의 도수들 칼끝에 자색 광채가 무지개처럼 나타났다. 강기의 일단계에 해당하는 도홍(刀虹)이었다. 십 인의 검수가 뽑은 검극에도 백광이 어렸다.

"후배들의 원한을 갚자."

"와아!"

검대와 도대의 이십 인이 갈미홍에게 몸을 날렸다.

열 자루의 칼이 자하구도를 쏟아냈고, 열 자루의 검은 제왕검법을 펼쳤다. 다섯 줄기의 검은색 강기와 충돌했다.

콰쾅!

"오호호! 육자헌의 자하구도와 송도렴의 제왕검법이라면 모를까, 너희들 따위는 백 명이 덤벼도 소용없다."

검대와 도대의 이십 인은 암담한 표정을 지었다.

단 한 번의 충돌로 우위가 드러났다. 이십 대 일인데도 압도적으로 불리했다. 게다가 궁대는 비천흑사에게 몰살당했고, 오행수도 곡소쌍로에게 밀리고 있었다.

'뭐가 잘못된 걸까?'

검대와 도대의 이십 인은 통심공을 익히지 않았는데도 똑같은 생각을 같은 시간대에 했다.

갈미홍은 음산하게 웃으며 오독조를 휘둘렀다.

요롱이는 진호가 내민 옷가지의 냄새를 맡았다.

기분 나쁜 냄새였다.

진호가 이 냄새의 주인이 어디에 있는지 찾아내라고 명령했고, 요롱이는 들개처럼 산천을 헤매야 했다. 결국 기분 나쁜 냄새를 풍기는 여자를 찾아냈다.

요롱이는 굶주린 배를 물로 채우며 발바닥이 부르트도록 고생한 끝에 진호에게 돌아왔다. 그동안 진호는 양각호동의 안가에서 편안하게 놀고먹고 있었다.

으르릉!

그저 심통이 나서 이를 드러냈을 뿐이다.

개같이 맞았다.

"가자."

요롱이는 피눈물을 속으로 삭이고 기분 나쁜 냄새를 풍기는 여자가 있는 곳으로 달려갔다. 그곳에 도착하면 눈치를 보다가 도망쳐야겠다고 요롱이는 결심했다.

"먹어라!"

헉! 고깃덩이다!

요롱이는 꼬리털이 몽땅 빠질 정도로 꼬리를 흔들었다. 도망쳐야겠다는 결심 따위는 까맣게 잊어버렸다.

멍멍!

백화산 협곡 속으로 요롱이가 뛰어들었다. 구렁이처럼 꾸불꾸불한 협로조차 간단하게 돌파해 운월동천이 있는 분지에 도착했다. 곧이어 진호가 나타났다.

"…늦었군."

서른 구의 시체가 진호를 반겼다. 진호는 시체들의 상태만 봐도 무슨 일이 있었는지 알 수 있었다.

온전한 시체는 하나도 없었다.

"오독조로 독강을 내뿜는 경지로군. 이런 위력이라면 독군과 별 차이가 없겠군."

진호의 얼굴이 딱딱하게 굳어졌다.

갈미홍은 오독 일파 역사상 두 번째로 강한 경지였다. 그보다 강한 자는 오독마군밖에 없었다.

"백의하곤 차원이 달라."

팔준의 일인이었던 백의는 사문을 멸문시킨 갈미홍에게 복수하려고 천군단에 입단했다. 그런데 천군단의 우두머리가 원수인 갈미홍이었으니 오독 일파는 끝까지 농락당한 셈이다.

진호가 궁수들의 사인도 조사했다.

"…비천흑사로군. 그런데 이놈은 성격이 안 좋군."

비천백사가 냉혹하다면 비천흑사는 흉악했다. 최대한 고통을 주거나 궁수들을 농락하며 죽인 흔적이 남아 있었다.

진호가 곡소쌍로와 오행수가 싸웠던 장소로 갔다.

털썩!

진호가 현장 바로 앞에 자리를 깔고 앉았다.

시선이 곡소쌍로와 오행수가 남긴 흔적을 따라 이동했다.

스르륵.

다섯 명의 환영이 나타나 오합일체를 펼쳤고, 또다시 두 개의 환영이 나타나 오 대 이의 격전이 시작됐다.

"으음……."

환영이 사라지자 진호는 일어섰다.

백원도의 악몽과 싸우면서 생겨난 힘이 팽가섭에게 오호난무를 얻은 후부터 개화된 것이다.

진호가 입을 열었다.

"요롱아, 추적해."

월월.

요롱이가 반쯤 무너진 운월동천 안으로 들어갔다.

동굴은 끝없이 이어졌다.

마침내 빛이 보였다. 사람 하나가 겨우 통과할 정도로 작은 출구가 밝게 빛나고 있었다. 암벽 사이에 난 출구를 빠져나오사 눈앞으로 울창한 수림이 펼쳐졌다.

쿵쿵!

요롱이는 땅바닥에 코를 박고 냄새를 맡았다. 허공에 떠도는 냄새만으로도 충분했던 요롱이다. 그런데 문제가 생긴 것이다.

첫째는 울창한 수림의 곳곳에서 피어난 꽃들이었다. 둘째는 요롱이의 후각이 너무 뛰어나다는 점이었다. 이 둘이 합쳐지면서 문제가 생긴 것이다. 꽃이 화려하게 만발하며 뿜어내는 향기가 다른 냄새를 덮어버린 것이다.

결국 요롱이는 평범한 개처럼 대가리를 땅에 박고 냄새를 맡아야 했고, 추적 속도는 현저하게 떨어졌다.

해가 지고 어둠이 숲을 감싸 버렸다. 진호와 요롱이는 아직도 깊은 수림 속에서 헤매는 중이었고, 이 난국을 벗어날 기미는 보이지 않았다. 별들이 총총히 빛나는 밤하늘에 수많은 반딧불들이 날고 있었다. 진호는 한숨을 내쉬었다.

"하아!"

그러다 우연처럼 불빛을 발견했다.

가까이 다가갈수록 후각을 자극하는 냄새가 강해졌다. 고기 굽는 냄새였다. 자연스럽게 속도가 빨라졌다.

울창한 수림 속에 섬처럼 작은 풀밭이 있고, 중앙부에 모닥불이 활활 타오르고 있었다. 모닥불 주위에 수십여 개의 꼬치구이가 맛있는 냄새를 풍기며 익어가는 중이었다.

"어서 오시게, 친구."

한 남자가 모닥불 앞에 앉아 있었다.

진호가 다가가자 그 남자가 일어섰다. 그의 신장은 육 척이 넘었고, 팔다리가 길며 전체적으로 선이 굵어 강인함이 느껴졌다. 또한 움푹 들어간 눈매와 짙은 턱수염이 남성적인 매력을 풍겼다.
　"산속을 헤매다 불빛을 보고 왔습니다."
　"앉으시게."
　진호는 사양하지 않았다.
　"술 한잔하겠는가?"
　남자가 한 손으로 술 항아리를 잡고 진호에게 내밀었다. 그의 손가락은 팔다리만큼이나 길었다.
　'외문 공부에 해당하는 조공(爪功)을 수련했군.'
　진호는 그의 다섯 손가락이 어떤 보검명도(寶劍名刀)보다 무섭다는 느낌을 받았다.
　'역시 강호는 넓군.'
　진호는 술 항아리를 받아 들며 미소를 지었다. 타오르는 불빛이 진호의 수려한 외모를 매혹적으로 비추었다.
　"이런, 이런! 자네, 위험하겠어."
　"무슨 말씀이십니까?"
　"강호에는 나비를 포획하려는 사나운 꽃들이 있네. 자넨 조심하지 않으면 꽃에게 물린 나비가 될 수도 있어."
　"농이 심하십니다."
　"하하하! 농이 아니야."

남자는 유쾌하게 웃더니 술 항아리를 통째로 들어 마셨다.
　콸콸콸!
　진호도 술 항아리를 들이켰다.
　"좋은 술이군요."
　"술은 그저 술일 뿐이지 좋고 나쁨은 없어. 중요한 것은 같이 마셔주는 사람이지. 술이 맛있다면 좋은 사람이고 술이 맛없다면 나쁜 사람이야."
　"멋진 논리군요."
　"인정하는가?"
　"어찌 인정하지 않을 수 있겠습니까."
　"아하하!"
　남자가 크게 웃으며 꼬치구이를 뽑아 들더니 모닥불 근처에 쭈그려 앉아 있는 요롱이를 가리켰다.
　"저 덩치 큰 섬전초(閃電貂)는 자네가 키우는 건가?"
　"요롱이는 개입니다."
　섬전초는 영물의 일종으로 번개처럼 재빠른 담비였다.
　남자는 요롱이를 물끄러미 쳐다보다가 꼬치에서 고깃덩이를 뽑아 던져 줬다. 고깃덩이는 요롱이 앞에 떨어졌다.
　멍멍!
　요롱이가 고맙다고 짖으며 고깃덩이를 먹었다.
　"확실히 개로군. 섬전초치고 덩치가 너무 커 이상하게 생각했지만… 개라고는 생각 못했네."

"다들 오해를 합니다."

"그렇겠지. 인간은 자신의 잣대로 모든 것을 재단하려는 경향이 있어. 그래서 오해를 부르고 분란을 일으키지."

남자는 씁쓸한 웃음을 짓고는 새 술 항아리의 뚜껑을 벗기고 한숨에 들이켰다. 진호도 술 항아리를 입에 댔다.

밤이 깊어가고 불꽃은 잦아들었다.

아침 해가 뜨자 진호가 눈을 떴다.

그 남자는 먼저 떠났는지 보이지 않았다. 진호는 이리저리 둘러보다가 땅바닥에 적혀 있는 글자를 발견했다.

인연이 있으면 다시 술이나 마시세.

진호의 입가에 미소가 떠올랐다.

깊은 산속에서 우연히 만나 밤새도록 술을 마시며 같이 웃었다. 이름도 묻지 않고 나이도 묻지 않았다. 그저 만나서 좋았고, 헤어짐이 아쉬울 뿐이다. 그래서 그도 이별을 고하지 않고 슬그머니 떠난 것이다. 아쉬움을 글에 남기고…….

"요롱아."

멍멍!

"가자."

요롱이가 힘차게 앞장섰다.

백화산을 벗어나자 추적 속도가 올라갔다. 갈미홍은 계속 서쪽으로 움직였고, 그 흔적은 소오대산(小五臺山)으로 이어졌다. 앞으로 나갈수록 지세가 험해져 갔다.

그러나 진호는 멈추지 않았다.

으르릉!

요롱이가 갑자기 멈추더니 이를 드러냈다.

수풀 속에서 상당한 미모를 간직한 삼십대 중반의 여자가 나타났다. 그녀의 오른손에 날개가 달린 검은 뱀이 똬리를 틀고 있었다. 비천흑사였다. 그녀는 갈미홍이었다.

"우헤헤……."

"흑흑흑……."

진호의 뒤편에서 웃음소리와 울음소리가 나왔다. 웃고 있는 땅딸보노인과 울고 있는 말라깽이노인이 퇴로를 막았다.

그들은 곡소쌍로였다.

월월! 컹컹!

요롱이가 미친 듯이 짖었다. 공포를 느낀 것이다.

진호의 얼굴이 굳어졌다.

〈제2권 끝〉

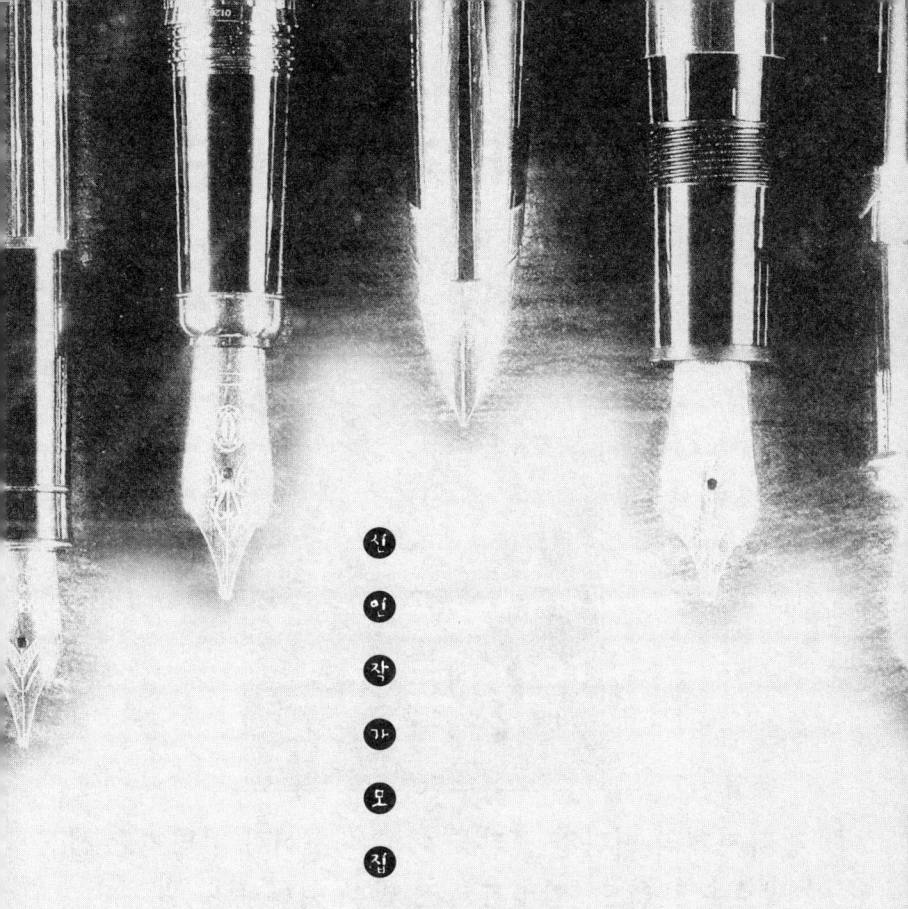

신
인
작
가
모
집

**시작이 반이라고 했습니다.
작가의 길에 대한 보이지 않는 벽을 과감히 깨뜨리십시오!
청어람은 작가 지망생 여러분들의
멋진 방향타가 되어드리겠습니다.**

저희 도서출판 청어람에서는
소설 신인 작가분들을 모집합니다.
판타지와 무협을 사랑하시는 분들의 많은 참여를 바랍니다.
소정의 원고(A4용지 150매)를 메일이나 우편으로 보내주시면
검토 후 출판 여부를 알려드리겠습니다.

주소:경기도 부천시 원미구 심곡1동 350-1 남성B/D 3F 우편번호420-011
TEL:032-656-4452 · **FAX**:032-656-4453
http://**www.chungeoram.com**
e-mail:chungeoram@chungeoram.com

청어람 판타지의 재도약!!

혁신과 참신함으로 무장한
새로운 판타지 전문 브랜드의 탄생!

「알바트로스」
Albatros

판타지계의 커다란 근간을 이뤄온 청어람 판타지 소설!
새로운 브랜드 「알바트로스」라는 커다란 날개를 달고
거대한 웅비를 시작합니다.

알바트로스는 판타지의, 판타지를 위한 개척자이자 도전자로 존재하겠습니다.
알바트로스는 형식적이고 나태해진 판타지계의 구습을 벗어나겠습니다.
알바트로스는 판타지계의 도약을 위한 든든한 날개 역할을 묵묵히 수행합니다.
알바트로스는 변화와 혁신을 통해 새롭게 태어날 환상 공간입니다.
알바트로스는 판타지를 아끼고 사랑하는 이들을 향한 청어람의 굳은 약속입니다.

다세포 소녀
원작 만화 출간!!

2006 부천 국제만화상 일반부문 수상!!

전국 서점가 최고의 화제작!
OCN 슈퍼액션 드라마 시리즈 방영!

왜? 사람들은 다세포 소녀에 주목하는가!
상식을 뒤엎는 기발하고 엉뚱한 상상력!

『다세포 소녀』의 숨겨진 힘!!
다세포 소녀 원작만화 (전 5권 예정)
B급 달궁 글·그림 | 값 9,000원 / 부록 예이츠 시집

몇 페이지만 읽어도 좌중을 휘어잡을 이야깃거리가 넘쳐난다!
둔감해진 머리에 영감을 주는 아이디어가 마구마구 솟구친다!
원작을 더욱더 빛내주는 기발한 댓글 퍼레이드!
300만 다세포 폐인을 열광시킨 상식을 뒤엎는 엉뚱한 상상력!

또 하나의 이야기! 또 하나의 재미!
소설 『다세포 소녀』
초우 장편소설 | 값 9,000원 / 원작자 B급 달궁

"그건 모르겠고, 나는 외눈의 사랑이야. 사랑을 줄 수는 있어도 마주 할 수 없는 사랑이지. 두 눈을 가진 사람은 주고받을 수 있지만, 나는 주는 것만 할 수 있어. 나는 주는 사랑으로 족해. 외사랑이지."
-외눈박이

입소문을 통해 아는 분은 다 알고 계십니다!
올 한해 공인중개사 최고의 화제작!

1~2권 합본 | 이용훈 지음
3~4권 합본 | 이용훈 지음
5~6권 합본 | 이용훈 지음
용 어 해 설 | 이용훈 지음
1~2차 문제풀이집 | 이용훈 지음

수험생 기본 필독서
만화 공인중개사

제목 : 만화공인중개사 쓰신 분에게 감사드립니다.

학원을 두달 다녔어요. 근데 과연 그 숫자 외우기 그렇게 몇 문제나 나올까 생각을 했어요. 아니라는 생각이 드네요. 학원강의를 뒤로 하고 서점을 갔어요. 내 머리에 가장 이해될 수 있는 책이 없나 하구요. 거기서 만화를 발견했어요. 무조건 세번 봤어요. 3개월 걸렸어요. 문제집을 보라고 했는데 그건 시행을 못했어요. 근데 합격을 했네요.

어떻게 감사의 말을 해야 될지…

도서관에서 만화책 들고 다니니까 사람들이 바웃더라구요. 만화책으로 공인중개사를 공부한다고 미친사람처럼 보더라구요. 근데 그거 다 감수하고 했던 내가 자랑스럽습니다.

어떻게 감사의 말을 해야 할지 정말 감사합니다.

부디 행복하세요. 제 나이 41살에 좋은 스승을 만난 거 같습니다.

엎드려 감사드립니다.

－본사 홈페이지에 독자분이 올린 메일 中 에서 발췌－

잘나가고 싶은 사람은 읽어라!

그에게 한눈에 반했다! 그것은 분위기 탓?
애인과 나란히 걸어갈 때 당신은 좌, 우 어느 쪽에 서는가?
이성은 왜 서로 끌리는 걸까? 그 심층 심리를 해명한다!

30초의 심리학

■ **30초의 심리학**
아사노 하치로우 지음 / 계일 옮김 | 값 8,500원

처음 본 사람인데 와 닿는 느낌이
너무나도 강렬한 사람이 있다.
흔히 하는 말로 '꿀이 꽂힌 사람',
그래서 잊혀지지 않는 사람,
한눈에 반했다고 하는 것이 바로 그것이다.
이런 인간의 감정을 논하는 데
남녀의 구분이 있을 수 없다.
사랑하는 그, 혹은 그녀를
생각하는 것만으로도 가슴이 두근거린다.
이상할 것 없다. 당연히 그럴 수 있는 것이다.
그렇기에 인간을 감정의 동물이라 하지 않는가.
그러나 그렇게 좋아하는 그 사람이
어느 날 갑자기 싫어지는 경우는 왜일까?